ちくま文庫

戌井昭人 芥川賞落選小説集

戌井昭人

筑摩書房

戌井昭人

芥川賞落選小説集

Inui Akito

目次

デザイン（カバー・目次・扉）
宇都宮三鈴

カバー装画・挿絵
宮田翔

まずいスープ

それは、とにかくまずいスープだった。表面には粉々になったガラスみたいに浮かんだ油が散らばり、ぶつ切りにされた魚の身や骨が無惨《むざん》に沈んでいた。味を思い返すと、今でも口の中には直接、まずさが蘇《よみがえ》ってくる。沼みたいなスープだった。まずさが沼の底に沈殿するように、おれの記憶に沈んでいる。

団子《だんご》屋《や》のアルバイトが終わって、家まで自転車で走っていると、十二月の冷たい空気にさらされ、顔面はタイヤのゴムみたいに固くなってしまった。家は浅草と上野のちょうど真ん中辺りにあって、ここらは古い雑居ビルが林立し、薄汚れたコンクリートのネズミ色が街の空気をくすませている。家もそんな雑居ビルの一つで、一階はローカルなコンビニエンスストアが入っていて、隣のビルとの細い隙間《すきま》を奥に行くと、コンクリートの地面に擦れて嫌な音をたてる建て付けの悪い鉄の扉があり、開けるとすぐそこにエレベーターがある。このエレベーター、ボロくて動き出すと「ガタン」、止まると「ゴトン」と乱暴に揺れる。

ビルは母方の爺《じい》さんが建てた。爺さんは戦後、ここでバラック小屋の八百屋をはじめ、その頃では珍しかった薄利多売で、上野や浅草に飲食店のお得意さんも多く、かなり儲《もう》かってビルまで建てることができた。しかし近所にスーパーができたりして、時代の流れに乗れずに、商売が上手《うま》くいかなくなると、売れ残った野菜や屑《くず》野菜を漬物にしたり、お得意さんにも、腐った野菜をカットして持っていったりして、次第に評判が悪くなり、客足は遠のいてしまった。母は「とっとと八百屋をやめて貸店舗にした方がいい」と言っていたが、この場所で戦後から八百屋一代でビルまで建てた爺さんのプライドは、そう簡単に店を畳むことなんてできず、亡《な》くなるまで八百屋を続け、最後の方はボケていたのか意地なのか、店頭に並んでいるのは白菜だけといったありさまで、それも売れずに腐っていき、腐った部分をカットして、長方形になった白菜の芯《しん》だけが店頭に並んでいた。そんなものはもちろん売れないから、芯を漬物にして、「もったいないから食え」と、家に持ってきたが、もちろん食えるような代物《しろもの》ではなかった。

エレベーターは五階に「ゴトン」と着いた。扉が開くとすぐ目の前に家の玄関扉がある。このビルは、建てる際に爺さんがケチった痕跡《こんせき》が沢山ある。便所みたいなエレベーターホールもその一つで、非常扉こそあるものの、窓が一切ないので電気が点《つ》いてないと真っ暗闇《くらやみ》になってしまう。爺さんは四階に住んでいたのだが、この空間に明かりが点いていることさえ

「無駄だ、もったいない」と、蛍光灯も非常灯も外してしまっていたので、エレベーターが五階に着くと開いたエレベーターの光だけが頼りで、閉まる前に素早く玄関扉の取手を握らないと暗闇に残されてしまった。不便だし危ないので母やおれは爺さんに無断で蛍光灯を入れたが、誰に頼まれたわけでもないのに日々ビルの無駄を点検していた爺さんにはすぐにバレてしまい、蛍光灯は外された。さらに爺さんはエレベーターが稼働《かどう》するのさえ電力がもったいないと、非常階段しか使わなかった。老人の足にはきつかったはずなのに、一段一段息を切らしながら昇る爺さんの姿には執念すら感じられた。本当はビルを使用する全員にエレベーターを禁止したかったらしいのだが、三階から下は賃貸で会社等が入っているため、さすがにエレベーターを止めることはできなかった。もちろんこれはエコだとかエネルギーの無駄を考慮したものではなく、ただのケチで、爺さんの口癖は「もったいない、もったいない」。その、もったいない精神は、刺身を食べた後、わさびの溶けた醬油《しょうゆ》の小皿を口に持ってきて飲んでしまうまでに至った。ビルの屋上には爺さんが拾い集めてきた、ソファーや車のタイヤ、捨て看板、自転車のサドル、スーパーのカゴ、どこかの解体されたビルの窓ガラス、鳥カゴ、壊れたテレビ、などなど、ガラクタが転がっていた。電柱に針金で巻き付けられたサラ金や風俗の捨て看板は、どういうわけかせっせと外してきて、巻いていた針金を「く」の字に曲げ、丁寧に洗濯の物干にまとめてぶら下げていたのだが、何に使うわけでもなくて「く」の字の針金はただ増えていくだけだった。一方、看板の方は、裏に「白菜￥1

00」と書いて、八百屋の値札に再利用していたが、裏に反転した字が透《す》けて「人妻専科」という文字が見えたりしていた。しかしその奇行みたいなもったいない精神は、戦争に行ってベルトの革まで食べたという経験を通して培《つちか》われたものなので、仕方がないと家族は諦《あきら》めていた。おれが子供の頃、飼っていたカブトムシが死んで悲しんでいると、爺さんは「戦地では、そんな虫だって雑草だってネズミだって、なんでも食べたんだぞ」と威張って言うので、「人間は?」と訊《き》くと、爺さん一瞬絶句した後、冷静に「そういうのを食った奴《やつ》もいるかもしれない。戦争ってそういうもんなんだ」と言った。おれは、なんだか恐ろしくなって、それ以上はなにも訊けなかった。爺さんの足には、戦争のとき銃弾で撃ち抜かれた傷跡があって、酔っぱらって機嫌がよくなると、いつもその傷を見せた。脛《すね》のあたりにある傷は、そこだけ毛がなく、薄くなった皮膚が盛り上がっていたが、風化して痛そうには見えず、虫に刺された程度にしか見えなかった。頑固者で冗談も通じない爺さんだったが、根は優しいところもあり、困っている人がいると、一肌脱《ひとはだぬ》ぐ性格でもあった。戦友の家が火事になったときは、「なにも言わないで、受け取れ」と百万円を持って行ったらしい。これは爺さんの葬式のとき、その戦友がお金を返しに来たので、家族は初めて知った。身内にはケチだったが、他人には気前が良かった。死ぬまで続けた八百屋は赤字ではあったけれど、ビルの賃貸収入と、もったいない精神から金をほとんど使わなかった爺さんの遺産は結構な額だった。

そんな爺さんが亡くなってからは、もったいない精神を継ぐ者はおらず、五階のエレベーターホールの蛍光灯は常に点けっぱなしで、薄汚れた白い壁の、窓のない四角い空間は、とても殺風景で気が滅入《めい》る場所だった。

自転車に乗って冷えきった身体《からだ》を震わせ、エレベーターに乗って五階に着くと、その日は蛍光灯が切れかけて点滅していた。玄関扉を開け、かじかんだ手で靴の紐《ひも》をほどいていると、廊下の先、暖簾《のれん》のかかった台所から汁物を煮立てた匂《にお》いと湿気が漂ってきて、母が暖簾から顔をのぞかせ、「父さんが作ったスープあるけど食べる?」と訊いてきたので、食べると答えた。

居間では父と従妹《いとこ》のマーが炬燵《こたつ》に入って、テレビでボクシングのタイトルマッチを観《み》ていた。おれが「さみい、さみい」言ってると、マーが「おかえりなさい。顔面変だよ」と言った。冷たくなって顔の表情が固まってしまっているのが自分でもわかった。

「さむいんだよ」

「顔面を炬燵に突っ込めば」とマーは笑いながら座布団《ざぶとん》を投げてよこし、「一本ちょうだいね」とテーブルの上にあった父の煙草《たばこ》を抜きとった。

炬燵に足を突っ込むと、骨が冷えた鉄の棒とすり替わってしまっているみたいな感じがした。マーは煙草を吸いながらみかんを食べていた。彼女は高校三年生で、お茶の水にある女子高に通っているのだが、学校では禁止されていた読者モデルを友達に誘われてやったのがばれ、挙げ句、学校帰りに市ヶ谷の公園で煙草を吸っているのを同級生に見られて告げ口された。その同級生とはもともと仲が悪く「嫌な奴なんだよ、何かにつけてマーに突っかかってくる」と言ってたが、厳しい学校であったから、もともとマーの、ちょっとした素行の悪さは目立っていて、先生に現場を見られなかっただけでもましだった。マーは学校側に煙草は吸ってないと言い張ったけれど、読者モデルの件もあって停学になっていた。

「お前、煙草吸っちゃっていいの?」、おれが訊くと、

「吸ってないよ」

「吸ってるじゃねえか」

「一服吸ったらみかん食べてるから、煙がビタミンCで中和されて、プラスマイナスゼロで吸ってることにならないの。それにようぃっちゃん、家でなら吸ってもいいって、ねえ」

「ああ」と父。

ボクシングは5ラウンドが終わっていて、挑戦者の日本人が左瞼《ひだりまぶた》の上を深く切り、血を流していた。セコンドがパックリ割れた赤い谷間の血を拭《ふ》き取り綿棒を突っ込んでワセリンを塗り込んだ。

「うわあ、マグロの解体ショーみたい。なに塗ってるの」とマーが言った。

「ワセリン」と父。

「あんなの塗るだけで大丈夫なの?」

「上手い人だと職人みたいに血をとめちゃう」

チャンピオンのメキシコ人は褐色の肌に細かく散らばった汗がライトに照らされ光っていた。ダメージは少なそうでセコンドの耳打ちに薄ら笑いを浮かべていた。

試合が再開されると日本人の流血はおさまったが片目は大きく腫《は》れ、闇雲に繰り出すパンチはどれも距離感がつかめていなかった。一方、メキシコ人は執拗《しつよう》にジャブをくり出し、顔というよりも、その目を狙《ねら》っていた。

母は、父が作ったスープを温めて持ってきてくれ、「他人の殴り合いなんて、どこが面白いんだろ。先にお風呂《ふろ》入っちゃうよ」と出て行った。スープは魚のアラだとか骨がゴッタゴタに煮込んであり油が浮かんでいた。

そのスープ、口にして喉《のど》を通りすぎ胃の方へ下っていくと、顔がゆがんでしまうような変な味がした。まるで魚の収まっている発泡スチロールの中で溶けている氷を煮込んだような暴力的なまずさで、「おい、なんだかこれ、まずいよ」と思わず言ってしまうと、口の中には得体の知れない嫌な感じが残った。

父は黙ってテレビを観ていた。

「マー、このスープ飲んだ?」おれが訊くと、マーは苦笑いをしただけで、再びテレビに向って「頑張れ日本人」と言った。

もう一度スープを飲んでみたが、やはりどうしようもないくらいにまずかった。

父は料理が下手ではない。というよりも上手な方で、色んな料理を作ってくれたが、父の作ったもので、こんなまずいものを食べたのは初めてだった。

「これ、魚が、あれなのか、悪いのかね?」おれが言うと、

「今日、アメ横で買ってきたんだよ」とマーが言った。

「アメ横は、だって昔、暮れに母さんが、ひどい酢ダコ買ってさ、アメ横では鮮魚を買うなって怒ってたことあっただろ、おやじ」

アメ横は家から歩いて十五分のところにある。乾物《かんぶつ》やコーヒーやお菓子、服や靴、なんでも雑多に売っているので、昔っから、よく利用していたのだが、そんなことがあって家はアメ横で鮮魚は絶対買わなかった。大晦日《おおみそか》が近づくと、アメ横の混雑した映像がテレビのニュースで流れたりするが、それを観ると父は、ああ、みなさん、ひでえ魚買わされちゃってるよ、とよく言っていた。

「お昼、よういっちゃんと散歩してアメ横まで行ったの。靴買ってもらっちゃった」とマーが言った。

「そういえば玄関に紫のニューバランスがあった」

「あれ買ってもらっちゃった」

よういっちゃんとは陽一の愛称で、マーは父のことをそう呼んでいた。マーは子供の頃、両親が離婚して、彼女の母親は合羽橋《かっぱばし》でスナックをやっていた。店の二階が住居になっていて環境が良くないと、子供の頃からいつも家にいて、おれの両親が親代わりになっており、

家にはマーの部屋もあり学校もここから通っていた。

ボクシングは六ラウンドが終わって、日本人の瞼の上からは、締め忘れた蛇口みたいにポタポタ血が滴《したた》っていた。

おれはもう一口スープを飲んでみた。だがやはり酷《ひど》いとしかいいようのない味で、いくら魚が悪いとはいえ、父がこんなまずいスープを作ってしまったことが、どうしても納得できなかった。

「やっぱこれおかしいよアメ横」

「なら食うな」、父は低い声で言い放ってから、テレビを見つめた背中は一切動かなかった。七ラウンドのゴングが鳴って、おれは台所に行き、スープを流し、魚の身や骨を手でつかみ生ゴミ入れに捨てた。こんな姿を死んだ爺さんに見られたら、多分ぶん殴られるだろう。器を洗っていると、ゴングが鳴り響いてきた。

居間に戻るとテレビの中では、日本人選手が仰向《あおむ》けに倒れていた。父は大きく溜息《ためいき》をついて「サウナ行ってくる」と立ち上がり出て行った。マーは「ああー負けちゃった。ココア作ろう」と台所に行った。

おれはリングの上で喜びまわっているメキシコ人を眺めていた。日本人は肩をかつがれリングを後にした。メキシコ人がインタビューに答えはじめ、息を切らしながらもリズミカルに発せられるスペイン語は、壊れた玩具《おもちゃ》のラッパみたいに聞こえてきた。

しばらくするとマーがココアを作って持ってきてくれた。炬燵テーブルの上に置かれたカップから湯気が漂い、甘い匂いがした。

「マー、さっきのおやじのスープ飲んだんでしょ？」

「うん」

「あれ、どうよ？」

「実は、マーも驚いて気持ち悪くなって残しちゃったんだよね。だから黙って台所で捨てたの。やっぱアメ横の魚が悪かったのかね。でも、よういっちゃん、なんか今日様子が変だったんだよ。アメ横でタンメン食べたあと、魚屋の前で思考停止しちゃったみたいにジーっと止まっちゃってさ、どうしたの？　って訊いたら、ああーあっそうだ、とか言って、突然あの魚買っちゃったんだよ」

考えてみれば父は、ボクシングや格闘技の試合を観ていたら、テレビに向かって野次を飛ばしたり選手にいちゃもんをつけたりと、黙って観ていられる性分《しょうぶん》ではないのに、何故《なぜ》か今日はものすごく静かだった。

次の日の朝、六時に起きて自転車で浅草に向かった。アルバイト先の団子屋は仲見世《なかみせ》を横に入った伝法院《でんぽういん》通《どお》りにあって、おれは、そこで一日中団子を焼いていた。

仕事が終わると、団子屋の経営者のもと子が「飲みに行くよ」と誘ってきた。もと子は三十三歳、小学四年生の幸輔《こうすけ》という子供がいて、実家は仲見世の土産物屋《みやげものや》で、外国人観光客が喜びそうな木刀や神風の鉢巻きやTシャツを売っている。幸輔の父親は数年前にそこそこ売れたバンドのベース弾きで、妻子がいた。そのベース弾きは妻子とは別れずに、もと子に手切れ金と慰謝料を渡し、養育費も毎月振り込むことになっていた。だが最近はバンドが売れなくなってきて、支払いが滞り気味だともと子は怒っていた。しかし、その手切れ金や慰謝料で、もと子は地元の浅草で団子屋をはじめ、それなりに儲かっていて、千束《せんぞく》にあるアパートを改装して一軒家にした変な形の家に住んでいた。おれより十歳年上で、人のことになんでもズケズケと介入してくる典型的な下町の女で、いつもふちの尖《とが》った眼鏡をかけていて、余計に気が強く見えた。よく喧嘩《けんか》もしたけれど後腐れはなく、一応アルバイト先の経営者であったが、友達みたいな感じでもあった。

その日も観音裏のお好み焼き屋に行ってあんずサワーを飲んでいると、空手教室が終わった幸輔がやって来て、取り憑《つ》かれたように黙々とお好み焼きを焼き続けてくれたので、おれともと子はなにもせずに酒を飲んでいれば良かった。

もと子はいつもの調子で酔っぱらいだしてきて、口うるさくなってきた。

「あんたさぁ、またどっか行くんでしょ、今度どこ行くの？」

「モロッコ行こうと思ってるんだけど」

おれは団子屋でアルバイトをして金がたまったら、どこか外国に行って、金が尽きると日本に戻り、また団子屋で働かせてもらっていた。このような生活を三年前からやっていて、今年は隅田川の花火大会からアルバイトをしていた。三年間そんな感じだったので、夏には大学はやめてしまっていた。

「いつまで、そんな風にふらふらしてるつもりなの?」

「べつにふらふらしてるつもりはないよ」

「してるわよ、でもモロッコ行くなら、あんたブライアン・ジョーンズ知ってるでしょ?」

「ストーンズの死んだ人でしょ」

「あたしの理想の男なのよブライアンは。彼、モロッコ好きだったのよ。あたしも行きたいなあ」

もと子の髪型は昔っから、ブライアン・ジョーンズみたいなおかっぱ頭だった。

「行けば」

「行けば、なんてね呑気《のんき》に言うけどね、うちは典型的な母子家庭なの、子供いるのよ」

「いて悪かったな」幸輔がお好み焼きを焼きながら言った。

「こんなふうに生意気だし」

「うるせえ」

「あんた親に向かって、うるせえとはなによ」

「うるせえからうるせえ」

「うるせえからうるせえってね、何回言っちゃってもね、母親ってのは、うるさいものなのよ、ほんと生意気よ」

「親が生意気だから、子供も生意気なんだよ」と言い合いをしながらも、幸輔はヘラを握り鉄板でお好み焼きを焼く手は止まらない。

「あんた、チビのくせに生意気だよ、生意気だけ成長しちゃってさ、生意気が空を突き抜けたってね、ジャックと豆の木じゃないんだから、しょせん、豆なんだよ豆。牛乳嫌いとか言ってないで飲みなさいよ」

「はい大宮くん焼けた」と幸輔は焼き上がったお好み焼きをヘラで切り分けて、おれの皿に乗っけてくれた。それはとても形の良いしっかり焼けた、お好み焼きだった。

「幸輔焼くの、うまいね」

「この人、全く焼かないからね、うまくなった」と幸輔は、もと子をヘラで指した。

「あんた親にむかって、そういう尖ったもん、向けるんじゃないよ」

幸輔はヘラを置き、お好み焼きを食べた。

「ちょっとちょっと、幸輔、お母さんにもちょうだいよ」

「自分で取れ」

「えー、こーちゃんに、取って欲しいよぉ」と、もと子が甘えた声でふざけて言うと、

「ほらっ」と幸輔はお好み焼きを手でつまんで、もと子の皿に乗っけた。

「あんた食べ物をそんなふうにするもんじゃないよ」

「早く食え」

「ほんと可愛《かわい》くないね」、そう言いながら、お好み焼きを頬張り、「うわー美味《おい》しい、やっぱこーちゃん、お好み焼きを焼く天才だ」と大袈裟《おおげさ》に喜ぶもと子を幸輔は無視していた。でも本当に、幸輔の焼いたお好み焼きは美味しかった。下手にペタペタ押さえこまず、ジッと待って焼くタイプで、表面はカリカリで中身はふわっとしていた。こんな風にお好み焼きを焼ける幸輔は多分辛抱強い奴《やつ》なんだな、と思った。

「でさあ、あんたジャジューカって聴いたことある？　ブライアン・ジョーンズがモロッコの音楽集落みたいなところ訪ねて、録音したアルバムなんだけど」

「ないよ」

「じゃあ貸してあげる。で、あんたはモロッコ行ってなにするの？」

「なにも考えてないけれど」

「ブライアンだって録音したのよ。その頃ドラッグでヘロヘロだったのに。あっ、モロッコ確か蛇つかい有名でしょ」

「そうなの？」

「コブラよ。テレビで観たもん。ならあんた、蛇つかいに弟子入りしてさ、帰ってきたら浅草寺の境内《けいだい》でやんなさいよ。で、ショパンさんの東京コミックショウのレッドスネイクカモーンの蛇と、あんたのコブラ戦わせてさ。あの蛇、腋毛《わきげ》で育つのよ」

「レッドスネイクカモンの蛇は、確かショパンの奥さんでしょ？」

「そうそう、箱の下に入っていて手出してんのよ。素敵よね旦那《だんな》のために蛇になる妻よ」

「コブラ噛《か》みついたら大変じゃん」

「あらっ」

幸輔がもう一枚、豚玉のお好み焼きを焼き上げ、皿に取り分けてくれ、「すいません、チーズもんじゃくださいと言った。

「幸輔、もんじゃも食べるの？」ともと子。

「空手行ったから腹へってんだもん」

「じゃあ食べなさい。で、やっぱ、あんたはもう旅行ばっか行ってないでさ、クリーニング屋になりなさいよ」

「は？」

「クリーニング屋よ、榎本さんとこの」

　榎本さんとは、千束の方でクリーニング屋をやっている半分アルコール中毒みたいなおじさんで、自閉症の子供を集めて、クリーニング技術を教え、社会に出られるシステムを作ろうとしていた。しかし自閉症の子はすぐにやめてしまうので、今は落語家になりたいと言っている、タケルくんというのが店を手伝っていた。

「タケルくんは?」

「タケルくんは帰っちゃうの長野の実家に」

「落語家は?」

「それが駄目なのよ、観音裏にボンゾってバーあるじゃない。この前、あそこで飲んでたらタケルくんが来たからさ、カウンターで落語やらせてみたのよ。したら全然駄目で、田舎《いなか》帰れって言ってやったの。全く見込みない」

「だって、お店に来る、なんとかって師匠を紹介してあげるって言ってなかったっけ?」

「なり助師匠でしょ。でもそんな感じだから駄目でさ、タケル君は田舎に帰ることになっちゃったから、榎本さん困っててね」

「困らせてるの、あんたじゃねえか。で、おれにクリーニング屋を手伝えって?」

「とにかく今から、榎本さん呼ぶからさ」ともと子は店の電話を借り、榎本さんを呼び出した。


幸輔は宿題があるからと家に帰ったが、もと子はまだ飲む気満々で、榎本さん行きつけの老人のゲイが集う店に行った。榎本さんはゲイではないのだが、大学時代に福祉の勉強をしていたので、ここで老人達に年金の貰《もら》い方とか福祉の相談にのってあげていた。この店の主人は八十歳のシックさんという爺《じい》さんで、自分ではフランス人の血が混じっていると言っていたが、おかめの変形を戻したような顔をしていて、いつも鳥カゴを持って店内をウロウロしており、店の奥のアコーディオンカーテンを開けたところが住居スペースになっていた。シックさんは眠くなると「じゃあ、寝るから、もうカラオケ禁止よ」と、鳥カゴとともにアコーディオンカーテンの奥に消えていく。鳥カゴの中には九官鳥が入っていて、「モンタンですモンタンです」と突発的に喋《しゃべ》り出す。「モンタン」はイヴ・モンタンの「モンタン」。主人がアコーディオンカーテンの奥に消えると、店は一気に静かになり、皆はひそひそ声で話さなくてはならなかった。会計は、自分でカウンターに置いてある計算機でして、名前を書いたメモを添え、お金をカウンターの上に置いておくシステムだった。ここでお金を誤魔化してバレたりすると、「せこいことやる人はもう店に来ないでちょうだい」と怒られるので、皆きっちり計算をして、カウンターにお金を置いていった。ちなみに釣銭は貰えないので、そんな場合は多めに置いていくしかなかった。

結局榎本さんとはクリーニング屋で働く話なんてしないで、その後も榎本さんいきつけの「なかまたちよ」というカウンターのやたら長いバーに行き、散々《さんざん》飲んで、まともに歩けなくなったもと子を家まで榎本さんと送った。もと子は玄関口で、「ちょっと待ってなさい」と、部屋の奥に消え、ジャジューカのレコードを持ってきてくれた。その後、自転車に乗って家に帰ったのだが、おれも相当酔っぱらっていて、ましてレコードをワキに抱えて片手で運転していたもんだから、仏壇屋の看板に激突して転んでしまった。レコード割れちゃったかも知れないと焦《あせ》ったが、レコードは無事だった。それからは慎重にペダルを漕《こ》いで、なんとか帰ることができたが、自転車を降りると、ビルの前の花壇の植込みに吐いてしまった。

家に戻り塩水でうがいをして居間に行くと、母とマーが炬燵《こたつ》に入って話をしていた。マーはおれを見るなり、

「吐いてたでしょ」

「見てたの?」

「向かいのビルに反響して聞こえてきたもん、オエーが、地獄から響いてきてるみたいな」

「あんたビルの前に吐いたの? この前コンビニの人に怒られたんだから」

「向こうのビルの植込みに吐いた」

「花かわいそうじゃん」マーが言う。

「栄養、うん」

母は湯飲みに入った焼酎《しょうちゅう》のお湯割りを飲んでいた。これは毎晩のことで、夕飯を作りながら飲みはじめるのだが、酒は強い方で泥酔《でいすい》した姿はあまり見たことがない。父は酒が飲めない。おれは飲めるけど強くない。

「こんな遅くまで何話してんの? マー退学になった?」

「なってないよ。来週から学校行きます。それよりも、よういっちゃん、昨日サウナ行ったでしょ、あれから帰ってきてないの」

「連絡もないの」母が言う。

「なら、まだサウナに入ってるんじゃないの」

おれは、たいして気にも止めず、部屋に行って電気を消しベッドに横になったが、暗闇《くらやみ》の中だと自分自身がグルグルまわってるみたいになってしまい、また気持ち悪くなってきたので、電気をつけたまま眠った。死んだ爺さんが枕元《まくらもと》に出て来たら「もったいない」と殴られていただろう。

朝は酷《ひど》い二日酔いで、どうにもならなかった。居間では母が炬燵でいびきをかいて眠っていた。母のいびきはうるさい。

いつものように自転車に乗って団子屋に向かった。頭も痛かったが、手がかじかんで手袋をしてくれば良かったと思っていると、昨晩酔っぱらってぶつかった仏壇屋の看板が倒れたままになっていて、自転車から降りて元に戻した。看板には「仏さまは、いつでもあなたを見ています」と書いてあって、おれは看板に合掌した。

店に着くと、昨晩あれだけ酔っぱらっていたのに、もと子は、ちゃっちゃと店を掃除していて、「お昼までに団子三百本納品あるからすぐ焼いて」と言った。

なんとか午前中に団子を三百本焼くことができたが、「炭火のように焼ける特注のガス台」と、もと子が自慢する団子の焼き台の前で焼き続けていたものだから、顔面が火照《ほて》って、二日酔いにくわえ、変に血の巡りがよくなってしまい、また気持ち悪くなってきた。しかし

「炭火のように焼けるガス台」とは毎度のことながら、あまり意味が分からず、ならば炭で焼けばいいと思うのだが、「炭は高くつくから、こっちの方が経済的なの」と、もと子は言う。

それからも調子は戻らず、いつもより早めに仕事をあがらせてもらった。家に戻ると母は炬燵で焼酎を飲んでいた。どう考えても、昨晩から炬燵で寝て起きて飲みつづけているようで、脇には空いた焼酎の瓶が二本あり、既に三本目に突入していた。さすがに酒には強い母もヘロヘロになっていて、「ねえ、やっぱぁ、父さん帰って来ないし、連絡もないのよぉ、どこでなにして、どうなっちゃってんのかしら」と、酒を湯飲みに注ぐ手が小刻みに震えていた。「ああ、どこ行っちゃったんだろう。あぁ」と母は炬燵テーブルに突っ伏して寝息をたてはじめた。おれは毛布を母にかけて、散らばる酒瓶と茶碗《ちゃわん》を片付けた。いびきをかきはじめた母の吐く寝息は年季の入ったアルコールのニオイがして、浅草寺わきの弁天山の公園で、何の目的なのか知らないが、すべり台のまわりをチベットの寺院の回廊のように、いつもグルグルまわってるオッサンのニオイがした。するとマーがスーパーの袋を持って帰ってきた。

「ずっと飲んでんの？」おれが訊《き》くと、

「そうだよ。マーに、ご飯つくってちょうだいって言うからさ、買い物行ってきたんだよ。スパゲティー作るから」

母のいびきは激しくなってきた。

父と母は大学の同級生だったが、そのときは顔見知り程度で、父は一年で学校をやめてしまい、それ以来二人の交流はなかった。母が大学四年のある日、上野の不忍池《しのばずのいけ》に行くと骨董《こっとう》市《いち》をやっていて、知り合いの店を手伝っていた父と偶然会った。その一年前に、母は母親を亡《な》くしており、実家の八百屋もまだ忙しい頃で、学校に通いながら店を手伝い、家事もやっていて、あまりにも大変であったから、八百屋の方はアルバイトを探していた。そこで久しぶりに会った父に話をしてみると、アルバイトをしてもいいということになり、それから、どのようにして恋愛関係に至ったのか詳しく知らないが、母が大学を卒業すると、父は家に転がり込んできて、結婚することになった。その後、父は八百屋の仕事をしばらく手伝っていたが、職を転々とすることになる。

父は、どういうわけか英語と韓国語とフランス語を喋ることができ、ロシア語も少々喋れた。そして今は、近所のマンションの一室を借り、事務所として使っているのだが、何の仕事をしているのかよくわからなかった。たまに話すとロシアからはちみつを輸入したとか、ベトナムからキャベツを大量に仕入れるとか、鹿児島の温泉の水を売るとか、米軍から缶詰を大量に仕入れたとか、アメリカに焼酎を売りに行くとか、蟹《かに》の甲羅を砕いた健康食品を売るとか、主に食品関係の輸入をしているみたいであったが、どこの国のどんな食べ物かはっきり決まってはいなかった。キムチを輸入して売りさばくというときは、どういう手違いがあったのか、韓国からキムチを作るおばちゃんが自分で漬けたキムチをビニール袋に入れてやってきてしまい、父が面倒をみることになり、上野に店舗を借りて、おばちゃんが韓国総菜の店を出すまで色々と世話をしてあげた。結局父は一銭も儲《もう》からなかったと嘆いていたが、おばちゃんの店はいまだ上野にあって、今では総菜屋の横に焼き肉屋まで開店させ、繁盛《はんじょう》している。

父は、おれが幼稚園から小学校にあがるまでは家にはいなくて、その二年間は見かけたこともなかった。小学校の入学式は母と二人で行き、子供心に父はもういなくなったのだと思っていた。しかし小学校に通い始め、夏休みの始まる終業式の日、家に帰ると、母が父に湯飲み茶碗を投げつけているところで、湯飲み茶碗は壁にぶち当り粉々に砕けた。母はおれが帰ってきたのに気づくと、冷静を装《よそお》い「おかえり」と言って、何事もなかったかのように部屋を出て行った。

約二年ぶりに見る父であったが、既に存在しないものと思っていたので、懐《なつ》かしさすらわいてこなくて、それが父だとわかっていても、どこかの知らないおっさんにしか思えず、おれは仏頂面《ぶっちょうづら》をして突っ立っていた。父の方は照れくさそうな顔をして「ここ座れよ」と手招きをして、横に置いてあった大きなトランクケースから「おみやげ」と薄ピンク色のビニール袋を出してきた。中にはモトクロスバイクのイラストTシャツとお菓子が入っていた。

「おれアメリカに行ってたんだよ。アメリカだとな、お前くらいの子供が、モトクロス乗ってるんだ。子供なのに、こんな高くジャンプするの、お前も、いつかモトクロスやれよ、格好いいぞモトクロス」と言われたが、その頃はモトクロスという単語自体わからなかった。結局モトクロスはやらなかったけれど、小学四年生の頃、父がラッタッタというスクーターを貰ってきて、家の前で練習させられ、乗れるようになると、「お使いを頼まれたら、これで買い物に行けばいい。でも、お使い以外は勝手に乗るな」とルールを作られ、おれはラッタッタに乗りたいがため積極的にお使いをするようになって、アメ横までコーヒーや父の煙草《たばこ》を買いに行ったり、田原町にある「ペリカン」というパン屋まで買い物に行ったりしていた。母も寛大なのか鈍感なのか、お使いを頼むときは「バイク乗ってくの、あんま良くないわよ、子供なんだから」といった程度だった。しかし小学生のガキが公道をスクーターで走っているのは、やはり目立ってしょうがなくて、結局警察に捕まってしまった。父は「お前、免許持ってないんだから、警察の目をかいくぐらなくちゃ、駄目だろ」と言ったが、父も警察に怒られ、おれがラッタッタに乗るのは禁止になってしまった。

おみやげのビニール袋には、お菓子も沢山入っていて、チョコバーを手に取って食べた。その頃はアメリカ産のお菓子なんて珍しくて、アメ横で売ってはいたが高くて、駄菓子屋のチョコバットしか食べたことのなかったおれには、強烈に美味《おい》しく、甘さが脳にきて何かが覚醒《かくせい》したみたいになり、目玉をかっぴろげながら齧《かじ》りついていると、父はニコニコしていた。

「美味しいだろ」

「うん」

「アメリカのお菓子、日本のお菓子と全然違うだろ」

「うん」

「お前小学生になったんだろ」

「うん」

「どう学校は?」

「うん」

「うんじゃ、わかんねえよ、楽しいか」

「うん」

おれはチョコバーを食べるのに夢中で立て続けに三本食べてしまい、アメリカって国はこんな美味《うま》いものがあるのだと感動と甘さでクラクラしていた。すると父が、「そうだ、いいもの見せてやる」と、トランクから箱を出し、その中から真っ黒の拳銃《けんじゅう》を取り出して見せた。「ほら」と渡された拳銃は重たい鉄のカタマリで、おれは駄菓子屋で売っている銀玉鉄砲しか知らなかったから、この重たさは異常だと思い、恐る恐る「これ、本物なの?」と訊いてみると、「本物なんて持ってきたら捕まっちゃうだろ、ほら銃口見てみろ」と言われ、銃口を覗《のぞ》くと、穴は開いておらず、黒い鉛のようなものが埋まっていた。

「穴が開いてないから弾は出ないの。でもそれ以外は全部本物と同じなの。だから穴を開けたら、弾が撃てるんだよ」と嬉《うれ》しそうに喋ってる父を見ると、この男は、二年間も家をほっぽり出し、なにをやっていたのだろう、馬鹿《ばか》だと思った。

その拳銃は、もう家にないが、後に父はこれに穴を開けることができた。父の知り合いで代々鍛冶屋《かじや》の種田《たねだ》さんという人がいて、昔は刀を作っていたのだが、今は包丁や鋏《はさみ》や爪《つめ》切りなどを作っている工場が調布の多摩川近くにあって、営業所が神田鍛冶町にあった。アメリカから帰ってきた父はそこの営業所で、しばらく働かせてもらうことになって工場の方にもちょくちょく顔を出していると、工場の近所に住んでいる和製早撃ちガンマンのトッポ白井という人が、工場の機械を借り、なにやら細工をしていた。当時は日本のハードボイルド映画が流行《はや》っており、トッポさんは映画の拳銃指導では第一人者で、本人も映画に出演したりしている結構有名な人だった。トッポさんが機械を借りて細工しているのは撮影などで使用するモデルガンの修理ということだったが、父はトッポさんが偽造拳銃も作っていると見抜き、アメリカから持ってきた拳銃を工場に持って行き、トッポさんと加工して銃口に穴を開けた。日本では穴を開ければ本物になってしまうようなモデルガンは売っていなかった。

多摩川近くの工場には大きな中庭があって、始終機械の音がうるさく響いていた。父とトッポさんは、その中庭で穴を開けた拳銃で西瓜《すいか》を撃ったり空缶を撃ったりして遊んでいたそうで、弾はトッポさんが横須賀《よこすか》基地の米兵から流して貰っていたらしい。

それから数年後、トッポさんは拳銃所持で逮捕されてしまいニュースにもなった。その頃父は、鍛冶屋の営業もやめて、多摩川の工場にも行かなくなっており、トッポさんとも付き合いがなくなっていた。しかし件《くだん》の偽造拳銃はまだ家にあって、ヤバいと思った父はバラバラに分解して、隅田川に捨てに行くことにした。「子供が一緒だと怪しまれないから、お前も一緒に来いよ」と言われ、父と隅田川まで行き、駒形橋《こまがたばし》の上からバラバラになった部品を捨てながら歩いて往復して、帰りにどじょうを食べて帰ってきた。だから「駒形どぜう」の店の前から漂ってくるネギの匂《にお》いを嗅《か》ぐと、いまだにあの黒光りした偽造拳銃のことを思い出す。

父が、まずいスープを作って、サウナに行くといってから一週間が経《た》っていた。やはり一週間も音沙汰《おとさた》がないと少し心配ではあったが、今までの父の所業を考えれば、何事もなかったように戻ってくるような気もしていた。しかし母は心配を紛らわすように酒ばかり飲んでおり、家事はほとんどやらなくなって、炬燵に足を突っ込んで飲むか寝ているかで、掃除、洗濯、料理はマーがやっていた。

その日もアルバイトが終わって家に帰ると、炬燵に入って寝ていた母が突然起きて、酔っぱらいの濁った目でおれを見て「あーなんだぁ、あんたか、お父さん帰って来たのかと思ったぁ」と言った。

「なあ、ただ酔っぱらって嘆いてるなら、どっか探してみるとか連絡してみるとかしたほうがいいんじゃないのか?」

母は父がいなくなったということを完全には認めたくなかったらしく、そのような行動に出なかったというのもあるし、他人に知らせるのが恥ずかしいと思っているようであった。

「捜索願とか出した方がいいんじゃないの?」

「警察はやめてよ」

「なんで?」

「あんた、警察なんか動き出したりして、お父さん捕まっちゃったりしたらどうすんのよ。家に帰ってこようと思っても、その前に捕まっちゃったら可哀相《かわいそう》じゃない」

母は、どんなことがあっても、父のことが大好きだった。しかし、その思いやりの方向が、やはり普通の夫婦とはあきらかにズレていた。

「捕まるようなことやってる方が問題だろ」

「とにかく警察はやめてよ」

「じゃあ、なんとなく見当ついてるの?」

「そんなのわかってたら、こっちだって安心できるけれど」

「ヤバいことでもしたのかな」

「だからもう、警察とかヤバいとか物騒なこと言わないでよ」と、母は泣き出してしまった。

ただの酔っぱらいで、冷静さが全く欠けていて埒《らち》があかない。そこでおれは、なんとなく、父がいそうなところに連絡を取ってみることにした。

まずは北九州に住んでいるノリタケちゃんに連絡をしてみた。ノリタケちゃんは昔、家《うち》に居候《いそうろう》していた父の友達で、福岡で車やバイクを盗んでは、志賀島《しかのしま》に向かう一本道でゼロヨンレースをやって、博多湾に捨てることを繰り返していたら、積み重なった車が海面から出てきてしまい、警察に追われた挙げ句、山に逃げ込み、数日間、山中を逃げ回り、山狩りをされて逮捕された。出所後、東京に出てきたのだが、コンペイトウというあだ名の父の幼馴染《おさななじみ》が、九州から変な従兄弟《いとこ》が東京に出てきたので紹介するからと会いに行くと、ノリタケちゃんは銀座のホテルでボーイの仕事をしていて、住むところがないので、ホテルのボイラー室に忍び込んで寝泊まりしていた。そこは暑くて狭くて、配管パイプが張り巡らされ、寝ているか中腰でしかいられない場所で、悲惨に思った父が、こんなところにいたら頭が変になっちゃうから家に来ればいいと、ノリタケちゃんを誘い、おれの部屋に突然、中古の二段ベッドが運び込まれ、同時にノリタケちゃんもやってきて、おれは小学四年生から六年生までの約二年間は同じ部屋で生活をしていた。その頃ノリタケちゃんは二十代後半で、父は三十代半ばだった。ノリタケちゃんは、夜中はいつも酔っぱらっているかラリっているかで、上機嫌でベッドにやってくると、寝ているおれに向かって「ベッド失礼します！」と大声で言っ

ゴソあがり、すぐに寝息をたてた。

ノリタケちゃんが家にやって来た頃、父は古物商《こぶつしょう》の免許をとって古道具屋《ふるどうぐや》の仕事を始めていた。店は持たずに古道具屋の組合に入って、東郷神社や不忍池や鬼子母神《きしもじん》などでひらかれる骨董市に露店を出したり、デパートで行われる骨董市の催事《さいじ》に店を出していた。そこでは拾ってきたようなガラクタを売ったり、壺《つぼ》だとかちゃぶ台だとか箪笥《たんす》や、メンコなどの昔の玩具《おもちゃ》や軍服など、脈絡のないものを売っていた。それらの商品は田舎の街に行って、蔵のある家を探し、口八丁手八丁で蔵の品物を安く買い取ったりしたものだった。どうやって知り合ったのか、フランス大使館の人達に、そのような品々を高値で売りつけたりもしていた。蔵から出てきたものには、昔、便所の下の土中に埋まっていた糞壺《くそつぼ》もあって、殿様が大切にしていた壺だと言って、それも売っていた。

ノリタケちゃんが家に居候をするようになってから、父の仕事をノリタケちゃんも手伝うようになった。いまは飛行場やスタジアムになっているが、その頃は米軍が撤退したばかりの調布基地に忍び込み、米軍の家族が住んでいたハウスに取り残されていた家具の類《たぐ》い、電気ランプや棚やドアノブなどをトラックで運び出し、アメリカンアンティークの家具屋に売りつけたり、お祭りのときに開放される横田基地に行き、戦車の前に数体並んだマネキン人形が軍服を着て装備を紹介しているコーナーで「お前見張ってろな」と、おれに見張りをさせ、父とノリタケちゃんは、次々とマネキン人形の服や装備を外し、持ってきたズダ袋に詰め込み、そそくさとその場を去った。振り返ると、戦車の横に裸のマネキンが突っ立っている光景は、なんだか戦争の馬鹿らしさを象徴しているみたいだった。その後、米兵が出していた屋台でコーラとタコスを食べながら、父とノリタケちゃんは、マネキンの横にあった戦車をどうやったら盗めるかと話していた。ノリタケちゃんは「あれなら簡単に盗めるよ」と自信ありげに言った。おれはもし二人が本当に戦車を盗み出そうとしたら、これは止めなくてはならないと、子供心にハラハラしていた。ズダ袋に詰め込まれた米軍装備一式は、父の古道具屋仲間で軍隊マニアの深見《ふかみ》さんという人に売りつけ、おれも見張りをやったということで三千円のお小遣いを貰《もら》った。

その後ノリタケちゃんは北九州に戻り、今は結婚して実家の旅館で働き、まともな生活をしていた。父はノリタケちゃんが九州に帰ってからも古道具屋の仕事はしばらく続けていたのだが、仕事のパートナーとしてはノリタケちゃんと妙に気が合っていたので、一緒でないとつまらなくなってしまったらしく、古道具屋をやめて、数年間、加工食品を輸入する会社に勤めた。この期間が唯一《ゆいいつ》、父がまともに就職して働いた時期で、おれもこの時期は、なにをしでかすかわからない父に対する不安もなく、家庭も落ち着いていた。そして五年前に岩本町に事務所を借りて独立をしたのだが、相変わらずなにをやっているのかまったくわからない会社だった。

ノリタケちゃんに電話をしたが、そこに父はいなかった。

「まあ、一週間くらい帰ってこないってのは、珍しいことでもないかもしんないんだけど、連絡もないし、ちょっと変なんだよね。いなくなる前に、まずいスープ作ってったりして」

「スープ？」

「いなくなる前に、スープ作ってくれたんだけど、そのスープが凄《すさ》まじくまずかったの」

「……よくわからんけど、お前も日本海にいるって電話よこしたっきり、三ヶ月も行方不明になっていたことあったろ、で、お母さんから電話掛かってきたけどさ、親子そろって似たような感じだな」

高校生の頃の夏休み、おれは石川県の輪島にテントをかついで行ったのだが、あまりにも心地の良い街で、砂浜にテントをはって居続けていたことがあった。イカ釣り漁船を手伝ったり、朝市を手伝ったり、地元の居酒屋で働かせてもらったりしていたら、夏休みは終わっていた。だが東京には帰りたくなかった。家に連絡すれば帰ってこいと言われるのは当然で、連絡もしなかった。しかし秋が来ると、日本海でのテント生活はさすがに厳しく、三ヶ月ぶりに家に戻ると捜索願が出されており、爺《じい》さんは一ヶ月前に亡《な》くなっていた。母には物凄《ものすご》く怒られたけれど、父は乞食《こじき》みたいな姿になって戻ってきたおれを見て大笑いした。

結局ノリタケちゃんからは父の情報はつかめず、次は関田《せきた》さんに電話してみることにした。関田さんは古道具屋で、父の高校時代の先輩だった。父が古道具屋を始める際に、この人が仕事や組合を紹介してくれた。性格は、直情型で、喧嘩《けんか》早くて、割った煎餅《せんべい》を武器に喧嘩をするような人だった。「かたい煎餅ってのは、割ったら、あのギザギザが凶器になるんだね」と言った父は実際に関田さんの煎餅喧嘩を見たことがあった。

それは青森の神社の古道具市で、父と関田さんが露店を出していたときだった。地元のチンピラが、どういうわけか関田さんに因縁をつけてきた。関田さんは煎餅が好きで、地方に行くと必ず地元の美味い煎餅を探す人だったから、煎餅は常備している。最初は適当にあしらっていた関田さんであったが、チンピラは調子に乗って売り物の茶簞笥を倒した。怒った関田さん、もう誰も止められない。袋から取り出した煎餅を齧って割って立ち上がり、チンピラの顔面を煎餅で斬《き》りつけ、ひるんだ隙《すき》に、顎《あご》を殴ってぶっ倒し、さらに店頭にあった壺を手に取って、顔面に叩《たた》き落とした。あまりの早業《はやわざ》であったが、一つ一つの動きに無駄がなく、父はその動きを鮮明に覚えていた。そして関田さんは顔面血だらけで倒れているチンピラを眺めながら、平然と煎餅を齧って食べたらしい。男がふらふらになって立ち上がると、さらに殴りかかろうとしたので皆に止められた。男は地元ヤクザの組の名前を言って「ただじゃすまねえぞ」と去って行ったが、関田さんは皆の心配を他所《よそ》に、「あんな程度の奴《やつ》はただで済む」と意に介さず、その後二日間露店を出していたが、チンピラは現れず、何事もなかった。

関田さんの息子には正章《まさあき》というのがいて、おれと同い歳《どし》で幼馴染だった。正章はおやじの血をしっかり継いでいるのか、今はアンティーク家具を修繕する職人になっている。喧嘩好きも父に似て、中学の頃は、悪さばかりしていたもんだから、こんな奴は日本にいてもしょうがないと、卒業したら、関田さんの弟が牧場をやっているカリフォルニアの山奥に行かされてしまった。正章はそこで高校に通いながら牧場で働き、卒業するとニューヨークに行って、数年間アンティーク家具の修繕の修業をした。その後、日本に戻ってきて、目黒の実家のガレージを改装してアンティーク家具の修繕と販売の店をやっていた。

電話をすると正章が電話に出て、関田さんは、山形のデパートに古道具市の催事で行っている、とのことだった。

おれは父が帰ってこないことを正章に話した。

「まあ、ようい っちゃんのことだから、そのうち戻ってくるんじゃねえの？　家のおやじにも帰ってきたら聞いてみるけどさ。つうかお前こそ、どっか行ってたんだろ、いつ帰ってきたの？」

「夏に帰ってきた」

「今なにやっているの？」

「団子屋」

「浅草の？」

「そうそう」

「なんだよ、帰って来てるなら連絡くれよ」

結局、父の居所の手がかりもつかめなかったし、父が頼って行きそうな感じの人は、この二人くらいしかおれは知らなかった。

そうこうしていると、停学処分が解けて学校に通い始めていたマーが帰ってきた。マーは制服姿でスーパーのビニールを三袋抱えて帰ってきた。

「今日、カレー作るから」とマーは言った。

マーは、酒ばかり飲んで飯を食わない母が、いつでも温めれば食べられるようにと、カレーを作り置きにしておこうと考えたらしい。それで大量に食材を買ってきたのだが、あまりに量が多いので、おれも手伝うことにした。野菜を切って用意するだけでも一時間かかってしまった。それに普通の鍋《なべ》では煮込めるような量ではなかったので、爺さんが八百屋でタケノコを煮たりしていた大鍋を、屋上の物置から持ってきてカレーを煮込んだ。

でき上がったカレーは野菜がゴロゴロしていて、昔よく父とマーとキャンプに行って作ったカレーを思い出した。ちなみに母はキャンプが嫌いで「わざわざ屋根もないところに行って、わざわざ屋根こしらえて過ごすなんて意味がわからない」と、一度も来たことがなかった。

炬燵《こたつ》で寝ている母を起こし、三人でカレーを食べたが、母は「もう食べられない」と、お皿半分しか食べなかった。

「おれさっきノリタケちゃんと関田さんのところに電話した」

「ちょっとあんた勝手になにやってるのよ」

「勝手もなにも、心配なんだろ」

「まあ、そうだけれど、ここまで連絡ないとね」

「おやじさ、アメリカ行ってたときあったでしょ、あのときも連絡くらいはあったんでしょ」

「連絡連絡いうけどね、あんただって、お爺ちゃん亡くなったとき、連絡も取れなかったじゃない。それにアメリカアメリカいうけどね、あれは、ちょっと別でしょ」

「別って？」

「あれは女でしょ」

「女、なにそれ？」

「……あれ？」

「へ？」

「……あんた知らなかったっけ？」

「なにが？」

「腹違いの妹」

「は？　妹？」

「ハーフの」

「ハーフ?」

「あれ、本当に何にも知らなかったんだっけ? マーちゃん知ってるよね?」

「うん。よういっちゃんから聞いたことあるよ」

「おやじって、関田さんの弟がアメリカで牧場始めるときに、手伝いに行ってたんでしょ。ほら正章も行ってた」

「そうだけど」

「そうだけど、なんなの？」

「だから、アメリカにあんたの腹違いの妹がいるの」

「え? なにそれ」

「あんたが知らなかっただけなんじゃないの。別に、あたしもお父さんも、隠してるつもりはなかったし、あんた、ほら、旅行とかばかり行ってるし。鈍感だからそういうの」

父が関田さんの弟の始めた牧場を手伝いに行っていたのは確かで、しばらくしたらおれと母を呼んで、移住するつもりだったということは聞いたことはあるが、家族を呼ぶ前に、そこで女ができて子供もできてしまい、それから二年も居続けて、日本に帰ってきたのは、正式に母と離婚するためだったらしい。しかし、「なんだか、成り行きで、気づいたら、また一緒に生活してたのね」と母は言ったが、こっち側にとっても、あっち側にとっても随分無責任な話で、小学生のとき、母が父に茶碗《ちゃわん》を投げつけていた理由が、今になってわかった。

「じゃあ、アメリカに行っちゃってるんじゃねえのか、また」

「なに言ってんのよあんた。そんなことはないわよ。向こうの人は、シアトルか何かでレストラン経営してる人と結婚したって」

知らなかった事実が突然、飛び込んで来たのだが、おれはそれほどショックではなかった。しかし妹がいるというのはやはり気になる。彼女はいったいどんな娘なのか？　母は知っているのだろうか？　色々訊《き》いてみたいこともあったが、母に訊くのはなんだか気が引けた。しかもそのアメリカの牧場は正章が行っていたところでもあり、もしかしたら正章が何か知っているかもしれないので、今度会ったら訊いてみることにした。

「他には手がかりはないの？　最近やってた仕事とかさ」

「最近はロシアのはちみつが、どうのこうの言ってたけれど」

「あーなんか言ってたね」

「他には？」

「他にはね……わかんないね。嫌になっちゃうね」

母のこの飄々《ひょうひょう》とした独特の感覚は父にもあって、その波長があっていたのかもしれない。だから、色々あっても、母は父を自由にさせていたし、突っ込んで色々詮索《せんさく》したりしなかった。その自由さによって、父も母だと安心できると確信していたのだと思う。そして父は今までの所業を清算するかのように、最近は母には優しくなっていて、「あんたが奥さんで良かったよ」とよく話していた。だから今回、母のショックは大きいのだと思う。

「そうだ、おやじの岩本町の事務所、あそこ行ってみれば、なんか手がかりがあるんじゃないのか」

「だって鍵《かぎ》持ってないよ」

「おれ行ってみるよ、管理人さんに借りてみるとかしてみる」

カレーを食い終わってから、マーも一緒に行くというので、歩いて岩本町の事務所に行くことにした。

外は相変わらず寒かった。マーは父に買ってもらった紫のニューバランスを履いていた。

「靴いいね」

「これ高かったんだよね。スニーカーの癖に全部革なんだよ。アメ横行ったときさ、マーが見てたら、よういっちゃんが、それ欲しいのかって訊いてきて、値段も見ないで買ってくれた。二万くらいした」

「二万もしたの？」

「なんか珍しいやつらしいよ、マー、あんまよくわかんないけど」

マーは嬉《うれ》しそうに、自分の足下を見ながら歩いていた。

「マーさ、おやじの、アメリカにいる子供って知ってたんでしょ?」

「うん。詳しくは知らないけれどね。本当に知らなかったの?」

「知らなかったよ」

「ショック?」

「それが、大してショックじゃないんだよね」

「変な家族だからね、よういっちゃんの家族ってのは」

「マーも、その一味だろ」

「でも、マーは、よういっちゃんと直接血はつながってないもん」

マーは本当に父と仲が良かったから、これまで考えたことはなかったが、父と血はつながっていなかった。

岩本町の父の事務所は、事務所といっても、ただのワンルームマンションで、一階の薄暗いロビーの横にある管理人室に行ってみると、受付のガラス窓はカーテンが閉じていて中は暗かった。管理人に事情を話して鍵を借りようと思っていたのだが、どうにもならず、なんとなく裏の駐車場にまわって、二階にある父の事務所のベランダを眺めてみた。おれがここに来たのは、父に頼まれ荷物を届けにきた数回程度のことだった。

どうしようかねと、ベランダを眺めていると「ああ、アイス食べたくなってきちゃった」とマーが言った。「こんな寒いのに?」、「こんな寒いから」

父の部屋は端《はし》っこだったので、配管パイプをつたって、手を伸ばせば簡単にベランダには侵入できそうだった。部屋に行けば何か手掛かりがあるのではないかと、おれはマーに見張りをさせ、プラスチックの配管パイプを登ってみると、メリメリ音がして、パイプが徐々に壁から剝《は》がれだし、粉が降ってきた。焦《あせ》りながらもなんとかベランダに辿《たど》り着くと、窓ガラスの向こうには薄いカーテンがしてあって、ガラス窓に額をつけて覗《のぞ》き込んでみたが、なんの気配もなかった。建て付けが悪くなっているのか、ロックが最後までしっかりはまってないのか、コンコン叩くと、虫が脱皮するみたいに徐々にロックが外れた。この方法を知っているのは、昔ノリタケちゃんと二人で近所でラーメンを食べて家に帰ると、鍵がかかっていて、ノリタケちゃんが屋上から家のベランダに飛び移って、そのようにして開けたことがあったからで、「ただ闇雲《やみくも》にガンガン叩いちゃ駄目なの、静かに、でもリズミカルに叩くと、あんな鍵は簡単に開いちゃう」とノリタケちゃんは教えてくれた。それに粘土とスパナとドライバーがあれば窓からの侵入はいつでもできるよ、おれ前科者だしね、とも言っていた。

父の事務所は、もぬけの殻《から》だった。こんな状態だから点《つ》かないかと思ったが、スイッチを押してみると蛍光灯が点いた。だが素っ気ない蛍光灯の光は、ここがもぬけの殻だということをただ明らかにしただけだった。父は既にこの部屋を解約しているのだろうか。

ベランダから侵入して、父の痕跡《こんせき》を探していたら、昔、父によくイタズラされ、驚かされたことを思い出した。

小学生の頃、おれは九時に寝ることになっていたが、土曜日だけは「8時だョ！全員集合」を観《み》た後「熱中時代」というドラマを観てから十時に寝ても良いという取り決めが母とあった。父はそんな取り決めを知らないから、いつものように九時に眠るものだと思って、おれの部屋のベランダに潜んでいて、おれがベッドに入ったら、窓から飛び出して脅かそうと思っていたらしい。しかしその日は土曜日だったので、おれは「熱中時代」を観てから部屋に戻ると、窓から父が震えながら飛び出してきて、「遅えよ、寒くてしょうがねえ、いつまで待たせるんだ、あー寒いぞ、こら！」と言い放って部屋を出て行った。開けっ放しのベランダの窓からは、冷気が吹き込み、雪がちらついていた。

　そんなイタズラをしょっちゅうされたもんだから、今にも父が、この部屋のどこからか飛び出てきそうな気もしつつ、便所の扉を開けてみたが、もちろん父はいなかった。ついでに小便がしたくなってきて、チャックをおろして放尿をしていると、便所の小窓から外の廊下の蛍光灯の光が差し込んできていて、何の気なしに天井を見上げると、四角い換気口の枠がずれていた。少し気になったので、放尿が終わって、便座に乗っかり、開けて手を突っ込んでみると、手の先で何かが「がさごそ」音をたてた。引っ張り出してみるとスーパーのビニール袋が出てきた。キッチリ縛られたその袋を開けてみると、青臭いニオイが漂い、中に詰まっているものは、乾燥した大麻草だった。おれはビニールを縛りなおし、ベランダに出て、マーにそれを投げた。再び壁から剝がれそうになった配管パイプをつたって行くと、今度は完全にもぎ取れてしまいそうだったので、ベランダからぶら下がって飛び降りた。

マーは投げたビニールを手に持って、

「なにこれ？」

「大麻。部屋にあった」

「つうか、こんなもん持ってきてどうするの？　他に何かなかったの」

「何にもなかった、もぬけの殻だった」

マーがビニール袋を手でバンバン叩《たた》くと、中の空気が漏れてきて、

「うわっ！　スゲエにおい」とマーは顔をしかめた。

「便所の換気口のところに入ってた。おやじ、ここを出て行くとき隠していたの、忘れてったんだね」

「こんなもんだけ残して、何考えてんだろう、よういっちゃん」

「それ、おやじが、家の屋上で育ててたやつだよ」


家に戻ると、母は居間で酔いつぶれて、いびきをかいて眠っていた。寒かったのでお茶をいれようとしたが、ここ最近、母が焼酎《しょうちゅう》のお茶割りばかり飲んでいたので、お茶っ葉がもうなくなっていて、乾燥してるからちょうどいいし、ハーブティーだと、持って帰って来た大麻を急須《きゅうす》に入れて、お茶にしてマーと飲んだ。

おれは部屋に戻って、もと子にこの前借りたジャジューカのレコードを聴いてみた。これはなんとも、お茶にして飲んだ大麻の効能を引出すような音楽で、自分の部屋なのにわけのわからない屋敷に迷い込んでしまった気分になってきて、天井や壁の傷や汚れが、モザイクのようにバラバラになってきた。そしていつの間にか眠ってしまい、コブラに嚙《か》みつかれて、身体《からだ》が風船みたいに膨らんでしまう夢を見た。目を覚ましたときは、終わったレコード針が「ボコッボコッ」と湧《わ》き出す温泉みたいな音を立てていた。

マーはお茶を飲んだ後、風呂《ふろ》に入ったらしく、お湯が餅《もち》みたいに粘り着いてきて、湯船から出られなくなり「のぼせて死にそうになったんだから、危ないったらないよ、あんなもん二度と飲ませるな」と次の日言っていた。

父は家のビルの屋上で、大麻を栽培していた。でもこれは販売目的ではなくて、個人で嗜《たしな》むためで、母も違法であるのは知っていたが、中学生が煙草《たばこ》を吸う程度のことだと思っていた。母は吸わなかったけれど、父はたまに吸うと、ヘラヘラして、おれやマーにちょっかいを出してきたり、目をしばつかせて天井を眺めながら音楽に聴き入ったり、志ん生の落語を聞いたりしていた。

中学生の頃、おれが居間でテレビゲームをしていたら、父が覗き込んできた。それはフライトシミュレーターのゲームで、飛行機を操って着陸させるというものだった。しばらくそのゲームをおれの後ろに立って見ていた父が「このゲーム、ハッパ吸ってやったら面白いんじゃねえの」と言って、煙草の葉を抜いて大麻草を突っ込み、一緒に吸ってゲームをやった。それまで煙草もふざけて吸った程度だったので、おれはクラクラになって、ゲームはとんでもないものになってしまい、画面に光るドットが強烈に目に染《し》みて、テレビの中に入り込んでいるような気分になり、次第に気持ち悪くすらなってきた。しかし、この状態のあまりのわけのわからなさが、腹の底から笑いを誘い、声を詰まらせ、半分嗚咽《おえつ》するように、涙を流しながら、それでも震える手でコントローラーを握って、飛行機を着陸させようとしているおれを見て、父が大笑いし、それにつられ、おれも笑い、父と息子は止まらぬ笑いを強烈に楽しんでいた。その異常な場に母が帰ってきて、

「あらあ、親子仲良くていいこと」と言った。

二人はそれを聞いて、さらに大笑いした。なにも知らない母は「仲良すぎるのも気持ち悪い」と言って出て行った。そしてまた笑った。

世間からみれば、家《うち》はモラルも常識もないのだけれど、家族の体裁《ていさい》は不思議と保っていた。それは物凄《ものすご》く危《あや》うかったけれど、無理して保っている感じではなくて、骨組みがゆらゆらなビルのようではあったが、意外にバランスがよくて、崩れ落ちたりはしなかった。

クリスマスイブの前日、団子屋のバイトから帰ってくると、正章が家に遊びにきていて、

が、以前はやんちゃ坊主《ぼうず》が久しぶりに見る正章は、以前はやんちゃ坊主《ぼうず》が

台所のテーブルで母とビールを飲んでいた。久しぶりに見る正章は、以前はやんちゃ坊主《ぼうず》がそのまま大人になった感じがしたが、随分落ち着いたように見えた。

「おう来てるよ」、正章が言った。

「あんた、正章くんにまで、話しちゃったんだって」

「話したもなにも、しょうがねえだろう」

「おれ、おやじが山形から帰ってきたから、よういっちゃんのこと聞いてみたんだけど見当もつかないって。でもさ、おやじも言ってたけど、そのうち、ひょこひょこ戻ってくるんじゃねえかなって」

しばらく台所でビールを飲んで話をしていると、マーが帰って来て、おれと正章とマーで焼き肉を食べに行くことにした。正章が「一緒に行こうよ」と母も誘ったが、最近酒を飲みすぎている母は「焼き肉なんて食べられないわよ」と言って一万円をくれた。

焼肉屋は上野にある、父がキムチを輸入するつもりが、おばちゃんがやってきてしまった例の店に行った。そこは韓国食材屋や焼肉屋が立ち並ぶ通りの裏路地《うらろじ》にある小さな店で、換気がしっかり行き届かず、煙が立ちこめていて真っ白で、テレビの光で色づいて、奥にいるおばちゃんは幻想的にすら見え、

「ブロッケン現象みてえだ」と正章が言った。

「久しぶりです」とおれ。

おばちゃんは、おれの名前を全く覚える気がなく、いつも息子と呼んでいたが日本に来たときには全く日本語を喋《しゃべ》れなかったのに、今はぺらぺらだった。

「おう息子、元気か？」

「このまえ、お父さん来たぞ」

「え？　いつ？」

「これからサウナ行くって、ビビンバ食べて行っちゃったけど、いつだっけかな」

「思い出せない？」

「えーっとね、あっそう、テレビでボクシングやってたときだね、ニッポン人負けたときの」

「じゃあ、あのときじゃん」とマーが言った。

「サウナ行くって言っていた以外に何か言ってなかったですか」

「おばちゃんのビビンバはやっぱ美味《うま》いなあって言ってたよ。お父さんうちのビビンバ好きだからね」

「そんだけ？」

「つうか、あんたら入り口に突っ立ってないで、早く座りなよ、奥の座敷座っていいから」

父はこの店に来たが、それ以外は、おばちゃんに訊いても、何もわからなかった。

この店のガス台は、黒い鉄の網に白い台から青いホースが出ている昔ながらのもので、煙の逃げ場が全くなくて、煙に燻《いぶ》されながら食べる羽目になるのだが、ここに来ると、やっぱり焼き肉は、ガス台でこのように食べるのが絶対に美味いと思う。

「しかし、相変わらず、この店、煙が凄《すさ》まじいね」と咽《む》せながら言うと、おばちゃんが「サービスだよ」と山盛りのカクテキを持ってきて、「換気したかったら、自分で外に出な」

正章は煙で目をしばつかせ、

「ニンニクの粉雪が舞ってるみたい」

「おーあんたいいこと言うね、歌手か？」と喜ぶおばちゃん。

「歌手じゃないです」

「明日、雪降るかもしれないんだってよ」マーが言った。

「つうか明日クリスマスイブじゃねえか、おまえなんか予定あるの？」

「団子屋」

「マーちゃんは？」

「なんにもないよ」

「マーちゃん彼氏いないの？」、正章が言った。

「いないよ」

「あれま」

肉を焼きながら、おれ達はたわいもないことばかり喋って、父の行方についてはほとんど話さなかった。

肉を追加注文して、カウンターの奥にある煙で霞《かす》んで見えるテレビでは、アメリカの大統領が、日本にやってくるというニュースをやっていて、おれは、父の娘がアメリカにいるという話を思い出し、正章に訊《き》いてみた。

「正章さ、アメリカ行ってたときに、おれの妹とかいうのに会わなかった？　おれの妹というよりも、おやじの娘か」

「アンだろ」

「やっぱ知ってんの？」

「よういっちゃんの子供だろ、つうかなんで？　お前知らなかったの？」

「知らなかった」

「なんで？」

「なんでって言われても、この前、知ったんだよ」

「おれ中学卒業しておじさんとこに行かされてたろ。そこで、アンとしばらく一緒に住んでたもん」

「そうなの」

「あそこさ、牧場はじめたときに、よういっちゃん手伝いに行ってたろ、それで、おれのおじさんの奥さんがニーナってアメリカ人で、その妹も手伝いに来ててさ、それがお前のお母さんだよ」

「おれの母さん?」

「あっ、間違えた、お前の妹のお母さんだ。つうことは、おれは、お前と、ちょっと親族なの?」

「なんで?」

「だって、おれのおじさんの奥さんの、妹の子供だろ? ハトコっていうんだっけ、そういうの?」

「お前は、そのアンちゃんとハトコかもしれないけれど、おれとは関係ないだろう」

「だって、ハトコのお父さんと、お前のお父さんが一緒なんだろ、アンとおれの関係と、おれとお前の関係、同じじゃねえか?」

「母親が違うだろ」

「え? じゃあマーちゃんとおれもなんかか?」

「なんでもないでしょ」

「そうか?」

「アンちゃんってなにやってるの?」とマーが言った。

「アンは、お母さんがシアトルの日系の実業家と結婚して、そこに住んでるよ。凄い金持ちでさ、おれシアトルに行ったときに、泊らせてもらったことあるんだよ。つうか本当知らなかったの?」

「だから知らないよ」

「でも、よういっちゃんも隠してもなかったたし、お前の母さんも知っているだろう」

「ああ」

「じゃあ言いそびれていただけじゃないの」

「言いそびれすぎだろ」

「お前が家族会議に出ないで、いつもあっちこっち行ってるからいけないんだろ」

「家族会議ってなんだよ。正章ん家《ち》そんなのあるの?」

「家族っていったって、今はおれん家、おやじとおれだけだもん。でも、おやじとおふくろが離婚するときにはあったよ、姉ちゃんと妹も集まって、テーブル囲んで」

正章がアメリカに行く頃、関田さんと正章の母親は離婚した。正章は姉と妹がいるのだが、二人は母親の方に付いていっていた。

「ああいうもんは最後にやるのかね、家庭崩壊の寸前に」

「おれん家まだ崩壊はしてないよ」

「おまえん家は崩壊しないだろ、そんな気がする」

「アンちゃんって、どんな人なの?」マーが訊いた。

「可愛《かわい》い娘だよ」と言って正章はおれの顔をまじまじと見て、

「オメエには全然似てないな。アンはもっと、こう、目がくっきりして鼻も高いけど、おまえ完璧《かんぺき》アジア人だなぁ」

「アンちゃんて、マーと同い歳《どし》くらいなんだっけ？」

「そうそう。でも、アメリカってのは飛び級ってのがあってさ、だから今、大学生で、考古学だか、なんだかやってるよ」

「かたや停学で」おれが言った。

「すいませんね、悪かったわね」

「つうか、お前、旅行ばっかしてんなら、今度アンに会いに行ってみろよ」正章が言った。

「そうだよ」マーが言う。

「なんていって会いに行けばいいんだよ」

「腹違いの兄ですって」

「そんな簡単かね？」

「簡単だよ、アメリカなんてそういうの簡単なんだよ。産んでもない子供を十人まとめて育てちゃうような人がいる国だよ」

　正章と別れて、ニンニク臭い息を吐き出しながら、マーと家まで歩いて帰っていると、マーがアイスを食べたいというので、おれも買って食べた。寒い中アイスを食ってると、頭はしゃきっとしてきたが、身体が冷えて仕方なかった。マーは美味《うま》そうな顔をして「やっぱ、冬のアイスは最高だね」と言っていた。

次の日も朝から浅草に団子を焼きに行った。朝、団子の焼き台を掃除していたら、もと子が「あんた、ニンニク臭いよ！」と言ってきた。

浅草はクリスマスから大晦日《おおみそか》まで、新年からはじまる怒濤《どとう》のような日々に向け、それぞれの店が準備をはじめ、せわしなくなってくる。街にはお飾りを売る露店が出たり、普段繁盛《はんじょう》してないような店でも、正月に売る商品を大量に仕入れるから店の前にダンボールが高々と積み上げられたりしている。

団子屋も、醬油《しょうゆ》、みたらし、ずんだ、餡《あん》の入ったダンボールを冷蔵庫に保存したり、お年賀に使う箱や、団子を一本だけ買う人に添える紙を合羽橋に仕入れに行ったり、団子の焼き台の掃除やら、やることが沢山あって、もと子の息子の幸輔も手伝いにきていた。それになぜか、もと子が落語家になるのを諦《あきら》めろと言ったタケルくんも手伝いに来ていた。

「あれタケルくん、田舎に帰るんじゃなかったの？」

「そんなこと言わないでくださいよ。もと子さんが、正月バイトすれば、なり助師匠を紹介してくれるっていうから、手伝いに来たんですよ」

「そうなんだ」

「はい、もと子さんには、ズタボロに言われてますけれど、なんとかしてくれるって言うから、とにかく、よろしくおねがいします」

「ちゃんとバイト代もらえるの？」

「それが、謎《なぞ》なんですよ。でも訊けないんですよ」

人数が増えたから、ちょっとは仕事が楽になるかと思ったけれど、結局いつもより忙しかった。

バイトが終わって家に帰ると、母が珍しく酒も飲まず素面《しらふ》で、台所のテーブルに銀行通帳や領収書を散らばらせて計算機を叩《たた》いていた。母は家のビルの管理をやっているので、月末になるとビルに入っている店舗の、電気代や水道代など、もろもろの経理をやっていた。マーは台所で夕飯を作っていた。母は通帳片手に言った。

「あの馬鹿《ばか》、通帳に入ってた五十万下《お》ろしちゃってるのよ。だから今月、家は一銭もないですよ。次の家賃収入が入ってくるの来月だから、もう今月は、家には一銭もないです」

「おやじが下《お》ろしたの？」

「いなくなった次の日に上野で下《お》ろしてる」

「なんで今まで、気がつかなかったんだよ。酒ばっか飲んでるからだろ」

「酒ばっか飲んでたってね、ちゃんと今は、こーうやって計算しているじゃない。それに今は飲んでないわよ、とにかく今年の正月は餅《もち》も買えませんよ」

「餅ぐらい団子屋から持ってきてやるけど、どうせ金あっても酒飲んじゃうんだろ。っていうか、酒が買えないから困ってんだろ」

するど、台所で夕飯を作ってたマーが、

「あれ売っちゃえば、よういっちゃんの大麻」

「あっ、そうか」

あんなもん家にあっても仕方がないので、おれも売ってしまった方がいいと思った。それで高校の同級生に電話をしてみることにした。

奴《やつ》はテレビのアナウンサーの息子で、典型的な金持ちの馬鹿息子だった。高校の頃から親にあてがわれた広尾のマンションに住んでいて、何回か遊びに行ったことがあったが、することといったら、いつも大麻を吸っているだけだった。おれは、家のおやじが大麻を育てている話は、したことはなかったが、奴になら確実に売れるだろうし、奴のまわりには、取り巻き連中が沢山いたので、きっと誰かが買うと思った。

「大宮、久しぶり、大学やめちゃったんだって」

おれも奴も大学の付属高校だったので、大概の連中は上の大学に上がっていた。

「クリスマスイブなのにどうしたの？　さみしいじゃん」

「あっ今日そうか。ゴメン忙しかった？」

「いや、いまオレん家に集まって、パーティーしてんだよ。お前こそなにやってるの」

「なんもしてないよ。でさ、お前まだ、大麻とかガンガンやっちゃってるんだろ」

「やっちゃってるっていうか、今もやっているけど、ガンジャ欲しいの？」「いや、そうじゃなくて」、電話の向こうが騒がしかった。「そうじゃなくて、おれ沢山持ってるんだけど、お前、買わないかと思ってさ」

「おれに売りつけようっての」

「そうなんだけど」

「どんくらいあるんだよ？」

「スーパーマーケットのデカいビニール袋にパンパン」

「じゃあ、今から、家に来いよ、みんな集まってるし」

電話の後ろから「だあれ？」と言う声が聞こえた。「大宮だよ」、「おー、おーみやーげんきい遊びにおいでよぉ」と聞き覚えのある女の声が聞こえてきて、電話はブツリと切れた。

おれは地下鉄で奴の家に行くことにした。そしてニオっちゃいけないと、念のため大麻の入ったビニール袋をゴミ袋に入れて、旅行用の大きなリュックサックに入れて家を出た。街に麻薬犬がうろついているわけでもないが、こんな大量の大麻を背負って地下鉄に乗るのはやはりちょっと気が引けた。昔、爺《じい》さんから聞いた話で、戦後、闇米《やみごめ》を担《かつ》いで運んでいたのは、こんな気分だったのだろうかと思った。

年末も近く地下鉄の入り口や地下道には警察官がいたるところに立っていて、おれは下を向き、警察官とは絶対目を合わせないように心がけた。地下鉄に乗ると、やたらめったら混雑していた。一応迷惑を気にして背中に担いだリュックを前に抱えたのだが、酔っぱらいのサラリーマンが寄りかかってきて、チャックの隙間《すきま》から大麻の独特なニオイが漏れてきた。少し焦《あせ》ったが、そのうちアルコールのニオイと中和され、わけのわからないニオイになっていた。

駅に着き奴のマンションに向かった。転んだら痛そうなつるつるの床のマンションの入り口。家《うち》のビルとえらい違いであるが、その豪華さは無駄としか思えなくて、おれは爺さんの血を継いでいるのだと変に納得した。インターホンで部屋番号を押すと奴が出た。

「大宮だけど」

「見えてるよ」

インターホンにはカメラがついており、入り口の扉が自動で開いた。マンションの中に入ると無駄に広いロビーがあった。エレベーターに乗って三階に着くと、足音を消してしまう立派な絨毯《じゅうたん》が敷いてあり、足がなくなってしまったような感覚がして、背中に背負った大麻で既にラリってるような気分になった。麻畑で働く人達が収穫のときラリった感じになる「麻酔《あさよ》い」というのを聞いたことがあるが、歩き慣れない絨毯のせいで自分もそんな感じになっている。すると奥にある扉が開き、奴が顔を出し、静まり返っていた廊下に部屋の音楽や人の声が響いてきた。

中に入ると、ソファーにすし詰め状態で座り、テレビで映画を観《み》ている奴ら、酒を飲んでる奴ら、ざっと見ても二十人くらいの人間がいて、ほとんどが顔見知りの高校時代の同級生だった。その中には最近テレビに出ている女子大生タレントもいて、奴の彼女だと紹介された。

台所の方には、おれが昔付き合っていたタラという娘がいた。タラは小学生の頃は常に刈上げでサザエさん家のタラちゃんみたいだったから、そんなあだ名がついたらしい。今はもちろん刈上げではないけれど、肩に髪があたるのが気持ち悪いと、いつもショートカットだった。

「おお、おおみやあー、元気だったあ」とタラは抱きついてきた。

奴が缶ビールを持ってきてくれ、

「大宮、旅行者じゃねんだから、そのリュックおろしたら」

おれは部屋に入ってからリュックを背負いっぱなしだった。リュックをおろしながら大麻の入ったゴミ袋を取り出し「はい、これ」と奴に渡した。

「そんな焦るなよ、お前、ちょっとゆっくりしていけるんだろ」

奴はゴミ袋をあけてビニール袋を取り出し縛ってある取っ手をほどくと、タラが覗《のぞ》き込み、

「あれえ、大宮、プッシャーになっちゃったの？」

「プッシャーなんて、やってないよ。家にあったの」

「なんでこんなの家にあるんだよ」奴が訊いてきた。するとタラが、

ていた。

「あっ、大宮のお父さん、栽培してたもんね」

タラは付き合ってた頃、家に何回か遊びにきたことがあって、父が栽培していたのを知っていた。

「なにやってんの、お前のおやじ?」

「なんにもしてねえけど。今行方不明だし。それ、いくらくらいで買ってくれる?」

「行方不明?」

「まあそれはどうでもいいんだけど、いくらで買ってくれる?」

「ちょっと待てよ、品質ってのがあるから、吸ってみなけりゃわからねえよ、ねえ玉ちゃん、紙持ってきてくれる」

すると奴の取り巻きの一人、これも高校の同級生だった玉川という坊主頭《ぼうずあたま》で小学生の頃からボディビルをやっている硬球ボールみたいなチビが、巻き煙草《たばこ》の青いリズラペーパーを持ってきて、ビニールからつまんだ大麻を指先で揉《も》みほぐしながら、慣れた手つきで器用にペーパーを巻き、ジョイントを作った。

玉川は火をつけ、大きく一服してから奴に渡し、奴は一服してタラに渡し、タラが一服していると、奴は大きく煙を吐き出しながら、「ダハっ」とムセた。「ダっ、これ野生すぎる」。

「野生? なにそれ」

「これ、外で育ててたんだろ。まあいいや、量が多いから三万だね」

「そんなもんなの？」

十万くらいで売れるかと思っていたからちょっと拍子抜けした。

「だってお前、水耕栽培《すいこう》の吸ったことある？　そうだ玉ちゃん、大宮にハイドロ吸わせてやろうよ」

玉川はジョイントをスパスパ吸いながら、どこかに消えて行った。

「ねえ、おおみや、就職決まった？」、タラが訊《き》いてきた。

「決まってないよ、学校やめちゃったし。タラは決まったの？」

「決まったよ」

タラの就職先は誰でも聞いたことがある大きな建設会社で、コネですけどね、と言った。奴は、親父《おやじ》がアナウンサーをしているテレビ局にこれもコネで就職が決まっていると教えてくれた。

「しかし、おおみやぁ、いつまでふらふらしてるの？　就職のあてもないの？」

「あ、クリーニング屋で働くかもしんない」

おれは、榎本さんのことを思い出し、思いつきで言った。

「クリーニング屋？　なにそれ？」

しばらくすると玉川が両手で大きな水パイプを抱えて戻ってきた。水パイプは表面に髑髏《どくろ》の彫刻があり、吸い口が十字架になっていて、工芸品のような随分と立派なものだった。

「玉ちゃんがメキシコで買ってきたんだよ」と奴が言うと、玉川はニヤっと笑って、吸い口をおれに差し出し、ライターで火をつけてくれた。吸い始めると、水パイプは「ボコボコ」音を立て、その音を聞きつけたのか、ニオイを嗅《か》ぎつけたのか、ハイエナかゾンビのように、まわりの連中が集まってきた。大きく煙を吸って、息を止め、ゆっくり煙を吐いた。そうやって何回か水パイプをまわして吸った。

白い煙が天井を澱《よど》ませている。どこかで焚《た》いているお香の匂《にお》いが漂ってきた。部屋に流れる音楽が耳クソにこびり付くみたいに聴こえてきた。ラリった奴らのケラケラした笑い声。目ん玉が乾いて、上にあがる。

部屋の喧噪《けんそう》を他所《よそ》に、ソファーに深く座ると、今度は耳が遠くなってきて全《すべ》てが遮断されていくような感じがして、目を閉じた。おれはたぶん疲れていた。

気づくと、タラが横に座っていた。目が合うとタラは「あんた寝過ぎだよ」と言ってケラケラ笑った。その屈託ないタラの笑顔を眺めながら、おれ、なんで、タラと別れちゃったんだろうと考えた。でも、はっきりした理由が思い出せない。タラ可愛《かわい》いんだけど、でもさ、タラちゃん、おれ達、こんなところでいったいなにやってるの?

「遊んでんだよ」とタラ。

知らぬ間に、おれは言葉を口に出していた。

「あれ、いま何時?」

「十二時くらいじゃないの」

「もう二時間くらい、ここにいるの、おれ?」

「もっといるよ」

「じゃあ、そろそろ帰るよ」

「えーまだ遊ぼうよ、もうすぐみんな麻布のクラブ行くってよ。ていうか、おおみや目ヤバいよ」

　そう言われてみるとおれは上にあがりっぱなしの目ん玉が中々下におりてこないでいた。こりゃいけないと、冷静になろうとしたら、サーっと何かがひいて、目玉が着陸するみたいに元に戻ってきて、おもむろにおれは立ち上がり、リュックを背負っていると奴がやってきた。

「お前、帰るの?」

「ああ」

「じゃあ、ほらっ金」とポケットからゴムで束ねた分厚い札束を出して、そこから三万円を抜いて渡された。この人は、いつもこんな風にして札束をポケットに入れているのだろうか?

　おれは台所に行ってコップに水を一杯もらった。部屋にはまだ、うじゃうじゃ人がいて、おれが来たときよりも増えている様子だった。すると玉川がこっちにやってきて、「じゃあな」と手を差し出してきたので、おれも手を出し握手をすると玉川はもの凄《すご》い力で手を握った。手の骨がピキピキときしんで脳髄《のうずい》に響いた。

「いってえ！　おい、いてえよ、オメエ」

「ごめんごめん」と、へらへら笑った玉川の口元には童顔のくせに薄ら髭《ひげ》が生えていて余計腹が立った。

タラは玄関まで見送りにきてくれた。玄関で蛍光灯の光を浴びると、ラリった感じがだいぶ覚めてきた。

「ねえ」とタラは海藻みたいに揺れてる。

「なに？」

「もっと素直に楽しんだらいいのに。だって基本、馬鹿《ばか》にしてるでしょ、みんなのこと。でも、そんなあんたが一番、馬鹿だと思うよ」

「おれ馬鹿の血が流れてるから脈々と」

「なにそれ」とタラが笑って、「やっぱ、あたしも帰ろう。ちょっと待ってて」

玄関の扉に寄りかかってしばらく待っていると、タラが戻ってきた。二人で、足音を消す静かな廊下を歩いてエレベーターに乗った。

「ねえ、ちょっとどっかで飲んでいこうよ、久しぶりなんだし」とタラが言った。

おれとタラは六本木の方まで歩き、途中で見つけたバーに入って、奥のボックス席に座った。タラと会うのは一年ぶりで、こうして二人で会うのは三年ぶりだった。

「今日クリスマスイブでしょ。っていうか、もう十二時過ぎたからクリスマスか。でもさ、あたしたち、付き合ってたころ、クリスマス二人で過ごしたことなんてなかったよね。大宮、クリスマスなのに、一人でタイ行っちゃってさ、あれ本当ムカついたわ」

「そうだっけ」

「タイに女でもいたんじゃないの?」

タラはジントニックを飲みながら、痒《かゆ》いのか、片手で頭を掻《か》いた。髪の毛から、ラズベリーみたいな良い匂いが漂ってきて、それはタラが昔っから使っているシャンプーの匂いだった。

「あっ、一緒にクリスマスあるよ。タラが、高いレストラン予約しちゃってさ、会計したら金が足りなくて、タラのお母さんの店近くだったたから、来てもらってカードで払ってもらったこと」

「あったね、そんなこと」

「お母さん元気?」

「元気だよ。今日は、クリスマスのディナーショーでホテルで歌っているよ。ママもたまに、大宮くん、元気かなあって言ってるよ」

タラのお母さんは、ジャズシンガーで六本木に店も出していた。

「おおみや、今、彼女いないの？」

「いないよ、タラは？」

「いるよ」

「いいの？　クリスマスなのに？」

「だってその人、奥さんいるから、今日は家族サービスだもん」

そう言ったタラの顔は、なんだか寂しそうだった。けれど、そもそもそんな男と付き合うのが悪いのではないかと思って「大変だね」と適当に答えた。するとタラが、

「馬鹿にしてるね」

「別に馬鹿にはしてないけど」

「でも、やっぱ、わたしも馬鹿なんだけれどね」

「その人、子供いるの？」

「いるよ。三歳の子」

「タラは好きなんでしょ、その人のこと」

「うん好きだよ」

「じゃあ、いいんじゃないの」

「随分、無責任な言いっぷりだね」

「責任もなにも、おれ関係ないだろ。そういえば、おれ達ってなんで別れたんだっけ？」

「は？　そんなことも、忘れちゃったの？」

「ちゃんとした理由が思い出せないんだよ」

「あきれたよ。そういう人間だから、大宮のこと嫌になっちゃったんだよ。あんた、人の話を全く聞かないでしょ」

別れた女に別れた理由を訊くなんて、とんでもなく不毛《ふもう》なことをしている気がしてきた。

「今の彼なんて優しいんだよ。会えるときは、必ず会ってくれるしさ。大宮なんか、いつもほったらかしだったじゃない。彼なんて仕事の合間ぬって、会ってくれるんだよ」

「仕事の合間って、仕事抜け出してきちゃうの？　なにやってんのその人？」

「なにやってんのって、まあ……」

「自由人だね」

「自由人じゃないよ。忙しいのに、会いに来てくれるんだよ。大宮なんか自由人ぶってるだけじゃないの」

「ぶってるつもりもないし、そもそも自由人てなんなの？」

「知らないよ、大宮が言ったんじゃん」

「でも、なにやってんの、その自由人みたいな忙しい妻子持ちは？」

「なにその言い方」

「ごめん、なにやってるの？」

「だから、あれだよ、映画とかそういう関係の」

「監督?」

「違う」

「あっスタッフだ。忙しいんでしょ、ああいう人」

「違うよ。そういうのに、出ている人」

「誰?」

「誰って、おおみや、どうせ、あんま映画とかテレビ観ないでしょ」

「そんなことないよ、おれも知ってる?」

「知ってると思うけど……」

「……まあ、いいや、別に誰でも」

相手がそういう人だからタラも言いにくそうだったけれど、実は下衆《げす》な心で知りたい気もした。

「でも仕事の合間をぬって、会いに来てくれるなんて偉いね」

「どうせ、馬鹿にしてるんでしょ」

タラは、あけっぴろげにできない恋をしているからなのか、やたらと突っかかってきて、次第にこっちもムカついてきた。

「馬鹿にしてないけどさ、でも、どこで会うんだよ? 普通に街で会えないだろ、そんな相手だと」

「だから、ホテルとか」

「真っ昼間から?」

「まあ、そういうときもあるけれど」

「つうか、その男、ただヤリたいだけなんじゃないの」

「はあっ」

タラの顔が険《けわ》しくなった。まずい、言い過ぎた。

「なんなの、おおみや、なんか文句あるの?」

「文句なんかないし、どうでもいいと思ってる」

「じゃあ、どうでもいいじゃん。っていうか、昔っから、あたしの相談も、まともに聞いてくれたこともないよ、あんたは」

「だったら、そんな妻子持ちとは、別れた方がいいよ」

その後、会話は続かず二人は沈黙してしまった。しばらくして顔を上げると、タラは「帰る」と言って立ち上がったので、会計を済ませて一緒に店を出た。

タラは屈託なくて性格のいい奴《やつ》だから、喋《しゃべ》りやすかったし、普通に会話をしていてもユーモアがあるから楽しくて、そこが好きだった。でも今日はなんだか違った。タラは「バーカ」と声には出さず口でかたちを作って、タクシーに乗り込んだ。

おれも、タクシーをひろって家に帰った。正月を過すために作った金は、タクシー代と飲み代で、一万円くらいになってしまった。

家に帰ってから随分と深い眠りについた。睡眠時間は短かったけれど、寝起きはスッキリしていた。そしてまた自転車に乗って浅草の団子屋に向かった。

店に着いて掃除をしながら、もと子に家の事情を話し、バイト代を十万円前借りさせてもらうことにした。もと子は、家のことを心配してくれたが、おれは「だいじょうぶだよ」と言った。それしか言いようがなかった。

その日の仕事はあまり忙しくはなかった。昼はタケルくんと、近所の定食屋に行って唐揚げ定食を食べた。

バイトが終わり、家に帰って「酒は買うなよ」と母に、前借りした金を渡した。母は珍しく夕飯を作ってくれて、茄子《なす》の挽肉炒《ひきにくいた》めをマーと母と三人で食べた。

「酒は買うなよ」と渡した金であったが、夕飯を食べ終わると、母はそそくさと近所の酒屋に焼酎《しょうちゅう》を買いに行き、おれが風呂《ふろ》から出ると炬燵《こたつ》で飲んでいた。しかし何か言われると思ったらしく、酒の瓶を炬燵の中に突っ込んで隠し、「お風呂気持ちよかった?」と言った。あからさまに誤魔化しているのがバレバレであったが、おれは子供のイタズラを発見してしまったようでおかしく、半笑いで「気持ちよかったよ、おやすみ」と言って、酒は見て見ぬ振りをした。

母は、また毎日酒を飲み始めた。やはり金を渡さない方が良かったのかもしれないと思ったが、以前より飲む量は少なくなっていて、大晦日《おおみそか》にむけて昼はマーと大掃除をしたり、お節《せち》料理の準備をしていた。

父からは相変わらず連絡はなかった。

おれはバイトが忙しかった。

大晦日の夜、初詣《はつもうで》の客相手に朝まで団子を焼きつづけなくてはならなかった。十二時前になると、早く家に帰ってくれ、と悪態をつきたくなるくらい人間が溢《あふ》れてきた。近くの弁天山からは除夜の鐘が響いてきた。十二時を過ぎて年が明け、タケルくんと顔をあわせて「あけましておめでとう」と言ったきり、後はひたすら団子を焼き続けた。団子は売れに売れ、朝まで長い行列が途絶えなかった。

夜を通し団子を焼き続けたおれは、元旦《がんたん》の昼前に仕事を切り上げヘトヘトになって家に戻った。

家では母とマーとマーの実母の夕子おばさんもやってきて、テレビを観《み》ながらお節料理を食べていた。本来、正月であったら、ここに父もいた。

母は正月にかこつけて、また酒を大量に飲みはじめ、既に正体のないくらいベロベロに酔っぱらっていた。

「お節、作ったのにさ、やっぱり、よういっちゃんは帰って来ないし、帰ってくれば、あったかい食べ物もあるのにさぁ、ほんとう、どこに行っちゃったのかしら、帰ってこないかねぇ」と嘆いて、泣いては酒をあおるの繰り返しで、手元がおぼつかないから何回も酒をこぼし、炬燵布団《ぶとん》には酒がしみ込み湿ったままアルコール臭くなっていた。スナックをやっているので酔っ払いには慣れている夕子おばさんも、さすがに手を焼き、「この人はもう、どうしようもないよ」と言って、元旦からスナックに来るお客さんがいるからと、店に戻ってしまった。そして母は、またいつものように、炬燵でいびきをかいて眠りだした。

その後も、二日、三日と、おれは朝から晩まで浅草で団子を焼きつづけた。母はまた炬燵の住人になってしまい、酒を飲みながら過ごしていた。マーは友達の家に遊びに行ったり、初詣に成田山へ行って、おみやげに落花生《らっかせい》を買ってきてくれ、母はそれを食い過ぎ鼻血を流し炬燵布団が赤く染まった。

四日の昼過ぎ、いまだ浅草は人が途絶えず、いつものように団子を焼いていると、店に電話が掛かってきて、もと子に「ちょっとちょっと、あんたあんた」と呼ばれ、電話に出るとマーからで、母が階段から落ちて救急車で運ばれたらしく、おれは仕事を切り上げさせてもらい、自転車で母が運ばれた隅田川の近くにある病院に向かった。「駒形《こまがた》どぜう」の前に漂うネギの匂《にお》いの空気を裂いて必死にペダルを漕《こ》いだ。

病室の大部屋には他の患者はいなくて、母は窓際《まどぎわ》の方のベッドで頭に包帯を巻いて座り、横の丸椅子《まるいす》にマーが座っていた。

母は屋上で洗濯物を干して、階段を降りているときに転げ落ちたらしい。酔っぱらっていたものだから、結構派手に落ちたみたいで、マーが友達と遊びに行こうとして、玄関を出てエレベーターを待っていると、屋上に通じる非常階段の扉の向こうからもの凄い音が聞こえてきた。驚いて扉を開けてみると、母が唸《うな》りながら頭から血を流し倒れていた。

母は頭を十五針縫った。他はなんともないということだったけれど、頭を打ったので明日、一応精密検査をすることになっていた。

「大丈夫だから」母が言った。

「大丈夫じゃないじゃん」マーが言った。

「ごめんね」

「酔っぱらいすぎなんだよ、だいたいなんで酔っぱらって洗濯なんかしてんだよ」

「だって、あんたずっと働いてるからさ。洗濯物たまっていたでしょ、だから洗ってあげようと思ってさ」

ありがとう。すいません。感謝の気持ちで一杯になったけれど、何故《なぜ》だか、頭に包帯を巻いた母を見てたら言葉には出せなかった。それに母の吐く息は、まだアルコール臭かった。

「おやじのこと、心配なのもわかるけれどさ、とにかく今はうっちゃっといて、酒のこと本気で考えようよ。でも、病院じゃ、酒抜くにはちょうど良いね」

「そうかも、しれないけど、ごめんね」

「あやまらなくていいです」おれは言った。

母は泣き出した。マーもつられて泣いた。

「でも、よかったよ、頭縫うだけで済んだんだから、凄《すご》い血だったんだよ」マーが言った。すると母が、「あたしも自分の血を見て、気絶しそうになったのよ。血の池地獄よ、ねーマーちゃん」と呑気《のんき》に言った。

「あーあーやめてよ、思い出すのも怖いよ」

「アルコールも、なんか治療ないのかな。おれ明日先生に相談してみるわ」

「ちょっと、そんなこと大きな声で言わないでよ。そこら辺に看護婦さんいるんだから。それに、あたしアル中じゃないよ」

「アル中の人ってのは、大抵自分ではアル中じゃないって言うんですよ。でもアル中はアル中って病気では死なないから、他の病気になるとか階段から落ちたりして、死んだりするんだってよ」

「だから、アル中じゃないって」

「アル中だよ」

「違うって」

「チューじゃなくても、依存症だって」

「依存もしてませんて」

「してるよ。なんなら病院に内緒で、焼酎持ってきてやろうか？」

「……あっ、そうしてもらえると、ありがたい」

ちょっと間があって、おれもマーも母も同時に笑った。笑っている場合じゃないのに笑ってる。考えてみれば、父蒸発、母酒飲んで大怪我《おおけが》、といった状態なのに、悲惨な方に向かわず、あっけらかんと笑うことができるのが、この家族の得体の知れなさだと思った。

自転車を転がしながら、マーと家に帰る途中、さっきネギの匂いを嗅《か》いだ「駒形どぜう」で、どじょうを食べたかったけれど、混んでいるだろうから、家の方まで戻ってきたが、近所の店は正月でほとんど閉まっていた。だが一軒だけ、昔からあるのは知っていたが一度も入ったことのない、店構えからして客を拒否しているような、破れた暖簾《のれん》に排気口がある外の壁は黒い油が死人の溶けた髪の毛みたいにベットリ汚れている中華屋があって、その店の看板だけが人気の少ない正月の夜道に光っていた。

「家に帰って、なんか作るのも面倒だし、あそこ入ってみる？」、おれは言った。

「だって禁断の店だよ。入っちゃうの？」

「入っちゃおう」

カウンター席に座ると、厨房《ちゆうぼう》には中年レスラーみたいな体格をした、まゆ毛の薄いスキンヘッドのおやじが一人立って店のテレビを観ていた。店内には三社祭《さんじやまつり》のカレンダーと白い提《ちよう》灯《ちん》が飾ってあったが、油の黒い汚れが模様みたいに付着していた。

おれはタンメンを頼み、マーはチャーハンを頼み、餃子《ギョウザ》を一皿頼んだ。手際よく作られ、すぐに出てきたタンメン、チャーハン、餃子を覚悟して食べてみたが、味は拍子抜けするくらい普通だった。

マーがタンメン頂戴《ちょうだい》というので交換して食べたけれども、チャーハンもまずくはなかった。

「ちょっと拍子抜けだね」おれが言うと、マーが「うん」と微笑《ほほえ》んで言った。

「まずいものって、実は世の中にそうそうないんだね」

「そうだね」

「でも、あのときおやじの作ったスープは、どう今考えても笑っちゃうくらい、まずかった」

「まずかったぁー。マーいまだに思い出せるよ、あの味」

「おれも思い出せる。人間て精神状態がよくないと、まずいもん作っちゃうのかね。味覚が狂うのかな?」

「だけどまずい方が美味《うま》いよりもインパクトがあるよね」

すると、突然カウンターにおやじが顔を出してきて、

「おめえら、まずいまずい、言ってんならよ、食わねえで、帰ってくんねえか」

「えっ?」

「そんなまずいなら出てけよ」

「いや、今食べているこれがまずいんじゃなくて、他のまずい話をしてたんですけど」

「ややっこしいこと話してんじゃねえよ」

「これは美味《おい》しいですよ」マーはおやじに向かって微笑んだが、おやじは睨《にら》み続けた。するとマーも元来気が強い性格なので、首をちょいと傾けて睨みかえし「それなりにだけど」と言った。

「すいません」即座におれは謝った。

おやじは舌打ちをして、店の奥の方に行き煙草《たばこ》に火をつけ背中を向けてスポーツ新聞を読んだ。

「それなりにって、余計だろ?」小さな声で言うと、マーも小声で、

「だって、いくら勘違いでも、あんなに睨むことないじゃん。それにマーが作ったチャーハンの方が美味しいもん」

おれは、タンメンのスープを全部飲み干して、金を払って店を出た。

歩きながらマーが、「やっぱ、むかつく、あのおやじ! まずは、店の掃除をしろってんだよ、あれは客を迎え入れる店じゃないよ。口直しにアイス食べなきゃやってられないわ」と、なにかにつけてアイスを食いたくなるマーは、一階のコンビニでモナカアイスを買ってから家に戻った。おれは、母の干した洗濯物を取り込むため屋上に行った。天気予報では明

日は大寒波ということで、とんでもなく寒かったが、東京上空の正月の空は空気が澄んでいて、沢山の星の下でおれのパンツとTシャツが風にたなびいていた。

取り込んだ洗濯物を抱えて階段を降りると、母の流した血だまりの跡があって、赤茶けて乾いていた。なんだかそれは、ずっとそこにあった汚れみたいに、所々サビている非常階段にはしっくりきていた。おれは洗濯物を階段に置いて、屋上からホースを伸ばしデッキブラシを持ってきて、水を流しながら擦《こす》った。乾いていた血が再び赤い液体になって、非常階段の下に落ちていった。

濡《ぬ》れた手が冷たく、洗濯物に手を突っ込んで部屋に戻ると、マーが炬燵に入ってお正月の陽気なテレビ番組を観ながら、「ねえ、このアイス絶対、夏の売れ残り、すごい硬いんだけど！」と懸命にモナカアイスに齧《かじ》りついていた。

おれは取り込んだ洗濯物を炬燵の横に放り投げ、クシャクシャの山にしたまま、かじかんだ手を炬燵の中に突っ込んだ。

マーは硬いアイスにイラつきながら、テレビに向かって「この女、むかつくんだけど。この作り笑い気持ち悪い」と言った。そこには、大麻を売りに行ったとき、奴の彼女だと紹介された女子大生タレントの娘が映っていた。あのときは垢抜《あかぬ》けた普通に可愛《かわい》い娘だと思っていたけれど、テレビの中だと、なんともいいようのない痛々しい存在だった。すると電話が鳴って、出ると正章だった。

「よういっちゃん、見つかったぞ。電話じゃなんだから、今からお前ん家《ち》に行くから」

おれが電話で尋ねようとする間もなく正章は電話を切ってしまい、三十分くらいして車でやってきた。

「正月は道が空《す》いてるからいいね。このまま都内封鎖しちゃえばいいのに」

マーが正章にお茶を持ってきた。

「よういっちゃん、伊東《いとう》にいる」

「伊東？」

「伊豆《いず》の伊東。毎年正月は伊東の神社で温泉客相手に、古道具市をやっているんだよ、おやじ達。そしたら、そこに、ひょこひょこ現れたんだって。確かよういっちゃんも古道具屋やってた頃、正月伊東に行ってただろ」

「おれらも一緒に行ったことあるよ。温泉に入れるからって」

「マーも行ったことある。そのとき初めて正章くんに会ったんだよ」

「そうだっけ？」

「で、よういっちゃんは、なにやってるの？」マーが訊《き》いた。

「おやじも、まだ理由はちゃんと訊いてないらしいんだけど、とにかくこっちにすぐ来いって」

「なんで家に連絡よこさないんだよ、おやじは」

「なんか知らねえけれど、盗聴されているかもしんないとか、張り込まれていたらヤバいからとか、言ってるらしいけど」

「狂っちゃったのか?」

「おれも直接話してるわけじゃないから。でな、とにかく、お前らを連れてこいって。おやじ達が泊まってる宿にいるから、とにかく今から行こう。あれ? つうか、お母さんいないじゃん? どうしたの?」

「母さん、今日入院しちゃったんだよ。階段から落ちて、頭縫って」

「えっ、それ、まずくねえか、大丈夫なの?」

「うん。さっき病院に行ってたんだけど」

「病院は明日、マーが行くから、行って来なよ」

「あっバイト」

「こんなときにバイトのこと気にしてるんじゃねえよ」

おれは、もと子に電話をして事情を話し、明日のバイトは休むと伝えた。父の状況はよくわからないけれど、とにかく生きているということで、なんだか安心していた。

「そうだ、でもまだ事情がよくわかってねえから、母さんには、このことまだ話さない方がいいかもしれない。わかったら、電話するから」と、おれはマーに言った。

正章の車は中古の白いフォルクスワーゲンゴルフで、たぶん買ってから全く洗車しておず、白いのは下地だけでネズミ色に変色してところどころ塗装がひび割れていた。「ブロロン、ブロロン」と潰《つぶ》れた尻《しり》で屁《へ》をこいてるみたいなエンジン音が車内に響いて震えた。エアコンは壊れていて、どうにもならないほど冷気が充満していた。後部座席には毛布が積んであり、「走るともっと寒くなるから、それ被《かぶ》って」と正章が言うので、頭からすっぽり毛布を被った。正章も毛布を被って運転していたので、まるで二人の難民が車で逃げているようだった。

カーステレオのカセットは入ったままの状態で出てこなくなってしまっている。それは正章がどこかの駐車場で拾った子供の童謡集のカセットで、「しょっしょっしょうじょうじ」とか「ゆうやけ、こやけえのあかとんぼー」とか「なのはーな、ばたけえーに」といった曲しか流れない。ラジオの方はＡＭしか入らず、どれをまわしても、「あけましておめでとう」といった調子だったが、ＮＨＫラジオにまわすと、女の人が歌う古い録音のジャズが流れていた。

「これ誰だっけ？」

「ビリー・ホリデイ」正章が言った。

「あれか、リンチされた人間が木にぶら下げられてるやつ」

「そうそう」

「そんで果物みたいだってのでしょ」

「ストレンジ・フルーツ。おれアメリカで、この曲のもとになった写真を見たことあるんだよ。ひでえんだよ、黒人二人がボロボロにリンチされた挙げ句、木にぶら下げられているの。で、その下に、人が群がって見物してんの。よくわかんねえ、人間」

「ほんとわかんないね」

その後もラジオからは古いジャズが数曲流れ、やがて、聴いたことのある出囃子《でばやし》が流れた。それは古《こ》今亭志《こんていし》ん生《しょう》の出囃子で、おれは子供の頃、父に車の中でよく聞かされたので懐《なつ》かしかった。父は志ん生が好きで、カセット全集を持っていた。

ラジオからは「粗《そ》忽長屋《こつながや》」という志ん生の落語が始まった。

せっかちな男が浅草の観音さんのところに行くと、人だかりができていた。「なんだなんだ」とかき分けていくと、人が行き倒れていた。男がその死体を見ると、顔見知りだったので、「おれはこいつを知っている」と言う。挙げ句「知り合いだから、この死体は当人に引き取らせるようにする。で、今から当人を呼んでくるから、死体はこのままにしておいてくれ」とわけのわからないことを言い出す。男は急いで、その当人を呼びに行く。死んでいるとされた当人は、昼間っから呑気《のんき》に家で酒なんか飲んでいる。しかし男は「お前は行き倒れて死んでっから自分の死体を引き取りに行かなくちゃぁならない」と言う。言われた当人、もちろんわけがわからないのだが、しつこく何度も男に「お前は死んでいる」と言われたもんだから、だんだんその気になってきて、「そうか、おれは死んじまったのか」と悲しくなってしまう。で、男と一緒に死体のある現場に行く。男は「ほら、お前、死んでいるだろう」と言うと、「ああ死んでいる」と当人は納得して、死体を抱えながら「死んでるおれは、おれだけど、死んでるおれを抱えてるおれは、誰なんだろうなぁ〜」と終わる。

荒唐無稽《こうとうむけい》な噺《はなし》だが、志ん生の落語には荒唐無稽を超えたおかしさがあって、志ん生が最後で「誰なんだろうなぁ〜」と言うと、独特の雰囲気が漂い、謎《なぞ》は解決しないが、乱暴にもなにもかもが肯定されてしまう感じがした。

子供の頃、父がこれをよく真似《まね》して、おれに向かって「おれの息子はお前だけど、この隣にいるお前は、誰なんだろうなぁ〜」とよく言っていたが、さっぱりわからなかった。

奇妙な果実に見立てられた死体と、自分の死体（とされる死体）を抱え「死んでるおれを抱えてるおれは、誰なんだろうなぁ〜」というのは、どちらも底知れぬ恐ろしさを含んでいる。それは「よくわかんねえ、人間」と正章が言う通りで、そんなことを感じつつも、おれ達は、ただただ志ん生の落語に笑って、その笑いで寒さを紛らわしていた。しかし落語が終わると、今度はフュージョン音楽が流れだし、車内はとんでもなく寒くなってきた。

冷たい空気を裂いて高速道路を走る暖房のぶっ壊れた車の中は食肉冷凍庫のようになってしまい、二人の震えは止まらず、歯をガチガチさせていると、馬鹿《ばか》にするようにフュージョン音楽が重なった。

高速道路を降りて海沿いの道を走り、熱海《あたみ》を過ぎ、山間部に入ると、ラジオはとぎれとぎれにしか聞こえず、寒さでもう何も喋《しゃべ》れず、エンジン音だけの響く車内でおれ達は、さながら冷凍され輸送されてる牛だった。

東京からは三時間で伊東に着いたが、車を降りると外の方が暖かかった。見覚えのある寂れた宿は、やはり子供の頃の正月、父に連れてこられたところだった。

薄暗い蛍光灯が光るフロントには誰もいなかった。靴を脱いで赤いビニールのスリッパを履き、煤《すす》けた水色のざらざらのカーペットを歩く。骨まで冷たくなった二人は、震えながらエレベーターに乗って三階で降りると、大きな襖《ふすま》があり、そこをあけると舞台もある宴会場があって、浴衣姿《ゆかたすがた》のおっさん達が集まって座っていた。正月だから家族で来ている人もいて、舞台では子供が遊び、それを見守りながら奥さん同士が喋っていた。浴衣のおっさん達は笑いながら酒を酌《く》み交《か》わしていた。聞き覚えのある野太い笑い声は関田さんで、おれ達が入ってきたのに気がつくと、「おう、こっち来い」と言った。

その浴衣のおっさん達に混じり、父も旅館のペラペラの浴衣を着て座っており、おれと目があうと、照れくさそうに微笑み、「おう」と言った。おれも「おう」と言った。父の表情を見て、子供の頃、久しぶりにアメリカから帰って来たときの、あの顔を思い出したが、思っていた通り悲愴感《ひそうかん》みたいなものは微塵《みじん》もなかった。でも、サウナに行くと言って家を出て行ったときよりも瘦《や》せたように思った。

「なんか瘦せたんじゃねえの？」

「ずっとサウナ入ってたのか」

「ああ痩せたよ」

父は笑った。正章は相変わらず震えながら、「寒いから、酒飲ませてください」と言うと、古道具仲間の下田さんという古参のおじさんが、おれと正章に徳利《とつくり》の熱燗《あつかん》をコップに注いでくれ、舞台で遊ぶ子供達を指し、「お前らも昔、ああやって舞台で遊んでてさ、ヌードショーやったの憶《おぼ》えてるか？　じらしたりして、なかなか上手《うま》くってよ、大笑いしたよ、小さなチンポコぷらぷらさせて」

「憶えてないですよ、お前憶えてる？」正章が日本酒を飲み干して言った。

「おれ憶えてるよ」

すると関田さんが、「ほんと馬鹿だったもんお前ら。でも今、よういっちゃんの話聞いたけれど、これも、あいかわらず馬鹿だね。東京から歩いてここまで来たんだってよ」

父は恥ずかしいのか笑っていて、たいして飲めない酒をちびちびやりながら話し始めた。

数ヶ月前、父はロシアからはちみつを輸入しないかと持ちかけられ、ロシア人とロシア在住の日本人に会うことになった。彼等は、父が色んなものを方々の国から輸入しているということを、父の知り合いの、そのまた知り合いという人から聞いたと言ったが、どうもその繫《つな》がりははっきりしなかった。ロシア人は日本語が上手かったが、ロシア在住の日本人は、もちろん日本語は普通に話すのだが、外国生活が長いからなのか、所作《しょさ》や雰囲気が、日本人みたいではなく、出身地など訊いても曖昧《あいまい》に流され、素性《すじょう》をはっきり言わなかった。彼等はいつも地味な安っぽいスーツを着ており、目の据わりようがどうも怪しく、スパイじゃないかと父は思った。しかし頼まれた仕事は船でロシアから港に届いたはちみつのタンクを方々へ発送すればいいという簡単なもので、面倒な手続きは彼等がしてくれ、父は港に届いた五十リットルのはちみつの入った銀色のタンクを日本の各地に発送すればよかった。もちろん発送先も指定されており、それは輸入でもなんでもなくて、ただのアルバイトみたいな仕事であった。だが条件があって、港の倉庫に荷物が着いたらトラックを呼んで発送するまで全《すべ》て父一人でやらなくてはならなかった。一回目は何事もなく終え、二回目のとき倉庫で一人作業をしていると、はちみつタンクを封印しているシールが外れていた。おかしいと思った父は、そのタンクを開けてみた。するとはちみつの量や重さ、様子がこの前とは少し違うように感じた。よく見ると、黄金色のトロリとした液体の奥に何か異物が見え、手を突っ込んでみると、きっちり密封された厚手の黒いビニール袋が入っていた。取り出して開けてみると、油紙に包まれた拳銃《けんじゅう》が出てきた。封印された他のタンクも開けてみたらやはり拳銃が入っていて、この調子だと全部に入っているみたいで、さすがに、ヤバいと思った父は、今回の分は仕方ないので発送し、件《くだん》のロシア人に電話をして、この仕事はもうやめると伝えた。ロシア人は理由を全く訊かず了承してくれたが、数日後、岩本町の事務所に行ってみると、自分の事務所はもぬけの殻で、床にトカレフ拳銃が一丁置いてあった。それからロシア人には全く連絡は取れず、その日以降、父は身の危険を感じ、尾行されているとか撃たれる刺されるとかが頭をめぐり、気が気でなかったらしい。それが父のいなくなる一ヶ月前のこと。でも一ヶ月の間そんな気配を家族には見せていなかった。それは家族を巻き添えにしたくないからでもあって、ひとまず身を隠そうと、あの日は上野のサウナに泊まり、次の日からとにかく歩いて歩いて、静岡県の三島に数日かけて行った。歩き続けていれば、尾行されていたとしても、気配を感じることができるからときわめて単純な発想で、父は一ヶ月間歩き続け、伊豆半島をまわり、正月に関田さん達がやってくるとわかっていた伊東をめざした。結果、「この一ヶ月間は、尾行されていなかったよ」と父は言ったが、伊豆の山奥なんかで尾行されていたら、殺されていただろう。そして、父は家族に何も知らせなかった理由を、「おれが逃げるとか、逃げる先を知らせたら、お前らもヤバいだろ。だから突然消えたの。どうにも解決方法が見つからないし、何が起きているのかもわからなかったから。まあ今も、はっきり何が起きているのか、わかってないんだけれどね」と言うので、なんで警察に知らせなかったのかとおれが訊くと、

「ややこしくなるだけだし、拳銃発送しちゃっているから、まずいだろ」

「なら、捜索願を出してたら、もっとややこしいことになっていたかもな」

「そんな野暮なことはしないだろ、母さん。捜索願なんて」

「じゃあ、あの事務所はまだ解約してないの？」

「ああ」

「拳銃は？」

「置きっぱなしだよ」

「なかったよ」

「え？」

「おれ、行ったんだよ事務所に。したら、拳銃なんてなかったよ。便所に大麻はあったけど」

そのロシア人が、拳銃を取り戻しに来たのだろうか？　おれが忍び込んだ前に確実に、他にも誰かが忍び込んでいる。

「あらら、でも厄介なものなくなったから、よかったよ。んで、大麻どうしたの？」

「売ったよ」

「そうか。拳銃もあったら売っちゃってもよかったのに」

「随分のんきだね」

「でも、お前なんで事務所なんて行ったの？」

「あんたが、いなくなったから、探しに行ったんだよ。手がかりとかないかと思って」

「そうか、面倒かけたね」

すると関田さんが、「でも、よういっちゃん、まだ東京には戻らない方がいいぞ。しばらくは、おれたちと一緒に地方まわってさ、来週から山陰地方だから、まあ、もしロシア人が拳銃持ってやって来ても、おれ南部式持ってるから」

「南部式って、日本軍の？」おれが訊いた。

「ああ。こういう商売しているとね、手に入っちゃうんだよね」

「あれ昔っから家にあるけれどさ、あんなの撃ったら暴発するよ」正章が言った。

それから、おれたちは、関田さんの馬鹿話を聞きながら、二時くらいまで宴会場で酒を飲んでいた。関田さんの別れた奥さんは数年前に警察官と結婚したそうだ。「不真面目《ふまじめ》な人間に、あきあきしたんだろう」と関田さんは笑った。


次の日、正章と昼まで眠っていたら、皆は仕事で既に神社に行っていて父もいなかった。おれはロビーに降り、マーに電話をして、父のことを知らせた。昨日の夜は酒を飲んで酔っ払い、電話をするのを忘れ、昼まで眠っていたから、マーは「連絡遅いよ」と怒っていた。詳しい内容はややっこしいから、帰ったら話すことにした。午前中にあった母の精密検査の結果は、なんともないということだった。正章を起こすと、昨日みたいに夜に車で走ると寒いから、陽のあるうちに帰ると言って、古道具市のやっている神社までおれを車で送ってくれ、そのまま帰って行った。

古道具市の神社を歩いていると、正章と遊び回っていた子供の頃がよみがえってきた。おれ達はどさ回り劇団の子供みたいに、親が店を出している間、その地で遊んだ。夏に軽井沢で古道具市をやっていたとき、おれはどぶ川に流され、スズメバチに刺された。正章は別荘の子供と喧嘩《けんか》をした。その子供が正章の格好が汚いとかで、石を投げてきたのだが、そいつは政治家の孫で、正章は彼の鼻の骨を折ってしまい、えらい騒ぎになって、拍車をかけるように関田さんがしゃしゃり出て行き、それ以降は、夏の軽井沢での古道具市はなくなってしまった。

そんなことを思い出しながら、神社をぷらぷら歩いてると、春画を売っている青井の爺《じい》さんがいた。青井さんは昔っから爺さんで、今も爺さんだった。全く歳《とし》をとってないような気がした。青井さんは子供の頃のおれ達に、春画を見せては「ひっはひっひっはひ〜」と、絡《から》まった痰《たん》がエフェクトしたみたいに笑って喜んでいた。「昨日、宴会場にいなかったね」と言うと、

「おれ、やらしいマッサージ行ってたから、いっひっひはっひ〜」と、相変わらずの青井さんと話していると、やはり神社をうろうろしていた父がやって来て、職人の作った古い釣り竿《ざお》などを売っている仁《じん》さんという人が、竿と仕掛けを貸してくれるから、防波堤まで行ってタコ釣りをしようということになった。タコを釣るには「タコてんや」という仕掛けを使う。「タコてんや」は長方形の木の板から針が出ていて、そこに擬似餌《ぎじえ》のプラスチックの赤い蟹《かに》をくりつけ、海に投げ込む。するとプラスチックの玩具《おもちゃ》みたいな蟹を獲物だと思ったタコ

が巻き付いてきて、飛び出している針にも引っ掛かる。「タコがよ、絡みついた感触があったら、グイっと竿をしゃくってから、リールを巻けよ」と仁さんに言われ、おれは父と防波堤に向かった。

父と二人、神社から川沿いを歩いて海に出た。国道から砂浜に降りて横切っていると、波が高く、風が冷たく、うち寄せる波しぶきが風に乗って泡になって飛んできた。砂浜に足をとられて、風に煽《あお》られ、釣り竿を持って、木偶《でく》の坊《ぼう》みたいな親子が歩いていると、防波堤のコンクリートがあらわれ、そこを登って防波堤の先端まで行った。

仁さんに教わった通り、タコてんやに蟹の擬似餌をつけて、海に投げ込み、防波堤のコンクリートにペタっと尻《しり》を落として座っていると、「そんなふうに地べたに、尻をつけて座ってると痔《じ》になるぞ。古道具の露天商は痔持ちが多いんだよ」と父に言われ、うんこ座りに変えた。

釣竿の先っぽの、冬の海は素《そ》っ気《け》なかった。

父は伸びをしながら、「しっかし海って、水が沢山あるね」と間抜けなことを言った。

「でさ、ロシアは大丈夫なのかね」おれは言った。

「だって、おれ、なんにもやってないんだよ」

「じゃあ、なんでこんなとこにいるんだよ」

「そうなんだよね。困っちゃうよな。お前、結婚しないの?」

「相手いねえもん。突然なんだよ」

「いやあ、なんとなく。おれが結婚したの、お前くらいの歳じゃなかったかな」

おれが家族を持ったらどうなるのだろう。父に流れている血がおれにも流れていて、母が頭を割って流したあの血がおれにも流れている。リンチされて木にぶら下げられ血を滴《したた》らせた黒人にはどんな家族がいたのだろうか。

コンクリートの防波堤に波があたってしぶきが顔面にかかった。しょっぱかった。

父は釣りをする気がないのか、竿を地面に置いて煙草《たばこ》を吸いながら、海の遠くを眺めていた。

「これ、ズーッと行けば、アメリカだろ、アメリカ行きてえな」と父は言った。

なんにもない冬の海が大きく広がっている。

おれはアメリカにいる、おやじの娘というのを思い出した。海面で波がうねっている。

「そうそう、おやじさ……」

本人に直接は、なんとなく訊《き》きづらいと思っていると、

「あっ！　お前、竿ひいてる！」、父がうわずった声で言った。

「え？」

「早く、ひけよ、ホラ！」

竿がしなった。仁さんに言われていたとおり、おれは立ち上がって上体を反らし、竿をお

もいっきりしゃくってから、リールをグイグイ巻いていると、タコが絡まりながら海面から上がってきて、防波堤のコンクリートの上に落とすと、ピシャッと水しぶきをたてた。コンクリートの上でうねるタコを木偶の坊親子は眺めていた。

「タコって足が切れたらまた生えてくるんだっけ？」

「そうだっけ？」と父。

「あれ？　分裂して、どんどん増えていくんだっけか？」

「それクラゲじゃねえの？」

「でも、タコだとしたら、ここに釣り上げられたタコの友達が、このタコを見て、分裂した一方のタコに、おまえ釣り上げられちまったよって伝えに行ってさ、ここに連れてくるんだよ、それでこのタコを見てさ、釣り上げられちまったこのタコはおれだけど、ここでこうしてる、おれはなんなんだろうなぁ〜、って」

「なんだそれ、粗忽長屋《そこつながや》か？」

「こっち来るとき、車のラジオで、志ん生の、やってたんだよ」

「あーっ！　糞《くそ》！」父が突然大きな声を出した。

「なに？」

「事務所に志ん生の全集のカセットあったんだけど、あれも持って行きやがったんだロシア人。ロシア人が志ん生聞いても、しょうがねえのに」

釣ったタコは入れるものがなかったので街道沿いの干物屋《ひものや》でビニール袋を貰《もら》って中に入れた。父はタコ汁を作ると言い出し、駅前の方のスーパーへネギだとかの材料を買いに行った。

おれはタコの入ったビニール袋をぶら下げ、宿に戻るためまた砂浜を歩いていた。さっきよりも風が強く、波も高くなって、ビニールのタコがガサゴソ動いていた。砂浜には太い丸太が一本、打ち上げられたのか海の家の残骸《ざんがい》なのか、横たわっており、またいで越えると、男の子がそこに寄りかかり座っていた。こんな寒い中一人で何しているんだろう。目があうと、彼は目をそらし手に持っている何かを隠した。手の中では「ジージージー」と何かが軋《きし》むような音がしていた。おれは近くまで行って、「なにそれ?」と訊いてみた。

男の子は警戒しながら、ゆっくり顔を上げ、睨《にら》むようにおれを見た。肌の色が茶色くて夏場に焼けた地元の子供なのだろうか。身体《からだ》は小さく小学校の低学年くらいだったが、表情は大人びていて、睨まれていると思ったその片方の目は怪我《けが》をしているのか、瞼《まぶた》がつぶれたみたいに閉じていた。手の中からは相変わらず音が聞こえている。

「なにが動いてるの?」と顔を近づけると、男の子はゆっくり手を開いてみせた。そこには蟬《せみ》の玩具がプラスチックの羽をバタつかせ動いていた。

「拾った」

蟬は巻いたゼンマイが終わりかけているようで、羽のバタつきはだんだん鈍くなってきた。

「蟬、弱ってきてるね」

「おもちゃだよ」

男の子は腹の部分にあるゼンマイを巻いて、手のひらに載せると、また勢いよく蟬は羽をバタバタさせた。

「生きかえった」おれが言うと、ぶら下げているビニール袋の中でタコが動いた。男の子は驚いた様子で、ビニール袋を見た。片方の目は相変わらず閉じたままだった。

「これタコ。さっき釣ったの」

彼は小さく頷《うなず》き、海を眺めた。海から吹いてきた風が彼の顔面にあたって、閉じてない方の目も細め、ゆっくり手のひらの中の蟬に目を落とし、

「こんなもん食っちまうよ」

「へ？」

「こんなもん食っちまう」

「おもちゃ？　食べちゃうの？」

「ちげえよ、本物の蟬だよ」

「蟬食べるの？」

「クモだって食っちまう、カブトムシだって食っちまうよ」

「凄《すご》いね」

「クワガタだって食っちまう」

「野生なんだね、君は」

「ちげえよ、おれの母ちゃんの国だよ。ゲンゴロウも食っちまう」

「ゲンゴロウも食べちゃうんだ」

「なんでも食っちまうんだよ、おれの母ちゃんの国は」

「どこの国？」

「タイランド」

「君、タイから来たの？」

「ちげえよ、母ちゃんが、タイから来たんだよ」

「じゃあ、ここら辺に住んでるの？」

「そこの、船宿の、さきひら丸ってとこだよ」

砂浜の上にある国道沿いには、たくさんの船宿が並んでいて、そこの子供らしかった。ゼンマイが絡まるような変な音を立て蟬の動きが止まった。彼は再びゼンマイを巻いたが、どうも壊れてしまったみたいで、蟬は動かなかった。

「死んだ」

「蟬になる時期、間違えちゃったんだね」おれが言うと、

「だから、おもちゃだよ」と馬鹿《ばか》にしたように言い放ち、仏頂面《ぶっちょうづら》で立ち上がり、ゆっくり海の方に歩いて行った。その小さな背中の向こうに、彼の存在を無視するような海が広がって

いた。波打際《なみうちぎわ》まで行くと男の子は不格好に、まるで初めてものを投げるようなスローイングで蟬を海に投げた。ちょうどそのとき海から大きな風が吹いて、投げた蟬は彼の足下に落ちて、波がさらっていった。

宿に戻ると、スーパーで材料を買ってきていた父は厨房《ちゅうぼう》を借り、タコ汁を作りはじめていた。額に汗をかいて、うねるタコに塩をすり込んで格闘している父を見ていたら漠然と、この人はどんなことがあっても大丈夫なんだな、と思った。タコはぶつ切りにされて、カツオ出汁《だし》の鍋《なべ》にぶち込まれ真っ赤に茹《ゆ》だっていった。

夕方になると、身体を冷えきらせた古道具屋の人達が戻ってきたので、ロビーで父は皆にタコ汁を振る舞った。父が鍋をかき回しながらお椀《わん》にすくって、おれが箸《はし》とお椀を皆に渡した。まるで炊《た》き出しのボランティアをしてるような気分だった。

竿を貸してくれた仁さんは「よく釣った」と喜んでくれ、青井の爺さんは「あれだろ、タコのヌメリってのはさ、いっひっひっひ、アレにいいらしいよな」と言ってタコ汁を啜《すす》った。

「なあ、あのとき、作ったスープ憶《おぼ》えてる?」おれは父に言った。

「あのときって?」

「おやじが、サウナ行くって出て行った日に作ったスープ」

「ああ」

「あれ、本当まずかったよね」

「お前、しつこいね」

「マーも、まずくて、実は捨てたらしいよ」

「そうなんだ」父は少し寂しそうな顔をした。

「自分でもまずいってわかってた？」

「そんなまずかったか？」

「まずかったよ」

タコ汁は美味《うま》かった。おれは弾力のあるタコの足をゆっくり嚙《か》んだ。

その日のうちにおれは電車で東京に帰ることにした。父は無理矢理、タコ汁を宿の魔法瓶に勝手に詰め、持って帰ってマーに飲ませろと言った。

他に荷物もなかったので、おれは魔法瓶だけを持ちながら、電車に乗った。窓から見える真っ黒の海に明るい月が映っていた。やがてトンネルが多くなってきた。

途中の駅で、レンガみたいに赤茶けた小さい爺さんが乗ってきて、対面シートに座りみかんを食べはじめ、抱えた魔法瓶を見て「それ、お茶か何かを売ってるの？」と尋ねてきた。

「いえ違います」と答えて、おれは寝たふりをした。

ぴんぞろ

目を覚ますと銀色の粉がチラチラ舞っていて、おれは焦った。固まらない雪が部屋にあふれ、目玉にこびりついてくるような感じがしたが、蒲団《ふとん》の中から手を出して振ってみると、チラチラは向こうの方に流れていく。ただのホコリだった。カーテンの隙間《すきま》から差込んだ光をふくみ銀色に反射していた。

おれはホコリで安心したのだった。目の前を銀色の粉がチラチラ舞いだすのは、頭の調子がどうにかなってしまったときにあらわれる症状だと、友達から聞いたことがあった。友達の弟は数年前、真冬の夜中に燃える犬小屋の中にいた。犬小屋の屋根にサラダ油をかけて火をつけ中に入ったのだ。首輪を外して逃がしたつもりの犬が、炎を見て吠えはじめたので、気づいた家族に助け出された。弟は髪の毛がまるまる燃えてしまったが、軽い火傷《やけど》ですんだ。しかし頭の調子が問題だということで、措置入院させられた。兄がお見舞いにいくと、ベッドの上で頭を剃り上げた弟が「お兄ちゃん、お兄ちゃん！」と顔面蒼白であたふたしていて、

「サトリ、サトリ、ひらきそう!」と叫ぶなり失神してしまったらしい。

半年後に弟は退院することができたが、悟りはひらけず、今は実家の自動車修理工場で働いている。弟の具合もだいぶ落ち着いてきたので、兄が、あのときの悟りはなんだったのかと訊《たず》ねると、腰骨から炭酸水みたいなものがシュワシュワ吹き出してきて、観念が飴みたいにグネグネ曲がりだし、目の前に銀色の粉が舞っていたという。そして弟は、もうすぐ悟りをひらいてしまうと思ったらしい。「もし悟りをひらいていたらどうなっていたの?」、兄が訊ねると、「たいして、なにもかわらない」と彼は答えた。

蒲団を出ると腹が減っていた。昨晩から朝方まで、なにも食わずに芝居の脚本を書き、疲れ果てて眠ってしまったのだ。餅でも焼こうかと思ったが、もうすぐ夕方で、書き上げた脚本を早く浅草の長谷川のおっさんのところへ届けないと、本日中に金が貰えない。おれは大きな茶封筒に脚本を突っ込み家を出た。

外はやけに寒かった。冷たい風がジャケットの隙間に吹き込んできて、もっと厚着をしてくればよかったと思ったが、引き返すのも面倒だし、急がないといけない。

ホームに突っ立って電車を待っていると、レールの向こうから真っ直ぐ風が吹いてきて、身体はさらに冷えた。ようやく電車に乗ると、今度は暖房が効き過ぎていて、麻酔でも打たれたかのように眠気が襲ってきた。

電車が多摩川を渡る。鉄橋が響き、ゆれる川面《かわも》に夕陽が映りこんでいた。鉄橋を渡りきると競輪場があって、垂れ幕がたなびいている。

前回、競輪場に行ったのは夏だった。ナイター競輪で、「4─5─6」の三連勝単式の車券を買って五十万円儲けた。しかし勝った金を持って家に帰ると、一緒に住んでいた女が居なくなっていた。数日後、学生のころ一緒に自主映画を作っていた男がやってきて、お前の女と付き合うことになったと告げられた。

その男は映画制作会社に勤めていて、脚本の仕事をまわしてもらったりもしていた。罪滅ぼしのつもりなのか、お前とはこれからも一緒に仕事をやっていきたいし、もっと仕事をまわすつもりだ、なんて言ってきたが、それ以来、仕事を頼まれたことはない。

男と男の奥さんと、一緒に住んでいた女とおれの四人で、旅行をしたりお互いの家を行き来したりしていたが、男は一年前に離婚してから、頻繁に一人でうちに飯を食べに来ていた。最初は傷心しているのだろうと思っていたが、いつの間にやら二人はコソコソ逢瀬を重ねていたらしい。

思い返せば、仕事で広島に一週間行って東京に戻ってくると、女の片目が腫れていて、疲れがたまって化膿したと話していたが、数日後に飯を食いに来た男の目も腫れていた。そのときは、はやり目かなにかなのだろうと気にもしていなかったが、いま考えるとあれは完全に怪しい。二人の関係を女が出ていくまで気づかなかった自分の鈍感さには呆れるが、二人でコソコソやっていたことを考えると、やはり馬鹿にされた気がして腹が立った。だが女に対しては、なんの未練もない。逆に足かせが外れた気がした。「結婚はどうするのか」とか、「子供を産むにはリミットがある」とか、「もっと稼げるようにならないものなのか」と女は口うるさく、「いや、おれだって……」と言い訳をしようとすると、「またそれよ」と怒りだし、おれの間抜けさを見抜ききったという感じで、常に威張り腐った態度を取られていたので辟易《へきえき》していた。しかし結局は、おれの甲斐性のなさが引き起こした出来事なのだった。

勝った五十万円は、酒を飲んだり、調布駅近くのピンサロでお気に入りの娘を見つけ通い詰めたり、八万円の中古スクーターを購入したら、すぐに無くなってしまった。スクーターは購入してから一週間で、よそ見運転をして電信柱にぶつかり、前輪が車体にめりこんで廃車になった。おれは股間をハンドルに強打して、三日間、金玉が袋の中から消えてしまったあげく血尿が一週間続いた。

ギャンブルには勝ったものの、生活の方でツキの無さを呼び込んでしまったので、競輪はしばらく止めていたが、たなびく垂れ幕を眺めていると、またやりたくなってきた。

明大前駅で井の頭線に乗り換え、渋谷から銀座線に乗り、ようやく田原町の駅に着いた。地上に出る階段をのぼっていると、線香の煙が流れてきてソースの焦げるニオイとまじりあった。

交差点の一角には仏壇屋と焼きそば屋が隣り合っている。空色のジャケットを着た仏壇屋の従業員はズボンのポケットに手を突っ込んで交差点をボサッと眺めていた。焼きそば屋の店先では、禿頭のおじさんがヘラを持って鉄板の前に立っているのがガラス越しに見え、ザルに入ったキャベツを鷲摑《わしづか》みにして鉄板にのせると、湯気が勢いよく立ちのぼった。店の入口では奥さんが石油ストーブの前で、後ろ手を組みながら、背伸びを繰り返し、脚の筋を伸ばしていた。

国際通りは、どういうわけかいつもより人が多かった。普段は客の入っていない古びた喫茶店の細長い店内にも人の頭が連なっていて、ガラス扉の隙間から、レジの上にあるボンボン時計のかすれた鐘の音が漏れてきた。六時になってしまった。

急がないと長谷川のおっさんは酒を飲みに行ってしまう。足を早めようとすると、甘く焦げたニオイが漂ってきた。喫茶店の隣の空地に天津《てんしん》甘栗の露店が出ていて、甘栗焼き機がガラゴロ音を立てながらまわっている。すると突然、破裂音が聞こえた。中の栗が爆発したのだろうか？　その音とともに、前方でなにかがポワッと発光したような気がして、見ると行き交う人間たちの頭上に、ひょっこり白いものが浮かび上がっていた。

白いものは、頭の真ん中でぴっちりと髪の毛をわけて線をつくり、血のような紅をさし、餅のように膨らませた頰がはち切れて飛び出してきそうだった。おかめの顔だった。

その顔は松の木にはさまれ、両脇に金俵と小判が光り、頭の上に鶴と黒い招き猫が刺さっている。下方には逆さになった鯛が二匹ぶら下がり、頰の脇にはスッポンがへばりついていた。

微笑《ほほえ》んだおかめが徐々に近づいてくる。なんだか気まずいような、恥ずかしいような気がして目をそらしたが、首筋のあたりがムズムズする。耳の中が熱くなり、身体が縮こまり、周囲のざわめきが遮断され、目を上げるとおかめの顔が真上にあった。白粉《おしろい》のニオイが漂ってきそうなおかめの顔は、魔窟へ誘い込むように微笑んでいる。おれは息をするのも忘れ、しばらく立ちすくみ、熱くなった耳の穴で耳クソがカサカサ音をたてた。

目の前には太い竹の棒を肩にめり込ませたヒグマみたいな男が立っている。巨大な熊手をかかげ、その中におかめの顔が埋もれていた。まわりには取り巻きがいて、彼らも男と同じように身体がでかい。おれは、この男達を知っている。彼らはプロレス団体の連中で、熊手を担いでいるのは団体の代表選手だった。彼は一年前に病に倒れ、闘病をしていると週刊誌で読んだことがあったが、病気はもう治ったのだろうか？　男の肌はつやつやでまったくもって健康そうに見えた。

若手レスラーは大量に甘栗を購入して、袋を受け取り、まわりの男達に配っていた。屈強な男達に囲まれているおかめは、やたら艶《なまめ》かしく見える。おれが眺めていると、若手レスラーが怪訝そうにこちらを見てきたので、その場を後にした。

国際通りを行き交う人々は一様に熊手を持っている。そうか、今日は酉《とり》の市《いち》なのか。人々は国際通りの先にある鷲《おおとり》神社に吸いこまれたり吐き出されたりしているのだった。

信号を待っていると、背後の交番前で、酔っ払いが大きな声で若い警官に絡んでいた。警官が面倒くさそうに対応していると酔っ払いは調子に乗りだした。

「おれの自転車が盗まれたってことは、お前らが、しっかりしてねえからいけねえんだぞ」

「そんなに酔っ払ってたら自転車にも乗れないでしょ」

警官が諭すように言うと、

「おれには自転車が必要なんだ」

酔っ払いは叫んだ。

「おじさん、どこに住んでるの？」

「すみだがわの向こうの、茨城県だよ。文句あるか」

「茨城まで自転車で帰るの」

「馬鹿野郎。茨城には五年も帰ってねえよ。クソ。お前ら、おれの自転車一台も探せないなら、こんな仕事辞めちまえ」

「そんなこと言われてもね」

「じゃあ、この自転車をおれにくれ」

酔っ払いは交番の前にあった警察の白い自転車をガサガサゆすりはじめた。

「こら、やめなさい」

警官が男の肩を押さえる。

「さわんなこのやろう」

酔っ払いが手をふりほどこうとすると、腕が警官の顔面に勢いよく当たった。するとそれまで優しかった警官は、素早く酔っ払いの首に腕をまわし、足を引っかけて倒した。交番から他の警官も出てくる。地面に倒された男は、叫び続けたが、その声はアスファルトの地面に埋もれていくばかりであった。

横断歩道を渡ると、八ッ目鰻の店の前で、外国人観光客がうなぎを焼いているおじさんの写真を撮っていて、添乗員らしき日本人が「エイトアイズ」と説明すると、外国人は一様に驚いた顔をした。しかし、八ッ目鰻の目は二つで、あとの穴はエラなのだった。うなぎを焼いているおじさんは、早く行ってくれないかと迷惑そうな顔をしている。

六区《ろっく》へ入ると、交差点の車止めに派手な格好をした小さな老婆が両手をついてうなだれている。エナメルの真っ赤な靴を履き、黄色いコートは大きく、ダランと伸びた袖で手はすっぽり隠れ、頭にはめたカチューシャには棒が二本ついていて、先っぽで星が赤や緑に点滅している。彼女はここら辺でティンカーベルと呼ばれている娼婦だった。家が無いのか、大通りのベンチで眠っているのを見ることがあるが、浅草寺《せんそうじ》の屋根で鳩と眠っているのを見たと話す人もいる。

ティンカーベルは子供の頃に変な薬品を飲まされ一気に老けてしまったとか、金貸し業者の社長夫人だったとか、受難のために立っているとか、子供が特殊メイクをしている、空から降ってきた、実は猫だ、様々な噂があったが、本当のことは誰も知らない。

以前おれは、彼女が顔面を血まみれにして叫んでいるのを見たことがあった。タチの悪い酔っ払いに暴行されたらしく、警官が取り囲んで落ち着かせようとしていたが、彼女の突き刺すような叫び声は、あたりの建物や人間や自転車に響き、人間から遠く離れた生き物のようであった。

町内放送で薄っぺらなオルゴールの音楽が流れはじめると、ティンカーベルは音にあわせて尻をゆらしはじめ、彼女の真っ赤な靴は、ゆっくりと地面から浮かんでいった。

演芸場の向かいのビルでは、男が地べたに腰をおろし、脚を投げ出して壁に寄りかかっていた。男はなにやら文句を言いながらズボンのチャックを下ろすと、へにゃついたイチモツをひっぱり出し、放尿をはじめた。座り込んだ場所は斜めになっていて、尿はVの字に投げ出した脚の間を抜け、コンクリートの上に黒い染みをつくり、湯気がたちのぼった。

六区の交番脇にある細い路地を抜け、藤棚の飲み屋街を抜けると、道端にガラスのショーケースを出したワイシャツ屋がある。看板はないが、ワイシャツしか売っていないので、ワイシャツ屋と呼ばれていた。ショーケースにはいつの時代に作られたのかわからないサテンのワイシャツが何枚も畳んで並べられている。花柄、黒と灰色の幾何学模様、星が欠けたような点の模様などで、細長い真っ暗な店内の奥では婆さんが煙みたいになって座っている。

ワイシャツ屋の二軒隣に、赤茶けたレンガの雑居ビルがあり、階段を二階までのぼると、鉄のドアに『はせがわ芸能社』という木札が貼り付けてある。

ここには、元ストリッパーの小川よし子さんという女優と、座間カズマという芸人が所属している。小川よし子さんは、現在、観音裏で小料理屋をやっているが、たまに女優の仕事もこなす。長谷川のおっさんの妻でもあったが、今は別居していて、籍が入っているだけの関係であった。

座間カズマは四十代の男で、六区にある演芸場に出ているコメディアンだが、たいして面白くもないし鳴かず飛ばずだ。数年前から奇術師に弟子入りして、芸の転向をはかっているが、実情は結婚式の司会や発表会の進行役などでなんとか食いつないでいた。

長谷川のおっさんは、かつてはヤクザ映画などに出演していた俳優で、今でも時々、テレビや映画に出演している。はせがわ芸能社は、副業として俳優養成所を経営していて、毎年十五人くらいの生徒が入ってくる。「君もテレビや映画で活躍してみないか」という胡散臭《うさんくさ》い触込みで、三万の月謝をとり、小学校の体育館やスタジオを借りて週に二回、演技や殺陣《たて》や日本舞踊やダンスの授業をするのだが、ここから役者が育った形跡はなかった。演技と殺陣の講師は長谷川のおっさんで、踊りは小川よし子さん、助手は座間カズマと、授業はすべて身内で行っている。

養成所では、長谷川のおっさんの演出で、年に二回、劇場で芝居をうつのだが、出演者に十万円のチケットノルマを課すなど、ずいぶんあこぎなことをやっているので、生徒達は一年も経つと、ほとんどが辞めてしまうのだった。

おれは、その芝居の脚本を書いていた。知り合いの監督が撮る映画の脚本を手伝ったとき、現場で座間カズマと知り合い、ちょうど良い仕事があるからと、長谷川のおっさんを紹介してもらって書くことになった。

今回の脚本は、長谷川のおっさんに「こんなのを書いてくれ」と菊池寛の『父帰る』を渡されていた。『父帰る』は、出奔していた父が突然帰ってくるという題名通りの話で、そこに家族それぞれの思惑が入り乱れる。

昔から山師のようだった父は、居なくなってからも虎や獅子を連れて地方で興行しているという噂があったが、それも十二、三年前のことで音沙汰はまったくない。しかし家に戻ってきた次男が、近所で父によく似た男を見た人がいると言う。さらに妹が戻ると、玄関をじーっと見ている年寄りがいたと言う。そわそわしだす家族だが、長男は不愉快になる。彼は弟と妹を学校に行かせ、家庭を支えてきたのだった。そしてとうとう父が帰ってくる。二十年の歳月はさておいて、父はのうのうと食卓に着き、見世物小屋の興行をしていたが数年前に火事になってしまったとか、自分の老い先が短くなり家族が恋しくなって戻ってきたなどと語りだす。この父は相当魅力的な人物で、人たらしの素質があるのだろう、みんなすぐに惹きこまれてしまう。だが長男はやはり受け入れられず、父を追いだそうとするのだった。

これらの出来事を、一幕一場に集約しているのがこの芝居の醍醐味でもあるのだが、長谷川のおっさんの注文は、登場人物を十五人に増やし、本来ならば三十分くらいの芝居を二時間にしてくれというものだった。自分でも、こんなことやっていいのかと思いながら書き上げた作品は、なんとも締まりのない、ひどいものだった。

扉をノックして開けると、いつものようにマッチの燃えたニオイが漂ってきて、長谷川のおっさんは電気毛布にくるまりソファーに寝転がって、テレビで衛星放送の時代劇チャンネルを観ていた。おれの方に顔をむけると「よう」と手を上げ、マッチを擦《す》って、吹いてすぐに火を消すと、燃えた先っぽを指でつまみ、焦げを指の腹になすりつけた。その指で、白くなった髪の毛をつまんで、指を動かす。これは白髪を染めるためにやっているのだが、おっさんの髪の毛は汚れた感じに黒い。さらに髪の毛の薄くなった部分には、焦げを直接頭皮になすりつけるので、そこだけが妙に黒くなっていて、夏は黒い汗が首筋に流れたりしている。

「今日は寒いなあ」

おっさんは、マッチを灰皿に投げ込んだ。ガラス製の大きな灰皿にはマッチの燃えさしが山盛りになっている。

茶封筒に入れた脚本を差し出すと、おっさんはソファーに寝転がったまま、中身を取り出してペラペラめくった。コピー用紙に印刷した脚本は指で黒くなっていく。さらに人差し指を舐め、滑り止めにしてページをめくるので、舌も黒くなっていく。おっさんはいつも、身体の調子が悪いと言っているが、このようにマッチの焦げを舐めるのも、一因なのではないかと思える。

ほとんど読みもせずに、ページを最後までめくり終えると、おっさんは「いいんじゃねえの」と微笑んだ。毎回こんな感じで財布から一万円札を取り出し、五枚数えておれに渡した。

「んでよ。今度はSF風ミュージカルをお願いするよ。生徒さん達は、なぜかみんなミュージカルが好きなんだよね。最近また辞める奴が多いから、引き止めるために、次はミュージカルだからって言っちゃったのな」

「おれ、ミュージカルなんて書いたことないですよ。歌とかどうするんですか？」

「それは大丈夫。音曲漫談のシンバル常盤さんいるだろう。あの人に頼んだから」

シンバル常盤さんは、座間カズマと同じ演芸場に出ている八十歳を超えた芸人で、ドラムセットを背負い、バイオリンを弾きながら世相漫談を行うのだが、ミュージカルの楽曲なんて作れるのだろうか。すべてなんたら節になって、相当エキセントリックな感じにはなりそうだが、生徒さん達はそれで納得するのだろうか。

「ほんでさ、映画であったろ、カエルを伸ばしてミイラにしたみたいな宇宙人が出てきて、少年と仲良くなってさ、指が光って怪我とか治すの」

「E.T.ですか」

「あんなの書いてよ。宇宙人みたいなのは、すでにあるから」

おっさんがロッカーの上を指すと、圧縮されたビニール袋の中に、なにやら茶色いかたまりが潰れて入っていた。

「このまえ調布の撮影所に行ったら捨ててあったんだよ。んでな、使えると思って持ってきたんだけどよ、デケエんだ。軽トラック借りて取りに行って、圧縮までかけて一苦労だったよ。見てみろよ」

「圧縮、戻っちゃいますよ」

「かまわねえよ」

ロッカーの上から降ろして、ビニールを開封すると、みるみるうちに中身が大きくなり、立たせてみると二メートル近くあった。黄色い目は恐竜のように鋭く、口からは牙がはみ出ている。宇宙人というよりも怪獣だった。

「これが、少年と友情を築くんですか?」

「そう」

「顔が凶悪すぎやしませんか」

「そこがいいんだろ。顔は凶悪でも心が優しいっていうのが」

おっさんはソファーから身体をおこし、再びマッチを擦って、指を髪の毛になすりつけた。焦げたニオイをかぎながら、おれは早くここから出たいと思った。腹も減っている。

「さあて、そろそろ飲みにいくかな。お前さんも一緒にいくかい?」

おれは断った。この人と飲みに行くとろくなことがない。この前もチンピラと喧嘩をはじめて、関係ないのにおれまで殴られ、おっさんを引きずって逃げるはめになった。

事務所を出たおれは近くの水谷食堂へ行った。自動ドアが開くと、レジの前に立っていたおばちゃんが「いらっしゃい」と微笑みかけてくれる。浅草に来るとだいたいこの店に寄るのだが、おばちゃんの笑顔を見ると、なんだか安心する。店の真ん中には三メートルくらいの大きなテーブルがあって、一人で定食を食ったり、酒を飲んでいる人が座っている。おばちゃんが水を置きながら「今日は生アジのフライがあるよ」と教えてくれたので、ビールと生アジフライとマグロのづけ焼きを頼んだ。生アジのフライは刺身にするアジをフライにしたもので、通常のメニューにあるアジフライとは違い、新鮮なアジが入荷したときにしかないメニューだった。

相席で前に座る爺さんは真新しい野球帽をかぶり酎ハイを飲んでいた。店の奥には、大きなテレビが壁にへばりついている。近くに場外馬券売場があって、競馬の開催日になると、この大きなテーブルは競馬新聞を広げたおっさんだらけになり、みんなでテレビ中継を眺める。爺さんはそのテレビを眺めて、なにやらぶつぶつ言っているが、開催日ではないので、テレビのスイッチは入っていなかった。

おれはビールをコップに注いだ。それにしてもこの近辺には、一人でぶつくさ喋っているおっさんが多い。独り者で、日常生活で一人で喋るのに年季が入り過ぎ、つぶやきが息をするのとかわらなくなっている人たちだった。

テーブルにマグロのづけ焼きが運ばれてきた。ショウガやニンニクの入った醬油に漬け込んだマグロが焼いてあるもので、大根おろしと一緒に食べる。づけ焼きをつまみにビールを飲んでいると、生アジのフライがやってきた。

前に座っている爺さんが煙草を吸い始め、ゆっくり煙を吐きだすと、前歯の抜けた隙間に青空がひろがった。ティンカーベルとは種類が違うが、この人も妖精なのかもしれないと思った。

生アジのフライにソースをかけ、瓶ビールをもう一本頼むと、「ほーらやっぱ、ここにいた」と声がして、座間カズマが立っていた。しわくちゃの白いワイシャツに薄っぺらの革ジャンで、ステージ衣装なのだろうか、黒い極太のスラックスを穿き両手をポケットに突っ込み、ゆらゆらしながら笑っている。この男、気はいい奴なのだが、一緒にいると貧乏くじをひいたような気分にさせられる。

「仕事終わって外に出たら長谷川のおっさんと会ってな、今井ちゃんが来てたっていうからよ。おっさん、飲みに誘ったのに断られたって寂しがってたよ」

目の前の爺さんは立ち上がり、よろよろとレジの方へ歩いて行った。座間はレモンサワーを頼んで「あのさ最近どうよ?」とおれの顔を覗き込んだ。

「どうってことないけど」

「そうかそうか。これ貰うよ」

座間はマグロのづけ焼きに箸をのばした。

「今井ちゃんは、熊手買わねえの？」

「買ったことないですね」

「買った方がいいよ。君の商売も、金や人気をかっこまなくちゃいけないんだからさ、そうだろう？　おれなんか毎年買ってるよ」

「じゃあ、あんまり効果ないんですかね」

「厳しいこというね、あんた」

「すんません」

「でもな、今井ちゃんの言う通り今月キツキツでさ、その熊手も買えるかどうかわからねえ状態なのね。そこでさ、ちょっと頼みがあるんだけど」

「熊手を買うから金を貸せっての？」

「いや、そうじゃねえんだ。まあ借りるっちゃあ借りるんだけど、その金を増やそうって話なんだよね」

座間は生アジのフライに、ベチョベチョになるまでソースをかけてから、「あっこれも貰うよ」と箸をのばした。

「んでな、おれ最近、舞台で手品もやってんだよ。それが、やっと身についてね、白いハンカチを飛ばしたり、青いのや赤いのも飛ばすんだけど。実は高座ではやらない手品も密かに練習しててさ」

座間はテーブルを片づけている店のおばちゃんを呼び止めて、「あの、ちょっとどんぶり持ってきてもらえますか」と言った。

「どんぶり？」

「はい、どんぶりを」

「なにどんぶり？」

「え？」

「カツ丼？　天丼？　親子丼？」

「いや、そうじゃなくて」

「ご飯だけ？」

「ご飯もいらないです」

おばちゃんは怪訝そうな顔をしている。

「ただのどんぶり、なにも入ってないどんぶり貸してください」

座間は上着の内ポケットに手を突っ込み、握った手をおれの目の前に差し出した。

「これなんだけどさ」

おばちゃんがどんぶりを持ってきて、テーブルの上に置くと、座間は握った手をふって、どんぶりの中に三つのサイコロを投げ込んだ。

「チンチロリンですか？」

「中、覗いてみろよ」

どんぶりの中で、サイコロは⚀⚀⚀という目を出している。ピンゾロという五倍になる役だった。おれは座間と長谷川のおっさんと、事務所で何回かチンチロリンをやったことがあった。

「今井ちゃんもふってみい」

どんぶりの中からサイコロを取り出しふってみると、やはり⚀⚀⚀と出た。

「すげえだろ」

「ただのイカサマサイコロじゃないですか」

「違うんだよ。ここからが手品の芸なの。見てろよ」

座間は、どんぶりのサイコロをすくって、どんぶりの中へふった。

⚁⚂⚅。いつの間にか、サイコロをすり替えたらしい。もう一度すくってふると、今度は⚀⚀⚀と出た。

「凄いだろ。今井ちゃん、上着のポケットに手を突っ込んでみい」

ポケットに手を突っ込むと、サイコロが出てきた。

「えっなにこれ？」

「飛ばしたんだよ。五年間、毎晩三時間はどんぶりにサイコロふったり、飛ばしたりして」

このような芸に五年も費やす執念があるのならば、もっと自分の芸を磨けないものかとも思ったが、座間に五年間も練習する忍耐があるというのにも驚いた。

「んでな、酉の市のときだけひらかれる、チンチロリンの賭場《とば》があるんだ。そして今晩はこの芸が結実する日なわけなんだよ。博打《ばくち》ってのは元来、大海原にオールもない船で浮かんでいるようなもんだけどさ、おれ、オールを手に入れちまったわけなの」

得意げに言う座間であった。

「やっぱり単なるイカサマじゃないですか」

「違うよ、これは技術を極めた芸だよ。それでさ、二万円貸してくれない？」

「バレたら、どうするんです？」

「バレっこないよ、五年間だぞ。とにかく一緒に行こうよ。それで二万貸してくれたら、五万にして返すから」

金を貸すまで座間はおれの前から去らないだろう。二万を五万にするとは随分セコイが、おれ自身も、チンチロリンをやりにいきたかった。だがイカサマをやろうとしている男と一緒というのは、妙な緊張感があるのも確かで、少しビビってもいた。

賭場がひらかれているのは南千住の方だという。おれ達は店を出てひさご通りを抜けた。ここはアーケードの商店街で、普段ならば女装したおっさんが立っていたり、閉まった店のシャッター前に乾いた小便のニオイがする人がゴロゴロ眠っていたりするのだが、今日は、行き交う人々の熊手が浄化しているのか、いつもより雰囲気が明るかった。

　言問通りを渡り、千束通りを歩いていると、「どうせなら、お酉さんの方を抜けていこうか」と座間が言うので、左に折れて鷲神社の方へ向かったが、人が多すぎて身動きが取れない。向こうの方にはテキ屋の明るい光が見え、イカと醤油の焦げたニオイが流れてきた。

　神社でお参りするのは人数規制をされていて、国際通りに長い列ができている。おれ達はお参りするのをあきらめ、区立病院の近くの公園を抜けていくことにした。そこには神社からあふれた人が追いやられていて、仮設便所に長い行列ができていた。

「ガボガボ」と空気が不格好に抜ける音が砂場のほうから聞こえてくる。一斗缶を叩いているおっさんと、ハーモニカを吹いているおっさんが、森進一の「港町ブルース」を演奏していた。花壇の植え込みには慣れない化粧をした中学生の女子たちが腰をおろし談笑していて、それを少し離れた場所で野暮ったい男子の集団が眺めている。

　公園を抜けると、ベビーカステラの露店があって甘い匂いがした。

　ネオンの光るソープ街を歩く。店の入口で蝶ネクタイをした兄ちゃんがジッとこっちを見ていた。ソープ街を抜けると消防署があり、急に道が暗くなる。

　以前、天麩羅を食って酒を飲んだ帰りに、おれはここでえらい目にあった。薄暗い道に佇んでいた男が、「三ノ輪の駅にいきたいんだけど」と尋ねてきたので、道を教えていると、どうも男の挙動が怪しく、身体が小刻みに震えている。こっちが説明しているのに、まったく関係のない方を見たり、頭上の街灯を眺めて目をしばしばさせたりしていた。すると男は、おもむろに懐へ手を入れ、出てきた物が街灯でチラッと光った。出刃包丁だった。おれの血液は一瞬で冷たくなり凝固した。男は空を眺めながら、出刃包丁を強く握った。おれは背を向けて、全速力で走り出した。しかし脚が震えて、走ってはいるが、まったく前に進んでいる気がしない。

「おい、ボブ！　テメエ、どこ行くんだ！」

男の怒鳴り声が夜道に響く。ふり返ると、手に持った出刃包丁をふり上げている。おれは、とにかく走った。後方から「おい待て！　待たんか、ボブ！　待てこら！」と聞こえる。おれはボブなんて名前ではないし、男に不快な思いをさせることは何もしていない。ただ道を教えていただけだ。あまりにも恐ろしいので、とにかく走り続けた。もう、どこを走っているのかもわからず、暗闇ばかりが続いていく気がした。

「ボブ、待てボブこのやろう」

声は徐々に小さくなり、聞こえなくなった。恐る恐るふり返ると、男の姿はなかった。それでも脚は震えたままで、前方に明るい光が見えた。吉原のソープ街だった。恐ろしさが胸のあたりをぐるぐるまわっていて、逃げ込むように、目の前に現われたソープランドに入った。

指名もせずに待っていると、出てきたソープ嬢はアンコ玉みたいなおばさんだった。心臓の鼓動はまだ荒くて、顔面も強《こわ》ばっていたのだろう。おばさんに「あんた大丈夫？　どうしたの？」と言われ、わけを話すと、「ダメよ。あそこら辺は、シャブ中だらけだもん」と教えられた。近くに覚醒剤を売買する場所があるらしい。納得はしたが、恐ろしさは消えない。そんなおれを、おばさんはやさしく胸に抱きよせ頭をなでてくれた。安堵感につつまれ、鼻の穴から涙が漏れそうになった。

そのことがあって以来、この道は歩かないようにしていた。今は休憩中のタクシーが停まっている。運転手は車内灯を点けて漫画を読んでいて、この運転手が売人なのかも知れないと思ったら、あの男が出てきそうな気がして、どうも気持ちが落ち着かなかった。

明治通りを渡り入り組んだ裏道をしばらく歩くと、座間はバラックに挟まれた路地へ吸い込まれるように入っていった。路地の入口にある民家には、暗い寒空の下、柑橘類《かんきつるい》の黄色い実をつけた木があって、今にも落ちてきそうに枝がたわんでいた。

路地は細く、両肩にブロック塀が擦《こす》れるくらいの幅で、地面は真っ平らの黒い土だった。どん詰まりには建物があって玄関扉の上で電球が一つ光っていた。猫の鳴き声がしたが、姿はどこにも見あたらない。座間が玄関ベルのボタンを押した。

扉の向こうは階段なのだろうか、上の方から足音が近づいてきて止まった。

「どちらさまですか？」

女の声がした。

「座間です」

「座間さんですか?」

「はい」

「どちらさまですか?」

「オオトリです」

「オオトリさんですね」

「はいそうです」

なんだかわからないやりとりがあって、ドアが開くと、女の子が立っていた。ダボダボの白いスウェットの上下を着て、髪の毛を頭頂部で束ねているので、頭から吹き出しているみたいになっている。中学生くらいだろうか、随分と若い娘だった。

「靴脱いでください」

ぶっきらぼうに言って階段をのぼりはじめた彼女は、途中でふり返り、「脱いだ靴は、手にもってあがってきてください」と言った。

深緑の薄汚れたカーペットの階段は傾斜が急で、のぼりきったところに、ステンレスの小さな流しがあった。ジャバラのカーテンをあけると、畳敷きの部屋の真ん中に炬燵《こたつ》が置いてあった。

彼女はそそくさと炬燵に入り、電気ポットの湯を急須《きゅうす》に入れながら、「靴は、それに入れてください」と言った。置いてあるダンボール箱の中にはビニールの買い物袋が入っている。

「どうぞ、寒いので炬燵入ってください」

彼女はお茶を出してくれた。薄いほうじ茶だった。そして寝転がって文庫本を読みはじめた。文庫本にはピンク色のブックカバーがしてある。

鴨居《かもい》には大きな熊手がかかっていて、柄のところに『酉松箱崎』という千社札《せんじゃふだ》が貼ってある。熊手にはサイコロが三つあり⚃⚄⚅の目を出している。チンチロリンだとシゴロといって二倍の役だった。

眺めていたら、やはりイカサマで運をねじ曲げるのは、ロクでもないことに思えた。座間は今から行うイカサマに緊張しているのか、顔がこわばっているようで、落ち着きなく立ち上がると「便所どこ?」と言った。

文庫本から顔をのぞかせた女の子は「あっち」とジャバラのカーテンの方に顎をしゃくり、身体を起こしておれの湯呑をのぞくと、「まだ飲みますか?」と訊いてきた。おれがうなずくと、ほうじ茶の葉を入れ替えて、電気ポットから湯を注いだ。湯気が真上の熊手へのぼっていく。

「立派な熊手だね」

「ウチで売ってる熊手ですよ」

「ウチ?」

「熊手作って売ってるんですよ」

「熊手屋さんなの？」

「熊手屋ってわけじゃないです。色んなもの売ったりしますけど、この時期は熊手です。羽子板とか、ほおずきも売るし、金魚や飴も売ります」

今度のほうじ茶は濃かった。座間は糞でもしているのか、まだ戻ってこない。しかしおれは、こんなところでなにをしているのだろうか？　知らない女の子と一緒に炬燵に入って茶を飲んでいる。この時間はなんなのか？　彼女に訊ねてみた。

「入れ替え制でやってるから。もうすぐ二人終わると思うので、そろそろです」

そうは言うが、他に部屋は見当たらない。ここは待機場所らしいが、いったいどこでチンチロリンをやっているのだろうか。

座間が便所から出てきた。イカサマサイコロを仕込んできたのだろうか。それにしても様子がおかしいし、さっきよりも顔がこわばっている。

突然、部屋の中にアラーム音が鳴り響く。女の子は文庫本を床に置き、「じゃあ、行きましょう」と言って炬燵から出て、おかめの下にある押入れの襖《ふすま》を開け、四つんばいになって中に入っていった。

「ついてきてください」

押入れの中から尻を突き出した彼女は、積んである蒲団を脇にどかした。おれと座間も中に入っていくと、向こうに襖の裏側があった。押入れの中は、どこか他の押入れに繋がっているらしい。開けると、明るい光が差込んできた。

そこは赤い毛氈《もうせん》の敷かれた部屋で、男達がどんぶりを囲んで車座になっている。二人のスーツ姿の男が立っていて、おれ達が押入れから出ると、入れ替わりで押入れの中に入っていった。

五分刈りの男が、メモ用紙に鉛筆で何やら書き込んで彼女に渡す。彼女は眉間に皺を寄せてメモ用紙を見て、「これ、読めないんだけど」と言った。

「十八だよ、じゅうはち」

男の声は擦《かす》れて妙に甲高い。

「八が六みたいなんだけど」

「いいから早く行けよ」

ふたたび四つんばいになった彼女は、押入れの中に入っていった。

「キミちゃん良いケツになってきたなあ」

押入れから突き出た彼女の尻を見て、ガサついた肌の出っ歯の男が言った。彼女はふり返って男を睨むと、襖をピシャンと閉めた。

「オメエ、キミに手を出したら、骨まで粉々にして賽銭箱《さいせんばこ》に投げ込むぞ」

「ヒッヒッヒ、恐ろしいこと言うね」

五分刈りの男は、白い長袖のダボシャツに茶色いスラックスを穿き、裸足の足は下駄のように四角く大きい。頰には五センチくらいの長い傷があって、腹はボテッと膨らんでいるが、胸の筋肉は張りだし、腕も太かった。

男の頭上には大きな熊手があって、これにも『酉松箱崎』という千社札が貼ってある。おかめは、まるで男の伴侶《はんりょ》のように上から微笑んでいた。

出っ歯の男は脇に置いてある湯吞を口に持っていく。出っ歯だから、湯吞が唇に到達する前に歯に当たり、コツンと音がした。もう一人、赤いセーターの瘦せた男が立てひざで、どんぶりを覗き込んでいる。彼の横にはハンチング帽が裏っかえしに置いてあり、その中に紙巻き煙草が三本と、金色の重たそうなライターが入っていた。

それにしてもこの部屋はやたら明るく、境界線があやふやになっていて、壁の向こうにも光が続いているようである。天井からはむき出しの電球がぶら下がり、鴨居の四方には露店に使う大きなクリップライトが挟まれ、光を浴びた五分刈りの男は邪気を取り払うかのように白く発光している。

「兄ちゃん、長谷川のおっさんは元気か？」

五分刈りの男が座間に言った。

「はい。二の酉のときに、遊びにくるって言ってました」

答える座間の声はうわずっている。

「お連れさんは？」

「こいつは、おれの友達でして」

座間の目は泳いでいる。

「お兄さんも、芸人さん？」

「いや芸人ではないです」

なんだかおれの声もうわずっていた。

五分刈りの男に促され、おれ達は毛氈の上に座った。

まずは親を決めるため、サイコロ一つをどんぶりにふっていく。男は⚄、出っ歯は⚂、座間は⚃、赤セーターは⚃、おれは⚂。五分刈り男が親になり、そこから右回りで、出っ歯、座間、赤セーター、おれの順番である。

それにしても座間の緊張はまったくおさまらない様子で、兄ちゃん具合でも悪いのか？と男に言われていた。こんな調子で、イカサマができるのだろうか。

五分刈り男は、紙のお札を一人二十枚ずつ配りはじめた。『鷲神社神璽《しんじ》』と書かれた鷲神社のお札のようだが、使い込まれて角は丸くなり、手垢で黒くなっている。一枚幾らに相当するのか、説明もないのでわからないが、どうも質問するような雰囲気ではなかった。

お札を配り終えた男が胸の前で手を大きくひろげ、「じゃあ、お手を拝借いたします。よーう」と言うと、全員で三本締めをして、頭を下げお辞儀をした。

「よろしくおねがいします」

まずは男がサイコロ三つをどんぶりにふりこんだ。どんぶりの中から、「チンチロリーン」と音が響く。

サイコロはどんぶりの中で、⚁⚁⚄と出ている。男の目は⚄である。

次に出っ歯がふった。

⚀⚃⚄

⚂⚃⚅

「くそ、くそ」

出っ歯の口から唾が飛び、小さな泡が毛氈にへばりつく。二回とも目なしだ。次が最後で、目が出ないと負けは決定する。出っ歯はサイコロを握った手をおでこの前に持っていき、祈るようにしてから、どんぶりの中へふりこんだ。

⚀⚀⚂

「っつうー」

出っ歯が強く目を閉じ顔に皺が走った。出っ歯の目は⚂。

次は座間の番だった。

⚀⚁⚅

⚁⚃⚅

⚁⚄⚅

三回ふっても目が出なかった。さすがにイカサマはまだしないらしいが、サイコロをふる手が、微《かす》かに震えているのが気になる。

赤セーターは、静かにどんぶりからサイコロをすくい、握った手に一度スナップをかけて、どんぶりの中にふりこむ。

⚂⚂⚃

おれの番。どんぶりからサイコロをすくう。五分刈り男が⚄なので、⚅もしくは役を出さないと勝てない。

⚀⚄⚅

⚃⚄⚅

「おっし！」

思わず声が出てしまった。シゴロの役だ。

チンチロリンはリズムである。輪になった人間がリズムを刻みながら、どんぶりの中にサイコロをふっていく。リズムに巻き込まれていく心地よさがある。全員がそのリズムにのっかると、どんぶりを囲んだ輪がメリメリ立ち上がり、金を賭けているのではなく、存在を賭けているような気になり、おれ達はどんぶりの中に吸いこまれていく。

部屋の光は、先ほどよりも明るくなっている気がした。

おれはすでに十回勝って、目の前にはお札が積まれている。

一方で座間は一度も勝っていない。緊張しているのか、どんぶりの外にサイコロをふり出してしまうションベンや、二倍払わなくてはならない負け役の⚀⚁⚂、ヒフミを二回も出している。イカサマはまだやっていない。

次は座間の番だった。チラッと彼を見ると、どんぶりからサイコロをすくい出すとき、手首が一瞬、不自然に内側に曲がった気がした。サイコロを握った手を額の前で祈るようにまわしているが、崖っぷちに取り残されたような表情で、奥歯を強く嚙みしめた頰の向こうから、コリコリ音が聞こえてきた。こめかみに汗の粒が光っている。

座間がどんぶりの中にふりこもうとした瞬間だった。五分刈り男の手が伸び、座間の手首をグイッと摑んだ。

張りつめた部屋の空気が真っ平らになり、ゆっくりと天井から降りてくる。座間はサイコロを握った影のように真っ黒になった。五分刈り男は白く光りはじめ、おれの耳の中で、鴨居のおかめの甲高い笑い声が響いた。

座間は目をかっと見開き、赤い毛氈に視線を落としたまま、かたまっている。

男はゆっくりと座間の手を引き寄せる。

出っ歯、赤セーター、おれの呼吸が一定になる。

「なあ。兄ちゃん、こりゃあ、まずいだろ」

男の声が、鈍器のようにゆっくり落ちてきた。

「手、ひらけよ」

まばたきもしない座間の目玉は落ちてきそうだった。

五分刈り男は、死人の宝物を奪い取るように、座間の指を一本一本、ゆっくりひらいていった。

ひらかれた手には三つのサイコロがある。男は一つずつ摘《つま》んで、どんぶりの中にふりこんだ。

サイコロはすべて⚀⚀⚀になっている。

男は洟をすって腕を組むと、目を細めておかめを眺め、「ピンゾロですな」と言った。

おかめは善悪を曖昧にするように笑っていた。

ぶくぶくと変な音がすると思ったら、座間の口から泡が噴き出て赤い毛氈に落ちてきた。

「おい、大丈夫か?」

おれは座間の隣に移動して肩をゆすった。足下に熱いものが流れてきて、毛氈の赤い色が濃くなり、おれのズボンが濡れた。座間は小便を漏らしている。そして小刻みに震え出し、全身が痙攣《けいれん》すると、ドサッと横に倒れて動かなくなった。

五分刈り男が座間の目をこじあけたが、黒目は上をむいてしまい、頬を何度ひっぱたいても反応がない。出っ歯が心臓マッサージをはじめたが、座間の身体で毛氈がよれていくばかりだった。

五分刈り男が、脈をとって舌打ちをする。

「まいっちゃったな」

出っ歯は大きな溜息をつき迷惑そうな顔をした。赤セーターはハンチング帽の中に入った紙巻き煙草を取りだして火をつけた。流れてきた煙は、甘ったるい妙な香りがした。

「どうすんの?」

出っ歯が言う。五分刈り男はおれを見た。

「兄ちゃん。運んでってくれるよな」

鋭すぎる男の目線で、おれの口内は一気に乾いてしまった。

「救急車も警察も呼べねえしさ。とりあえず長谷川のおっさんのところに運んでってくれよ。おっさんにはおれから連絡しておくから、あとはなんとかしてもらえ。おっさんには貸しがあるからよ」

座間を運ぶということは、死体を運ぶということでもある。

「兄ちゃんもコイツがイカサマするのは、知っていたんだろう」

何も答えられなかった。男が顔をしかめると、頰の傷跡にくっきりと溝ができた。この人を誤魔化そうとしても無駄だろう。「知らなかった」なんて言ったら、殺されるかも知れない。

「知っていたのに、止めなかったってのは、兄ちゃんにも責任があるってことだよな」

頷《うなず》くことしかできなかった。五分刈り男は、赤セーターのハンチングの中にある紙巻き煙草を指し、「それくれないか」と言った。赤セーターは五分刈り男に一本渡して、ライターの火をさしだした。

五分刈り男が煙をゆっくり吐き出す。

「あのな、サイコロの目ってのは、すべて意味があるんだ。わかるよな？」

まったくわからなかったが、おれは頷いた。

「人生なんかよりも遥かに意味があるんだ。人生なんて意味はねえけどよ、賽《さい》の目は宇宙に繋がってるからよ」

男は毛氈の上に横たわる座間を一瞥して、

「その賽の目に背いたことをしたら、こんな風になっちまうのは当り前だよな？」

おれは頷いた。

男は襖を開けて「おーい！」と言った。女の子も、向こうで襖を開けたらしい。二人はなにか話をしている。それから皆で座間を押入れの中に入れ、さきほどの部屋まで引っ張り出した。

彼女はこれが死体だと気づいているのだろうか？　動揺する素振りもなく、端に寄せた炬燵の前に湯呑を持って突っ立っている。

おれと出っ歯が座間の足を持ち、五分刈り男と赤セーターが座間の脇に手を突っ込み、急な階段をゆっくり降ろして、玄関まで運んだ。

女の子がビニール袋に入ったおれの靴を持ってきてくれる。靴を履くと、男達が座間を持ち上げて、おれの背中に背負わせた。出っ歯の男が座間の両腕をおれの首にまわして、「大丈夫だ、生きてるみてえだもん。酔っ払って潰れた奴を運んでるってことにすればいいよ」と言って座間の肩を叩き、おれの身体にその振動が伝わってくる。

「お前、ちゃんと運べよ。山谷《さんや》で捨てて、野垂れ死にってことにしたりするなよ」

五分刈り男が言う。うな垂れた座間の頭がおれの後頭部に当たっている。

細い路地で両脇のブロック塀に腕が擦れる。挟まってしまいそうだ。背中は座間の小便で濡れてきた。路地を抜けてふりかえると、もう誰も居らず、玄関扉の電球だけが光っていた。

なるべく人気のない道を歩いていくことにした。それにしても動かなくなった人間は重たい。おれの身体に吸い付いてくるようだが、死体を背負っている不安感は体力の消耗とともに鈍化していく。タクシーに乗ってしまおうかと考えたが、運転手にどう説明すればいいのか、さすがにそれは無理だと思えた。背負った座間の足が、腰のあたりでぶらぶらしていて、ピンク色の靴下がのぞいた。

座間の靴を忘れてしまった。靴も履いてない男を運ぶのは、どうにも決まりがわるいが、それ以前にこの男は死体だった。あまりにも重いので、人家の壁に背中の座間を押しつけて寄り掛かり、少し休んだ。背中から降ろしてしまうと、一人で背負うことは無理だろう。ゴミ袋いっぱいの空缶を積んでいる自転車が通りすぎていく。座間が、おれの身体の中にめりこんできている。おれ自身が座間になってしまいそうだ。

それにしても座間のイカサマ芸は、なんだったのだろう。なんのために五年間、サイコロ芸を磨き続けたのか。五分刈り男は賽の目に意味があると言っていたが、座間にとってのピンゾロは、こんな結果だったのかと思うと悲しくなってくる。

ようやく千束通りに出たが、やはり表通りを歩くのはまずいので、並行する裏道を歩いた。すれ違う人は、大人を背負ったおれのことが気になる様子ではあったが、こっちは酔っ払いを背負っていることにして、「おい、大丈夫か」「もうすぐだぞ」「しっかりしろ」と声を掛けながら歩いた。

ひさご通りもあいかわらず人が多く、浅草寺の裏手にまわり花やしきの壁に沿って歩くと、ようやく長谷川のおっさんの事務所の入っている雑居ビルが見えてきた。

おっさんはワンカップの酒を飲みながら待っていた。おれは座間をソファーに降ろし、自分も倒れ込むと、一気に汗が吹き出てしばらく動けなかった。おっさんは座間の頬を何度も叩いて、溜息をつきながら、大きくなった怪獣の上に腰を降ろした。

流れるようにコトが進むということがあるけれど、座間のピンゾロから、おれはわけもわからず流されて、群馬県の山奥のひなびた温泉場に行く羽目になった。サイコロの目に意味があるのならば、その意味は座間が死んだことでは終わらず、おれ自身のサイコロは転がり続け、いっこうに目が出ないでいた。

目的の温泉場は電車の駅を降り、さらにバスを乗り継いで山奥にいかなくてはならなかった。バスが来るまで時間があったので、駅で立ち食い蕎麦を食ったが、汁がやたらぬるくて、蕎麦もヘニャヘニャだった。食い足りなかったので、売店であんパンを買い、バスに乗り込んだ。

バスは街中を抜けると、すぐに山の中へ入っていった。道に並行して川が流れている。その向こうに木を伐採された茶色い山肌が見え、所々に雪が積っていた。どこで降りたらいいのかわからないので、バスの運転手に目的の温泉場になったら教えてくださいと伝えておいた。

車内は暖房が利《き》いていて眠たくなってきた。さっき買ったあんパンも、食う気がしない。ジャケットを脱いでひざの上に置くと、内ポケットの中にゴロゴロするものがあった。手を突っ込んだら、サイコロが三つ出てきた。もしかしたら座間がこのバスに乗っているのではないかと思ったが、乗っているのは老人が二、三人と、大きなリュックを足下に置いた中年だけだった。

このジャケットは、賭場にいったときに着ていたものだが、あのとき座間がサイコロを飛ばして中に入れたのだろうか。掌にふりこんでみると⚅⚃⚁と出た。イカサマではない普通のサイコロだった。

賽の目に座間からのメッセージが隠されているかも知れないとも思ったが、やはりなんの意味もないのだろう。バスの揺れにまかせているうちに、いつのまにか眠ってしまった。

座間は長谷川のおっさんが買い物に行っている間に、テレビを観ながらソファーで倒れていたということにした。靴が無いのはおかしいので、おっさんの靴を無理矢理履かせた。おっさんが五分刈り男にどんな借りがあるのか知らないが、「よりによって酉松の所なんかで逝《い》きやがって」と言っていた。そして、「とにかく、お前はここにいない方がいい」と言うので、後のことはおっさんに任せて、おれは家に戻った。

翌日、おっさんから電話がかかってきた。

「救急車を呼んで、警察も来たけれどな、座間は持病で心臓も悪かったから、まあ問題はないよ。あいつ家族もいなかったから、葬式はやらねえけど、あとは大丈夫だ」

しかし、一つ問題があるのだと言う。それは、座間が受けていた仕事で、おれに代わりに行って欲しいというのだった。仕事は温泉場の宴会余興の司会で、十日ほど滞在するものらしく、依頼してきたのは長谷川のおっさんが昔世話になった人なので断ることができないらしい。宴会は夜だけだから、自分の仕事は空いた時間にできる、飯も出る、寝床もある、給料もちゃんと出ると言われた。おれの方は、この先、子供向けドラマを書く仕事が一本あるだけだった。

だがその仕事である。おれは司会なんてやったこともないし、いくら芸が面白くないとはいえ、座間のような芸人としての気質を持ち合わせていない。長谷川のおっさんは、酔っ払い相手なんだから、たいしたことないと言う。

「お客さん。お客さん。着きましたよ」

車内のスピーカーで運転手の声が聞こえる。顔を上げると、「お客さん、ここですよ」と言われた。

外は冷たい空気が張りつめていた。手に持っていたジャケットを着てあたりを見まわしたが、降りた場所はただの駐車場で、温泉場のようなものは見当たらなかった。バスの走ってきた道路は大きくカーブしていて、おれはちょうど岬の突端のような場所にいた。駐車場には車が数台停まっているが、果たしてこんなところに温泉場があるのだろうか。うろうろしていると、駐車場の奥に立っている看板に『観善温泉ハイキングコース』とあり、そこからはじまる斜面は、丸太が土に埋められ階段になっている。ハイキングコースなんて歩きたくないのだが、向かう道はこれしかないようだ。

仕方がないので登りはじめたが、丸太が濡れていてやたらと滑るので、何度も転びそうになる。ようやく上までくると、今度は山の斜面に沿った細い道になった。

山道は枯葉が積もっていて、大きな岩に沿って歩いていくと、小川があらわれた。辺りの木々は高く、昼間なのに薄暗くなってきた。ハイキングコースだというのに、さっきからすれ違う人もまったくない。ビリビリと鳥の鳴く声が聞こえ、木の枝がゆれ、葉が落ちてきた。

しばらく歩くと、細かい石ころだらけの広場に出た。木は低くなり空が丸く広がっている。そこには小さな祠《ほこら》があって、後方から湯気が立ちのぼっている。近づいてみると硫黄《いおう》のニオイがした。祠の横には、『ここからガス発生。立入り禁止』と立て看板がある。

広場を抜けると道はふたたび細くなり、前方に猿が座っていた。猿は下あごを伸ばして、おれを見ていた。動じる様子はまったくない。猿と目を合わせると、怒って飛びかかってくると聞いたことがある。猿がクシャミをしたので、おれが身体をビクつかせると、猿もビクッとした。やっと動き出してくれた猿であったが、おれの進もうとしている道を行くので、まるで先導されるようにおれは歩いていた。追い越すこともできずに、猿のスピードに合わせて進んでいく。目の前には猿の赤い尻が浮いている。眺め続けていると尻の穴がサイコロの⚀に見えてきた。猿はたまに立ち止まり、おれが付いてきているのか確認するようにふり返った。

十分くらい歩くと、アスファルトの国道に出て温泉街が見えた。猿はもういなくなっていた。温泉場に着いたら、あんパンをあげようと思っていたのだが。まだ近くにいるかもしれないので、おれはあんパンを袋から取り出し、コースのはじまるところにある平べったい石の上に置いた。

温泉街の入口のアーケードまで近づくと、川沿いの道をバスがちょうど通り過ぎていった。アーケードの下には『駐車場・バス停』と看板があって、矢印が大きく曲がった道に突き出した山の方を指している。なるほど、ここからバス停は見えないが、おれは、とんでもない遠回りをしてしまったらしい。わざわざハイキングコースを歩き山を一つ越えてきてしまった。

アーケードを抜けると道端の溝からは湯気があがっていた。時間が早いのか、人はほとんどいない。長谷川のおっさんから聞いていた目印の『観善荘』という旅館はすぐに見つかり、脇を入っていくと泥道になった。旅館の裏手には犬小屋があり、汚れた茶色い犬が飛び出してきた。犬は激しく吠えて、こっちに向かって来ようとするが、ロープが張って前脚があがり首輪で絞めつけられていた。

泥道をさらに行くと、目的の建物があった。木造の古い建物で、軒下には赤い字で『サウス劇場』と書かれた白いホウロウの看板がぶら下がっている。呼び鈴もない玄関は、木枠に曇りガラスをはめ込んだ引き戸だった。ガラガラと音をたててあけると、冷たい空気とともに、染みついた線香のニオイがして、目の前には幅の広い階段があった。壁や廊下の木の板は飴のように真っ黒に光っている。

「すんませーん」

人が出てくる気配はない。犬の鳴き声がまだ聞こえている。階段の脇には細い廊下があり、唐紙《からかみ》張りの襖が見える。もう一度声をかけたが反応はない。

靴を履いたまま四つんばいになって、襖を少しあけて中をのぞくと、スリップ姿の女が、炬燵の前で毛布をはだけさせ、両腕で顔を抱えるようにして寝転がっていた。女はゆっくり寝返りをうって俯せになった。スリップがめくれて赤い下着が見えた。

おれは玄関の上がり框《かまち》に腰掛け、どうしようかと考えていた。

犬の鳴き声がまた激しく聞こえる。曇りガラスの向こう側に人影が見え、玄関の引き戸がひらいた。

「うわっ！」

驚いた婆さんがおれの前にあらわれた。おれは立ち上がってお辞儀をした。

「勝手に入ってすみません。東京の長谷川のところから来た者です」

「なんだい驚いたよ。ああそうか、今日来るんだったね」

「はい。よろしくおねがいします」

「さあさあ、寒いからさ、中に入りましょう」

着物姿で髪の毛をピシッと後ろでまとめている気の強そうな婆さんで、茶色い大きな紙袋を持っていた。居間に入ると女はまだ同じ格好で眠っていて、婆さんが毛布をかけ直してやった。

「ほら炬燵に入りなさい。羊羹《ようかん》あるから、お茶でもいれよう」

足は骨まで冷たくなっていて、炬燵の中に突っ込むと、皮膚がむずがゆくなってきた。婆さんは真っ黄色のタクアンと羊羹を同じ皿に載せて持ってきて、お茶をいれてくれた。

「あんたいつここに着いたんだい？　さっきのバスに乗ってなかったね？」

「だいぶ前に着いたんですけど、ハイキングコースを歩いてきたんです」

「バス停から？」

「そうなんです」

「ハイキング好きなのかい？」

「好きってわけじゃないんですが、道を間違えちゃって」

「そりゃ大変だったね。猿、出なかったかい？」

「猿、出ました」

「襲われなかったか」

「大丈夫でしたけど」

「今年の夏も、家族連れが襲われてね、あの猿凶暴だから」

「なんだか道案内してくれましたよ」

「あんた顔が猿っぽいから」

婆さんはバスで駅まで行っていたらしい。仕事は夜なので、昼間はいつも街までパチンコをやりにいくのだと話した。目の前にある厚切りの羊羹もパチンコの景品だった。

「まあ、たいして儲からないけどね」

彼女はルリさんといって、かつては浅草で踊り子をやっていて、そのときに長谷川のおっさんと知りあったのだという。

「浅草にはもう何年も行ってないけど、みんな元気かね。だいぶ死んじゃったんだろうね」

懐かしそうな顔をして、彼女は煙草に火をつけた。

「あたしがいた頃は、みんな駆け出しで金もなくてね、でも良い時代だったよ。長谷川ちゃんなんて、飯もろくに食べてないからやせ細っちゃっててさ、あの頃は、ヒロポンもやってたしね」

話を聞いていると、どうも長谷川のおっさんは、このルリ婆さんのヒモだったようである。

「そうだ二階の劇場を見るか？」

「劇場？」

「ああ、ここをこしらえるときも、長谷川ちゃんに手伝いに来てもらったんだ」

ルリ婆さんに連れられて玄関を入ってすぐのところにある階段をのぼった。二階の襖をあけると赤いカーペット敷きの十二畳くらいの広間があり、奥には平台が数枚積み上げられた舞台がある。その奥に赤いベッチンの幕があって、色のついた電球と電飾がぶら下がっている。電飾の上には、埃《ほこり》をかぶった大きな熊手がかかっていたが、その熊手は、真ん中の部分がスッポリ抜けていた。

「ここでもショーをやるからね。いつもはホテルに呼ばれて、宴会場でやるけど、宴会がない時は、ここでやるから」

「ショー?」

「下で寝てた娘がいただろう。あれが踊って、あたしが三味線弾いたりなんだりするんだけどね」

ここはヌード劇場で、おれはその司会をやらされるらしいのだった。長谷川のおっさんは宴会の司会と言っていたが、どちらにしろ引き返すことはできないし、ここまでくれば宴会もヌードももう変わらないと思った。

「長谷川ちゃんも、ここにいたことがあってね。ほら、あの人、東京に居られなくなってたことあったでしょ」

そのような出来事は知らないのだが、おれは適当に頷きながら、ルリ婆さんの話を聞いた。

「ほとぼりが冷めるまで、二年くらいここにいたかね。ほら、あそこに熊手あるだろう。最初来たときあれを持ってきたんだよね。あんな大きなの担いでさ、こんなところにやってきたんだ」

ルリ婆さんは熊手を懐かしそうに眺めた。

「あれ真ん中が抜けてますよね」

「あそこには、おかめのお面があったんだけどね」

「捨てちゃったんですか？」

「捨てなんかしないよ。活用してるよ」

「活用？」

「ああ。たしか、あの長谷川ちゃんが逃げてきたのも、今頃だったね。オトリさんでしょ浅草は」

「この前、一の酉でした」

「すると、今年は三の酉まであるね。火の元に気をつけなくちゃ。三の酉まである年は、火事が多いっていうからね」

ルリ婆さんは二階の廊下のどん詰まりまでおれを連れて行き、「部屋はここを使えばいいから」と襖をあけた。

中は三畳くらいのスペースで、畳んだ蒲団が一セット置いてあった。

「昔はこの部屋で、アレがあったんだけど、いまはそんなアレもないからさ」

「アレってなんですか？」

「男と女のアレだよ。野暮なこと言わせるんじゃないよ。あー寒い、さあ下に行こう」

婆さんはいそいそ階段を降りていった。炬燵の前では、あいかわらず女が眠っている。

毎年、十一月と十二月、この商売は忙しくて宴会に駆り出されることが多いのだが、半年前に住み込みで司会や雑用などをしていたカズオという男がいなくなった。どう乗り切ろうかと長谷川のおっさんに電話で相談すると、売れない芸人がいるからそいつを差し向けるということになり、座間がやってくることになっていたらしい。

「カズオってのは頭の悪い男でね。売り上げは誤魔化すし、飯はやたら食うし、どうしようもない奴でね」

婆さんは急須からおれの湯呑にお茶を注いでくれた。

「リッちゃんの寝込みを襲おうとしたりもしてさ、困ったもんだよ」

ここで寝ている女はリッちゃんというらしい。

「結局、ある朝起きたらカズオは居なくなってたんだけどさ、出ていってもらって正解だったよ」

眠っていた女がゴソゴソ動いたが、婆さんは気にせず喋り続ける。

「カズオは、働かせてくれってここにやって来てね、あのときは中学生ぐらいだったのかね。親も居ねえし、親族居ねえっていうからさ……」

女が起きた。

「可哀想だと思ってな、その、なんつうんだ、養子にしてやろうかと思ったんだけど……」

女は立ち上がって天井に向かって伸びをした。スリップから白い太ももがのぞいている。

手足の長い綺麗な身体をしていた。

「金の計算もロクにできないし、車の運転免許も取らせてやろうとしたのに、無理だったんだよ」

婆さんはカズオの話をしているが、おれは女を横目で見ていた。女は尻を掻きながら、台所の方へ行った。

「リッちゃんは昼は寝てばかりいるんだ。夜寝ると悪夢を見るから嫌だとか言って、あまり眠らないんだ」

婆さんによるとこの女は婆さんの孫らしい。

窓からは西日が差込んできていた。小さな庭に落葉した木が一本あるのが見える。

「あれはね、柿の木だよ。実は全部もぎとって焼酎に漬けてあるから、あとで飲ませてあげるよ」

便所の水が流れる音がして女が出てきた。まだ不機嫌そうな顔をしているが、おれのことを見ると、小さく会釈をした。顔を洗ってきたのか、艶《つや》のある肌に水滴がついている。

「リッちゃん、カズオの代わりに来てもらった芸人さんだよ」

婆さんが言うと、女はもう一度会釈をして、玄関の方へ行った。

「あの、カズオさんってのは、どんなことをやっていたんでしょうか？　それをおれがやるんですよね」

「ちょっとした前説をやってな、舞台脇にまわって、照明をやってくれればいいよ。まあ、カズオは頭が働かないからさ、前説なんて酷《ひど》いもんだったけどね」

その日も宴会場でのお座敷があるが、夜からだというので、おれは用意された部屋で少し眠ることにした。

持ってきたバッグを床に落とし、畳まれた蒲団を敷いた。敷き蒲団は薄っぺらで、床にそのまま横になっているようだ。サイズも小さくて足が飛び出した。綿の掛け蒲団は重たくて、おれは寝ながらあぐらをかくようにして足を蒲団の中におさめたが、顔面は冷たくなる一方だった。しかし身体は徐々に暖まってきて、いつの間にかおれは眠っていた。

「そろそろ起きてください。夕飯できましたんで」

襖の向こうから声がする。婆さんの声ではない。

「わかりました。ありがとうございます」

蒲団を出て襖を開けると、魚の焼けるニオイが下から漂ってきた。女はもういなかった。炬燵のテーブルには食事が用意されていた。味噌汁に焼いたイワシ、お新香に白米、それにコロッケがあった。女と婆さんはすでに箸をすすめていた。

「これから仕事だから、ちゃっちゃと食べちゃって」

婆さんは茶碗にご飯をよそってくれた。女は赤いスウェットの上下に着替えていて、淡々と箸を動かし、飯を食べていた。婆さんの雰囲気が先ほどと違うと思ったら、化粧をして紫の着物に着替えていた。

女は飯を食い終わると、食器を重ねて台所へ向かった。婆さんは「さあ、急がなくっちゃいけないよ」と言うが、食べる動作はやたらゆっくりだった。おれは急《せ》かされるまま飯をかっこんだので、婆さんよりも早く食べ終わってしまった。

食器を重ねて台所に持っていくと女が洗いものをしていた。給湯器から出たお湯で、シンクからは湯気が立ちのぼっている。彼女が差し出した泡まみれの手に、おれは食器を渡した。

「ありがとう」

白い泡が床にポタポタ落ちていた。

婆さんはまだ飯を食べている。おれが炬燵に足を突っ込むと、「なにやってんのあんた、早く衣装に着替えなさいよ」と言う。

「衣装？」

「そんな格好じゃ駄目でしょ」

「え？　衣装なんて持ってきてないんですけど」

「あれま、困ったね。カズオのがあるけど、あれじゃ小さいしな」

婆さんは、食べ終わったご飯茶碗に、急須からお茶を注いだ。

「ねえルリばあ」

台所の方から女の声がした。そして顔をのぞかせて、

「あれがあるじゃない。ほら、ドサマワリの人たちのダンボール」と言った。

「ああ、そうだ。あの中だったら、いいのあるかもしんないね」

婆さんは炬燵から抜け出し、仏壇の横にある押入れから大きなダンボール箱を出した。中には色んな服がぐちゃぐちゃに詰め込まれている。手を突っ込んだ婆さんは、「ホレ、これなんかいいんじゃないか」と、しわくちゃのタキシードや白いシャツ、黒いスラックスを取りだした。ピンクのレオタードやカウボーイシャツ、赤いラメのジャケットなんかも入っている。

タキシードに着替えてみると、寸足らずでホコリ臭かったが、ルリ婆さんは「ああ、いいよ。あんた背が高いから、そういうのが似合うんだ」と言った。

寒いのでまた炬燵の中に入ると、女がリンゴをむいて持ってきてくれた。

「あっ似合いますね」

この衣装は、数年前に近くのホテルにやってきたドサマワリ劇団のものらしいが、彼らの滞在中にホテルが火事になった。火元は、ドサマワリ劇団が寝泊まりもしていた楽屋であったが、なぜかこのダンボール箱だけ中庭に投げ出されていて、ダンボール箱をひろったホテルの従業員が、「捨てようと思ったけど、あんた達なら使うかもしれない」と持ってきたものらしい。

「まだそのホテルが残ってるのよ」

女が言った。さっきよりも女の目が大きくなっているような気がした。

「真っ黒のままでね」

「物騒だから、早く取り壊して欲しいんだけどね」

ようやく婆さんはお茶を飲み終わると、食器を重ねて台所に持っていった。

「泊まっていた人や従業員は助かったんだけどね。ドサマワリの人達は全員、パッて消えちゃったんだって」と女が言う。

「逃げちゃったの」

「わかんないんだけど、パッと消えちゃったのね」

「あの火事があったのも、たしか三の酉の年だったね」

女は化粧をして、スウェットの上下にコートを羽織った。ベージュのトレンチコートのように見えるが、内側には薄茶色の動物の毛がびっしりとあった。

婆さんは背中に三味線を背負い、女は衣装が入っているらしい大きなボストンバッグを持っていた。外に出るとなにも言わずにおれにボストンバッグを渡してきたので、素直に受け取ると、女はふり返り、

「あっ。ごめんなさい。カズオくんと間違えちゃった」

「いや大丈夫ですよ、持ちますよ」

「すみません」

隣の旅館の裏道を歩いていると、またあの犬が吠えはじめた。すると女がコートをバッとひらいて、内側の毛皮を犬に見せた。途端に犬は尻尾を垂れて、キュンキュン鳴きながら小

さくなり、犬小屋に入っていった。

温泉街はさっきよりも人が出ていて、メイン通りには射的場やお土産屋があるし、スナックのネオンも光っていたが、全体的にはどうにも垢抜けない感じで、着物と内側毛皮のコートとタキシードで歩く三人は、流されてきたちんどん屋のようだった。

目的のホテルは、『グランドホテル寿鶴《じゅかく》』というだいぶ古びた建物で、かつては豪華だったらしいが、大層な名前とのギャップも相まって、余計にさびれた感じに思えた。しかし駐車場には大型バスが停まっている。たぶん格安ツアーなどに組み込まれているホテルなのだろう。

ルリ婆さんは裏口にまわり、厨房《ちゅうぼう》の脇の廊下を歩いた。食い物のニオイや食器が重なる音がする。おれ達は配膳のトレーの台車を運ぶ仲居さんと一緒に、従業員エレベーターに乗って五階にあがった。宴会場はいくつかあるらしく、部屋から騒ぎ声が廊下に響いていた。一番大きな宴会場の舞台脇に入った。幕はしまっているが、向こう側からは酔っ払い達の声が聞こえる。

おれは緊張してきた。ルリ婆さんは三味線の調弦をしている。

「じゃあ、そろそろ、あんた出てって」

「え、どうすればいいんですか?」

「どうすればいいって、なんか気の利いたこと喋ってきてよ、芸人さんでしょ」

「いや、おれ芸人では……」

「なにもじもじしてんのよ。ビシッとしなさい」

気の利いたことは、なにも思い浮かばない。

「適当になにか喋ったらあたし達のことを紹介して、こっち戻ってくればいいから」

「紹介？」

「あたしがランチョウで、この娘がチョウカだから」

「え？」

「蘭《らん》の蝶々《ちょうちょう》と、蝶々の花だから」

「なんですかそれ？」

「芸名ですよ」

「ランチュウとチョウカさんですね」

「ランチュウじゃ金魚じゃないか、ランチョウだよ」

おれは、ルリ婆さんに押し出され舞台に出ていった。

幕が真ん中から左右に開き、照明が明るくなった。広間にいるのは、見事なくらいに酔っ払ったおっさん達である。浴衣のはだけている者、すでにパンツ一丁になっている者、十五人くらいの男達だ。

「こんばんは、ようこそいらっしゃいませ」

袖の方から、「マイク、マイク」とルリ婆さんの声がした。女がカラオケセットのマイクを指している。おれはマイクを摑んで、「どうも、こんばんは」と言うと、おっさん達が「こんばんはー」と言い返してきた。

「みなさん、温泉は入りましたか？」

「入ったよ」「入った入った」などと声が聞こえてくる。

「気持ち良かったですか？」

「気持ち良かったよ」「風呂場が汚ねえぞ、改装しろこら」

「みなさんは、どこから来たんですか？」

「東京だよ」「トウキョウト」

どこからか声が聞こえてくる。

「ぼくも、東京から電車とバスを乗り継いで来たんですけど、なんとバス停降りたら、この温泉街が見えないじゃないですか。おかげで、ハイキングコース歩いてきちゃいましてね。途中で猿は出るし、猿って冬眠しないんですかね？」

まったく反応がない。

「みなさんは、わーっとバスでやってきたんでしょう？」

誰一人、おれの話を聞いていない。

「あのですね。今日の踊り子さんは、蝶花さんといいましてね、蝶々のように舞ってくれる筈ですから楽しみにしていてください。これ英語でいいましたらね、バタフライ・フラワーでしてね、つまり、蝶々と花ってことなんですよ。またまた蘭蝶さんて方もおりまして、三味線なんかも弾いてくれますよ。蘭蝶さんは、その名の通り」

「早く女の裸を見せろ、おい」

おれは無視して喋り続けた。袖を見るが、まだ合図がない。

「あれれ、今日の献立はステーキがありますね。なに牛ですかね？　地元の牛ですかね？　美味しかったですかぁ」

「いい加減、引っ込めよ！」

みかんの皮が飛んできた。調子づいた客達が一斉に投げてくる。湯豆腐も飛んできた。肉も飛んできた。手で丸めた白米も飛んできた。刺身が飛んできた。

「おいおい、飯なんて、投げたら駄目だろ！」

マイクを通して怒鳴ると、会場のライトが消えた。暗闇の中おれは腕を引っ張られ、舞台から下ろされた。

「なにやってんだよ、あんた」

ルリ婆さんが言って舞台に出て行った。照明が点くと座蒲団に婆さんが座っている。

「ベベン、べべベベン」

鋭い三味線の音が響く。一瞬、酔っぱらい達が黙ったが、またざわめきだした。

婆さんは膝を立てて、着物の裾をはらりとはだけさせた。なにも穿いていなかった。さらに、胸に潜ませていたピロピロ笛を取りだし、股に突っ込んだ。ふたたび三味線を弾きだす。ピロピロ笛は音に合わせ、「ピーピー」、伸びたり縮んだりしている。

会場は呆気《あっけ》にとられて、しばらくは静まり返ったが、

「ババア汚ねえもん見せるんじゃねえぞ」と声が飛んできた。

婆さんは、おもむろに三味線を弾くのをやめ、ピロピロ笛を抜いて男を指した。

「汚ねえもんだと言うがね。アンタのものはどんくらいキレイなんだい」

婆さんの声が大きく会場に響く。

「コッチあがってきて見せてご覧なさいよ」

男は黙ってしまった。

「最近の男は意気地がないね。だれか居ないのかい、この中で、見せてもいいってくらいキレイなイチモツをもってる者は」

ルリ婆さんが会場を睨むと、日焼けして黒光りしている、浴衣のはだけた身体の大きな男が手を上げた。婆さんは男を見定めるようにしてから、顎をしゃくり、こっちに来るように合図した。

舞台上に男は婆さんを睨みつけるように立ったが、婆さんも負けずに睨み返した。婆さんが顎で指図すると、男は浴衣をめくって、イチモツを見せた。

婆さんが舌打ちをする。

「なんだい、そりゃ」

会場は和《なご》やかになり、笑いが起きる。

「ようは、どんだけ機能するかが問題なの。ちょっと、あんたそこに横になってみなさいよ」

このルリ婆さん、まったく物怖《ものお》じする気配がない。

「もたもたしてるんじゃないよ！」

男が横になると婆さんが彼の浴衣をめくり、丸出しにしたイチモツの上に白い手拭いを載せた。

ルリ婆さんが激しく三味線を弾きだすと、舞台に女が飛び込んでいった。彼女は真っ赤な着物に着替えていた。

ルリ婆さんはおれに、「雪、雪」と言う。

「雪？」

婆さんは横に置いてあるザルを指す。中には紙吹雪が入っていた。手づかみで思いっきり投げるが遠くまで届かず、おれの目の前で散っていく。

女は激しく踊り、着物が徐々にはだけていった。寝転がる男の顔面を跨《また》ぎ腰をふると、会場からどよめきが起こる。

彼女の踊りは、昼間、炬燵の前で眠っていた姿からは、想像もできない動きだった。野生動物のような清々しさと同時に艶かしさもあって、おれは見とれてしまった。

婆さんの三味線からは情念が、これでもかといわんばかりに噴出して、彼女の踊りと乱調に絡み合い、その場の空気が妖艶にゆがんでいく。彼女は寝転がる男の顔に尻を落とし、激しく腰を振りだす。男の股間に置いてある手拭いは徐々に盛り上がっていった。

彼女は舞台脇に引っ込み、息荒くおれの横で着物を脱ぎはじめる。白い肌は紅潮して汗が光っている。「水飲みますか?」とおれが言うと彼女は頷いた。お盆の上にあったガラスの水差しからコップに注いで渡すと、一気に飲み干した。

舞台上では婆さんと客がやりとりをしている。

「なんだい、けっこう立派じゃないの」

婆さんは盛り上がった手拭いを見ながら言った。男は恥ずかしそうに、浴衣で股間を隠し立ち上がった。手拭いを婆さんに返そうとすると、

「いらないよ、お土産に持って帰りな。それにしてもあんた、人前であんな風に、おっ立てることができるのは立派だよ。みなさんも、この男に拍手だよ!」

婆さんが手を叩く。会場にも拍手がひろがり、男は、にこやかに舞台を降りていった。

「そいじゃ、ちょっと一服させてもらいますよ」

婆さんは煙草に火をつけて二、三服吸うと、立て膝になり、股で煙草を吸いはじめた。股

から吐き出される煙を眺め、会場は笑いに包まれる。もう汚いだとか、ババアだとか、そんな声はかからない。細長い筒のようなものを出して、「じゃあね、そこの人、そのビール飲んじゃってさ、コップを反対にして、なにか載っけてくれないか」と舞台前方に座る男に言った。

　男は言われた通り、コップのビールを飲み干し裏っかえして、載せるものを探しキョロキョロしている。

「ほら、そのカマボコ、それ載せちゃってよ」と婆さんが言った。

　男はカマボコをコップの裏側に載せた。

「駄目だよ、横にしないで、立ててちょうだいよ」

　カマボコは、なかなか立たない。

「立たないの？　頑張ってちょうだいよ」

「はい」

　男がカマボコを立てるのに苦戦していると、婆さんは、

「あんた結婚してる？　奥さんいるの？」と訊いた。

「はい」

「奥さん、可哀想にね。そんなに立たないんじゃ」

　会場に笑いが起きる。

「せめて、カマボコくらいはおっ立ててちょうだいよ。ほら頑張って、頑張って、ほらほら、ほら、立った。やればできるじゃないの。あんた達も、この人見習ってよ、拍手してあげなさいよ。拍手。カマボコを立てた男だよ」

会場から拍手が起きる。

婆さんがこんな酔っ払い達を、簡単に手なずけてしまっているのは、相当な修羅場《しゅらば》をくぐってきたからだと想像できた。

そして婆さんは、手にした細い筒のようなものを、おもむろに股に差しこんだ。

「んっ。っひゃっ！」

変な掛け声を出すと、コルク玉が飛び出し、男の立てたカマボコに命中した。

会場は拍手喝采である。

婆さんはあっさりとその拍手を受け流し、ふたたび三味線を弾きだした。

着替えた女が「照明、照明落として」と言う。

おれは舞台脇にある照明のフェーダーを落とし舞台を暗くした。「赤、赤」女の声が聞こえ、赤色のボタンを押した。他には緑と黄と青のボタンがあった。

舞台上を眺めると、一瞬、自分の目を疑った。

踊っているのは、赤い照明に照らされたおかめだった。

女がおかめのお面をかぶって踊っている。女の長い手足が絡まるように天井にのぼっていく。白いレースのパンティがチラチラ見える。

おれは火照った。背中は汗でびしょびしょで、照明のボタンを無心でパチパチ押していた。おかめの着物は徐々にはだけ、胸があらわになった。張りでた若々しい胸で、その白い胸に青い照明が落ちていく。パンティを脱いだおかめは、それを手首にからめる。真っ黒な陰毛がそそり立ち、地獄でも天国でもないところに誘い込むかのように、おかめは微笑んでいる。おれはそこに自分を捨てに行きたくなった。

ステージが終わり、会場には大きな拍手が起こる。

女は舞台から降りてくると、おかめのお面をスーパーのビニール袋に入れてバッグにしまい、そそくさと着替えた。ホテルからの帰り道、おかめのお面と彼女の衣装の入ったバッグを持って歩いていると、旅芸人の一座に加わったような気分になってきた。

ルリ婆さんは、「おでん食べていこう」と言って、温泉街の細い路地を曲がった。スナックや飲み屋が並んだどん詰まりに、おでん屋があった。カウンターでは分厚い眼鏡をかけた恰幅《かっぷく》のいいおじさんが一人で、グツグツとおでんを煮込んでいる。

女がコートを脱いだので、ハンガーにかけてあげた。それにしても、この内側の毛皮はなんなのだろうか？　おれが眺めていると、「リスよ」と彼女が言った。

「リス六十四」

「リス？」

「うん。リス六十匹。お母さんが着てたの」

頭を落とされたリスの毛皮が、びっちりつらなっている。

「さあ、あんたも好きなの頼んで」とルリ婆さん。

おれは、ちくわぶとウィンナーと大根と厚揚げを頼み、ジャムの空き瓶に入っている黄色いカラシを皿に添えた。ビールが運ばれてきて、彼女がおれのコップに注いでくれた。

「あんた、あんまり喋るの上手じゃないのね。芸人のくせに」

ルリ婆さんが言う。

「つうかおれ芸人では……」

「まあ、そのうち慣れるよ。とにかくね、これからよろしくおねがいね」

婆さんがビールのコップをかかげ、三人で乾杯をした。

「正月なんて、すぐよ」

「正月？　正月ってなんですか？」

「正月まで頑張ってよ」

コンニャクを箸でつまむ婆さん。

「十日くらいで戻れるって、長谷川のおっさん言ってましたけど」

「正月までだよ」

「まいったな」

「まいってないで早く食べな」

ルリ婆さんはコンニャクをするりと口の中に入れて、ニタリと笑った。

一の酉の数日後にここに来てから、もう三の酉も終わってしまった。おれは東京へ一度も戻っていない。

ルリ婆さんは毎朝パチンコをしに駅までバスで出かける。リッちゃんは、あいかわらず昼間は眠ってばかりだ。

ルリ婆さんの言っていた通りこの時期は忙しく、毎晩のようにホテルの宴会場に呼ばれたが、ホテルの宴会がないときは、この家の二階でもショーを行う。夜の九時になると浴衣にドテラを羽織った男達がぞろぞろやってきて、おれは玄関の上がり框に座り入場料を貰ってクッキーの空缶に入れる。三千円の入場料は高いのか安いのかわからないが、ショーの内容はホテルの宴会で行うものと同じだった。

ショーが終わると、婆さんは風呂に入ってすぐに眠ってしまうが、リッちゃんはずっと起きていて、夜中は炬燵に入り、クロスワードパズルをやっていた。鉛筆を持って頭をかかえ、いろいろ質問してくるので一緒に考えるが、おれはそのうち眠くなってしまい、二階に上がる。冷たい蒲団に入ると、犬の遠吠えや建物の軋《きし》む音が聞こえてくる。

その日の朝は下に降りていくと、普段ならパチンコ屋に出かけているはずの婆さんが、炬煙に入って新聞を読んでいた。どうしたのかと訊ねると、パチンコ屋が店内改装で休みだという。おれが朝飯を食べていると、婆さんが「ちょっと風呂でも行こうかね」と言ってきた。考えてみれば、ここは温泉場なのに、おれはこの家の風呂にしか入ったことがなかった。おれと婆さんは、温泉街を抜けて坂を上ったところにある公共浴場に行った。そこは地元の人が来るところらしく、公民館みたいな素っ気ない建物だった。中に入ると実際に公民館の役割も果たしているらしく、二階には集会場や会議室になる畳敷きの部屋があって、そこが休憩室にもなっていた。

風呂はそれほど大きくはないが、源泉が湧き出ている場所に近いので、透明な湯は卵を茹でることができるくらい熱かった。おれは足先を入れることもできず、客が自分一人なのをいいことに、大量の水でぬるくしてから入ったが、今度はあまりの気持ち良さに長くつかりすぎ、のぼせてしまった。

ふらふらになって二階の休憩室にあがると、ルリ婆さんは窓の外を眺めて、缶ビールを飲んでいた。おれの缶ビールも買ってくれていて「あんた、若い娘みたいに長風呂だね。ビール買ってたのにぬるくなっちゃったよ」と言った。しかし、ぬるくても、温泉あがりののぼせた身体にビールは物凄く美味しかった。

高台にあるので、窓の向こうには温泉場全体が見渡せた。川の向こうに見える山の斜面に、緑の木々が突然なくなっている場所があった。山肌は灰色と黄色が混じったような色で、煙も立っている。

「あそこ、なんですか?」

「あれは、オニバだよ」

「オニバ?」

「あんた、ハイキングコース歩いてきただろ。広場に祠があっただろ」

「ガスがでるところ?」

「そうそう。今日はガスが沢山でてるね」

「そんなに危ないんですかね、ガスって」

遠くから見ると、立ちのぼっている煙はなんだかのどかで、あまり危険そうには見えない。

「危ないよ。死んじゃうよ。あそこに入るには、マスクしないと駄目だから」

「マスクしないとどうなっちゃうんですか?」

「一分くらいで、コロッて逝っちゃうから。あたしの娘はね、あそこで逝っちゃったんだから。まあ自分で入ってっちゃったんだけどね」

ルリ婆さんの娘さんというのは、つまりリッちゃんのお母さんのことだった。リッちゃんのお母さんは銀座のクラブで働いていたらしいのだが、男に騙されたあげく、借金を背負わされ、リッちゃんを連れてこっちに逃げてきたのだという。そして数日後、自分で鬼場に入っていったのだと、ルリ婆さんは話した。

「リッちゃんを道連れにしなかっただけ良かったけど、馬鹿なことしたよ」

婆さんがビールを飲み干したので、おれは一階の売店で、ビールと柿の種を買ってきた。婆さんは、「あんま飲んじゃうと仕事行くの面倒になっちゃうな」と言いながら、二本目を飲みはじめた。

「あんた芸人さんだろ。普段はどんな芸をやってるの?」

「いや、おれ、実は芸人じゃないんですよ」

「なんだいそれ」

ルリ婆さんは目を丸くした。こちらに来てから、おれは自分が芸人でないことを、伝えそびれていた。

「だから、喋りが下手なのかい」

「はい。そうなんです」

「でも芸人じゃないにしたら、結構上手くやってるよ。じゃあさ、ついでにこっちにいる間に、一つ芸でも仕込んでったらいいんじゃないのかい」

「どんな芸ですか?」

「放屁《ほうひ》芸って知ってる?」

「オナラのですよね」

「そう。屁《へ》をね、自由に操れる」

「そんなのできないですよ」

「あれさ、屁を出すってわけじゃなくて、尻の穴から空気を吸いこむんだよ。あたしが笛を使ってやる花電車と同じなんだけどさ。あんた尻の穴で空気吸えないかね？」

「吸えませんよ」

「あたしが浅草に居たころ、放屁芸の若者がいてね。それがリッちゃんのお父さんだよ」

「リッちゃんのお父さんは、芸人だったんですか？」

「いや、山師だねあれは。南米にエメラルド見つけにいくだとか、アルゼンチンで牧場やるだとか言って、ぷっつり居なくなっちゃったんだから。芸で身をたてりゃ、そこそこいいところいけたのにね」

休憩室にラーメンと餃子を出前してもらって、ビールを飲みながらつついたり、座蒲団を枕に昼寝したりして、おれとルリ婆さんはだらだらと夕方まで過ごした。

家に戻ると、リッちゃんがうどんを食べていた。汁にはチクワが二本浮いている。

「リッちゃんはうどんばかりだね」

と言いながら、婆さんは仏壇に供えていた羊羹を持ってきた。リッちゃんはなにも言わず無心に食べていた。どんぶりを抱え汁を飲むその手は、猫みたいにクルッと丸くなって可愛らしかった。彼女は大人びて見えたがまだ二十二歳だった。

ルリ婆さんはお茶をいれ、「ああ、今日は仕事行くの面倒になってきちゃったね」と言って羊羹を切った。

あと数日で大晦日だった。朝から雪が降っていたが、ルリ婆さんはいつものようにバスに乗って、駅前のパチンコ屋まで出かけていった。

夕方になっても雪は降りやまなかった。普段ならパチンコを終えて、晩飯をこしらえてくれる婆さんは、まだ戻ってきていなかったので、リッちゃんがうどんを作ってくれた。おれのうどんには昨晩の残り物のサツマイモの天麩羅が入っていた。

「リッちゃん天麩羅いいの？　半分食べる？」

「いいのいいの。食べて」

夕飯を食べ終わっても婆さんは戻ってこなかった。夜は『グランドホテル寿鶴』の宴会場で仕事があったので、二人でホテルに向かった。こんなことはたまにあるのだとリッちゃんは話す。玉が出続けて、調子がいいと帰って来ないらしい。

婆さんがホテルに直接来るかも知れないので、三味線やもろもろの道具を持って家を出た。雪は朝よりも激しく降っていて、積もった雪は月明かりで光っている。こんなに寒いのに、いつものように犬小屋から犬が飛び出てきて、激しく吠えはじめる。リッちゃんは「寒いのになぁ」と面倒くさそうにコートをひらいて内側の毛皮を見せた。犬は大人しくなって尻尾を垂れた。

天麩羅の芋が古くなっていたのか、どうも腹の調子がおかしい。雪道を歩いていると、やけに屁がでた。積もった雪を踏みしめるとキュッキュッと音が立ち、その間をぬって屁の音がする。

ホテルに到着したが、ルリ婆さんがやってくる気配はまったくないので、リッちゃんは持ってきたカセットテープで踊ることにした。彼女が着替えて化粧をしている間、司会のおれは舞台に出て行った。

その日の客は、不動産業者の集いらしく、あきらかに柄の悪い人達ばかりだった。

「みなさん。こんにちはぁ〜。今日は寒いですよね。雪が朝からシンシンと降ってきちゃってますが、露天風呂で凍死なんかしないでくださいよ」

「うるせえなコラ。オイ！」

すぐに怒号が飛んできた。宴会中なのに真っ黒のサングラスをかけている男だった。

「うるさくてすみませーん。でもね、こんな寒い日はうるさくやって、自分の体温上げましょうよ。つうか、ここのみなさんも、じゅうぶん、うるさいですよー」

「おめえ、つまんねえな。くだらねえこと喋ってねえでよ、なんかやってみろコラ！」

おれは、なんにもできないから、つまらないことしか喋れないのだ。舞台袖を見ると、リッちゃんは手鏡でまだメイクをしている最中だった。

「いやいや、つまんないのは百も承知なんですが、もう少し待ってください。もう少しで、素敵な踊り子さんが出てきますよ〜」

「じゃあ、おめえはいらねえよ!」

「いやいや、ぼくが居なくなっちゃうと、この舞台に誰も居なくなっちゃいますから」

「じゃあ誰もいらねえよ。もしくは、なんかやれ!」

方々から「なんかやれ」と声がする。しまいには手を叩きながら、会場全体が、なんかやれコールになってしまい、あたふたした自分をごまかすように、「いやいや、なーんにもできませんから」と言ってヘラヘラ笑うことしかできなかった。

「笑ってんじゃねえよコラ、なんかやれってんだよ!」

真っ黒サングラスの男が前のお膳を蹴った。畳の上を滑って、舞台の下までお膳がすべってきた。真っ黒サングラスは今にも立ち上がり、殴りかかってきそうである。冷静になろうと心がけた。舞台袖を見るとリッちゃんは呑気にストレッチをしている。真っ黒の部分がすべて黒目にみえてくる。なんだか腹の調子も変になってきて、おれ自身を馬鹿にするかのように屁が出た。

「ヤレ、こら!」

「やれやれ」

「わかりました、じゃあ、なんかやります」

おれは半ばヤケクソになって、バッグから婆さんの筒を取りだし、ズボンを降ろした。

「こらこら、なにやってんだオメエ」

方々から怒声や笑い声が聞こえるが、すべてを遮断するように心がける。それから、仰向けになって足をあげ、ちょうど海老固《えびがた》めを決められたような形になり、パンツをズラして尻を出した。

「おいおい」

コルク玉を入れた筒を尻の穴に突っ込む。騒めいていた会場が、一瞬、静かになる。しかし屁を出そうとしてみるが出ない。さっきまであんなに頻繁に出ていたのに、どうしたものか。それに普段、婆さんの股に入っているものを、尻の穴に入れてしまって、申し訳ない気分にもなってきた。

ふたたび会場がうるさくなる。

「ちょっと待っててください。すんません」おれは大きな声で言った。

「すんませんじゃねえぞこら！　なにやってんだテメエ！」

横を見ると、舞台袖でリッちゃんが笑っている。

下腹に力を入れる。ようやく屁が出た。しかしコルク玉は飛び出さなかった。客が怒り出し、食い物が飛んでくる。立ち上がって頭を下げると舞台の照明が消えた。ズボンを穿きながら、逃げるように舞台袖に走り込んだ。

リッちゃんは笑いながらおれの肩を小突き、舞台に上がっていった。おれはデッキに入っていたカセットテープを再生して照明のフェーダーを上げた。

客達は、そこに立っているのが女だとわかると少し静かになった。テープから流れる音楽はいつものものと違い、アラブの音楽のようで、騒めきの向こうにリズムがうねり、頭の中が酔っ払っていくようだった。

リッちゃんの身体は、音のうねりに乗ってしなっていった。着物が徐々にはだけ、肌があらわになっていく。おれのことを怒鳴りつけていた男は、真っ黒のサングラスをズラして、丸くて小さな目を出していた。

はだけた着物から胸があらわになり、上半身をぶるぶる震わす。おかめのお面がズレてきた。邪魔になったのか、リッちゃんはお面を外しておれの方に投げてきた。顔があらわになったリッちゃんの目は、とてつもなく遠くの方を見ているようだった。

客も、おれも、息を呑んだ。おれは照明を変えるのすら忘れてしまっていた。まるでなにかの儀式のようであった。女の踊りが、男達を圧倒した。

突然、音楽がブチッと切れてテープが終わってしまった。リッちゃんが舞台袖に飛び込んできた。「テープ間違えたの持ってきちゃった」と言った。

「そうなの?」

「うん」

「でも、ちゃんと踊ってたよ」

「だって途中で止められないし」

「なんなのこのテープ？」

「これさ、どっかの石油の国の金持ちがホテルに来たときに、これで踊れってもらったものなの」

「なんだそれ」

「ちゃんとしたテープも持ってきてるはずなんだけどな」

リッちゃんは、持ってきたバッグの中を漁《あさ》り、

「もう一回おねがい、舞台に出てつないできて」

「また出るの？」

おれは、あの人達の前に出るのは嫌だった。今度は襖《ふすま》が飛んでくるかも知れない。するとホテルの従業員が血相を変えて飛び込んできた。おれは自分のやった中途半端な放屁芸を怒られるのかと思ったが、そんなことではなかった。ルリ婆さんの乗ったバスが山《やま》間《あい》の崖に落ちて、救急車で駅の近くの病院に運ばれたらしい。

おれ達は急いで荷物をまとめ、タクシーを呼んでもらった。あの人達の前にもう一度出ることにならずに安心したが、そんなことよりもルリ婆さんが心配だった。容態を訊いても従業員は「とにかく、病院に行ってください」と言うばかりだった。

タクシーは温泉場を抜け、雪の積もった山道を走っていく。空が見えないくらいの重たい

雪が降っていて、ワイパーにへばりついて白い棒になっている。

途中、バスが落ちたという事故現場の崖を通り過ぎた。そこは温泉場から車で十五分くらい走ったところで、パトカーの赤いランプが降り積もる雪を赤くしていた。ガードレールが外れているが、崖下はまっ暗で何も見えなかった。

リッちゃんは黙っていた。

普段なら駅まで三十分くらいの道程であったが、雪で視界が悪く、運転手は慎重にタクシーを走らせていったので、一時間くらいかかった。

病院は駅の裏手にある大きな総合病院だった。踏み切りを渡る前に、パチンコ屋があった。ネオンの光が反射して、店の前だけ色とりどりの雪が降っていた。

病院に着くと、ルリ婆さんはすでに息をひきとっていた。

雪で視界の悪くなった山道で、バスはガードレールを突き破り、運転席から垂直に落ちた。一番後ろに座っていたルリ婆さんは、バスの中を真っ直ぐ落ちていき、座席のパイプで頭を打って首の骨を折った。即死だったらしい。他にも乗客がいたが、亡くなったのはルリ婆さんだけだった。遺品として渡された紙袋には羊羹が五本と缶詰が大量に入っていた。

雪は降り続けた。宴会の仕事をキャンセルして、リッちゃんは眠ってばかりいた。おれは炬燵に入り、ルリ婆さんの漬けた柿の焼酎を飲んでいた。

事故から三日後、火葬場でルリ婆さんを焼いてもらった。

骨壺を持って二人でタクシーで家に戻ってくると、リッちゃんは「うどん食べる？」と訊いてきた。ルリ婆さんを焼いている間、火葬場の食堂で冷めたコロッケ定食を食べたが、身体が冷えていたので温かいものを食べたかった。

うどんには半分に切られたコロッケが浮かんでいた。定食の残りものらしい。おれが便所に行っているときに、食堂のおばちゃんにビニール袋に入れてもらい、持って帰ってきたのだとリッちゃんは話した。

うどんの汁に浸したコロッケは、定食のコロッケよりも美味しかった。

うどんを食べ終わると、リッちゃんは炬燵のテーブルに骨壺を載せ、黙って眺めていた。おれはどんぶりを重ねて台所に運び洗った。そして洗ったどんぶりを一つ布巾で拭いて、炬燵のテーブルの上に載せた。

「チンチロリンやろうか」

「チンチロリン？」

「うん」

ジャケットの内ポケットから、座間の三つのサイコロを取りだして、どんぶりの中にふりこんだ。陶器にサイコロが跳ねる音がする。

リッちゃんが、どんぶりの中をのぞき込む。

「なにこれ?」

簡単にルールを説明して、ルリ婆さんの骨壺の前で、緑茶を飲みながらチンチロリンをはじめた。

おれはまったくツキがなかった。なかなか目が出ずに、ヒフミを二回も出し、ションベンもやってしまった。一方でリッちゃんは良い目を出しまくっていた。あげくピンゾロを出した。

⚀⚀⚀

どんぶりの中で、目の揃ったサイコロを見て、リッちゃんがクスクス笑いだした。

「そういえばさ、あのとき、なんであんなことやったの?」

「あのときって?」

「お尻出してさ」

「だって、なんかやらなきゃヤバイ雰囲気だったでしょ」

「でも、よりによって、なんでアレなの?」

「屁がやたら出てたんだよね、あのとき」

「でもね、ああいうのガスのオナラじゃ駄目なんだよ」

「吸うんでしょ、尻の穴から」

「知ってるの？」

「ルリ婆さんから聞いた」

「じゃあ、あたしのお父さんのことも聞いた？」

「うん」

「ほら見て」

　リッちゃんはどんぶりの中のサイコロを摘んで、⚀の目をおれに向け、「お父さんは、ここから、空気を吸うことができてね」と指さした。赤い⚀の目を尻の穴に見立てているらしい。

「プップップッて音階つけて、咲いたぁ咲いたぁって、チューリップの曲とかやってくれたの。でもお母さんが嫌がってね。お母さんが居ないときだけやってくれた」

「チューリップの曲、最後までやるの？」

「そうだよ」

「部屋、臭くなるでしょ」

「ううん。あれガスじゃなくて空気だから、お父さんのオナラは臭わなかったよ」

「臭わないのか」

「臭わないの」

「お父さんってアレなんでしょ、エメラルドかなんか探しにどっか外国に行ったたって」

「あたしが三歳の頃に家を出てって、まったく音沙汰ないんだけどね。ラスベガスでオナラの芸をやっている日本人がいるって話を聞いたことがあるんだけど、それがお父さんかどうかはわからない」

「じゃあラスベガス行ってみたら。それにリッちゃんのおかめの踊りさ、あれラスベガスで相当受けると思うよ」

リッちゃんが豪華なステージでおかめ踊りをやって、大喝采を浴びている姿を想像した。おれがマネージャーでラスベガスの街で暮らす。女が踊って稼いだ金で、酒を飲んでルーレットをやって。これじゃあヒモだが、そんな生活に少し憧れもあった。

「ラスベガスかぁ」

リッちゃんはサイコロをすくって、どんぶりにふりこんだ。ふたたび、⚀⚀⚀と出た。

「お尻の穴に御縁があるなぁ」

リッちゃんがボソッと言った。もしかしたらこのサイコロは、座間のイカサマサイコロなのかもしれないと思ったが、おれがふったら⚁⚄⚅と出た。

それから夜中までチンチロリンを続けた。緑茶を飲みすぎたのか、便所に行くと長い間小便が出続けた。

便所から戻るとリッちゃんは仏壇に供えてあったリンゴを食べていた。仏壇の横にかかっているカレンダーは残り一枚でペラペラしている。まさかこんなに長く居るとは思っていなかった。

「明日、東京に戻ろうかな」

アパートの家賃は払ってないし、郵便物も溜まっているだろう。

「行っちゃうの」

「しばらく踊りの仕事もやらないでしょ」

「うん。そのつもりだけど」

「東京、一緒に行かない？」

「東京か、どうしようかなぁ」

「ラスベガスより近いよ」

しばらく考えている様子のリッちゃんであったが大きなあくびをすると、口の中からリンゴのカスが床に落ちた。屈《かが》んでそれをつまむと、

「昼間眠らなかったから、夜なのに珍しく眠くなってきちゃったな」と言った。

おれは二階に上がった。部屋は寒く、蒲団はあいかわらず冷たかった。

目を閉じて、ルリ婆さんの顔を思い浮かべると、ニッコリ笑う婆さんの笑顔が白くなり、おかめになってしまった。おかめの顔から婆さんに戻そうとしたが、おかめのままだった。

夜中に舞台の方から大きな音が聞こえてきて目を覚ました。それは次第に尋常ではない破壊音になり、メリメリとなにかが剝がれる音がして、ズドンとなにかが落ちた。驚いて蒲団

から出ようとすると、音はおさまり静かになった。しばらく様子をうかがっていると、足音がきこえてきて襖があき、リッちゃんが立っていた。

「なんか凄い音聞こえたけど」

彼女はなにも答えなかった。

「大丈夫？」

寝惚けているのか目は虚《うつ》ろで、おれの蒲団に入ってくると、ゆっくりと抱きついてきた。彼女の身体は冷たかった。

リッちゃんは抱きついたまま動きもせず、話しもせず、しばらくすると寝息が聞こえ、おれもふたたび眠った。

目を覚ますと、膀胱がパンパンだった。やはりお茶を飲みすぎたらしい。あまりにも小便をしたいので、蒲団を出ようとしたが、リッちゃんはおれに抱きついたままだった。おれは静かに彼女の手をどかして蒲団を出た。

廊下の床は足の裏がへばりつくほど冷たかった。便所で長い小便をした。寝る前にあれだけ出したのに、まだまだ出た。

便所を出て部屋に戻る途中、舞台の部屋の襖が少し開いて光が差込んでいた。普段この部屋の窓には分厚いベッチンの遮光幕があるので、光が差込まないのだが、中を覗いてみると異様に明るい。

ベッチンの幕は外され、舞台上にクシャクシャに丸められていて、その上に鴨居から落ちてきた熊手や、電飾や電球、それに粉々になった木片も散らばっている。ガラス窓の向こうに降る雪は部屋全体を銀色にして、この部屋にも雪が降っているようだった。いや、実際、部屋にも雪が降っている。舞台上に少し積もって白くなっている。なんだこれは？　天井を見上げると、一メートルくらいの穴があって、屋根も抜け、空が見えた。額に雪が落ちてきた。

部屋に戻ると、リッちゃんは蒲団の中で仰向けになって目をあけていた。

「天井に穴が空いてんだけど」

「そう」

「部屋の中に雪が降っちゃってる」

「あらら」

彼女は目をこすって、あくびをした。

「あのね。幕を外そうとしてひっぱったら、天井からぶらさがってた電球のコードにひっかかってね、それでもひっぱったら、天井が抜けちゃったの。たぶんさ、もう腐ってたんだね、屋根もさ」

「なんでそんなことやったの？」

「だって、あの部屋いつも暗かったでしょ。たまには明るくしてあげようと思ったんだけど、明るくなりすぎちゃったね」

「なんだそりゃ？」

彼女は掛け蒲団を蹴り上げて、「やっぱさ、東京連れてってもらおう」と言った。

「今すぐ？」

「うん」

おれは着替えて、バッグに荷物を詰め込んだ。ここに来たときよりも荷物が少なくなっているような気がした。一階に降りると、リッちゃんは赤いセーターを着て、黒いストッキングに黒いスカートを穿いていた。いつもスウェット姿だったので、新鮮に見える。

「やっぱ東京行くなら、パリッとしなくちゃね」と言って、いつもの内側リス六十匹のコートを着た。ルリ婆さんの骨壺を仏壇の前に置いて、二人で手を合わせ外に出た。

犬がいつものように吠えはじめ、リッちゃんがコートの中身を見せる。ホテルまで行って、タクシーを呼んでもらった。事故のあった山道のガードレールは壊れたままで、太いロープが張ってあったが、そこを通過するとき、リッちゃんはウトウトしていた。

駅に着くと、あと三分で東京行きの特急電車が来るという。売店でオレンジジュースを買って、急いでホームに行った。

電車に乗るとリッちゃんは、コートを脱いで膝に置き、「これ乗り遅れたら、一時間くらい待たなくちゃならなかったよ」とオレンジジュースを飲みはじめた。

「東京、どこか行きたい所ある」

「わかんない。どこでも良いよ」

電車が動きはじめると、リッちゃんはすぐに眠りはじめた。とりあえず浅草に行くことにした。浅草に行くのは座間を運んで以来だった。

上野で銀座線に乗り換えて終点の浅草駅で降り、神谷《かみや》バーの前からぶらぶら歩いて吾妻橋に出た。隅田川の向こうにスカイツリーが見える。

「ほらスカイツリー」

「うん」

まったく興味なさそうなリッちゃんは隅田川をのぞき込むと「ここは、魚いないのかな」と言った。

それから仲見世を歩き、東京に戻ってきたこと、ルリ婆さんが亡くなったことを知らせるため、長谷川のおっさんのところに向かった。

事務所の階段を登っていると、どうも様子がおかしい。なんだかキナ臭いニオイがするし、「はせがわ芸能社」の扉は取り外されていた。

部屋の中は真っ黒だった。散らばった紙類やつぶれたペットボトルも、この前の怪獣も黒い固まりになっている。

三階の会計事務所のおばさんが階段を降りてきたので、どうしたのか訊ねると、一昨日火事になったという。長谷川のおっさんは、火傷をして救急車で運ばれたそうだが、軽傷で命に別状はないらしい。

「ほら、あの人なんだか、いつもマッチ擦ってたでしょ、あれが燃えちゃったらしいのよ。でもこの部屋だけで良かったわよ」

朝からなにも食べていなかったので二人とも腹が減っていた。リッちゃんは、どうせなら東京でしか食べられないものがいいと言うので、吉原の先にある、土手《どて》という場所へ天麩羅を食べに行くことにした。

年の瀬だからなのか、いつも混んでいる店だが、すぐに中に入れた。天麩羅の盛り合わせとビールを頼んだ。リッちゃんは「美味しい、美味しい」と海老を追加して五本も食べた。

「これは、やっぱ東京じゃなきゃ食べられないね。ありがとう」

おれも調子に乗って、海老を追加して食べた。

店を出て腹ごなしにぶらぶら歩いていると、座間が倒れた家の近くに来た。路地の奥に賭場の家はあったが、玄関の上の電球は外されていて、人気はなかった。「なんなのここ?」リッちゃんは路地を眺めて少し怪訝な顔をしていた。

頭上の枝になっていた柑橘系の果物はすべてなくなっていた。

国際通りに出て浅草方面に戻る途中、鷲神社に寄った。人であふれていた酉の市の日とはまったく違い、静かな境内では初詣の準備が行われていた。

鳥居をくぐり参道を歩いていると、リッちゃんが腕を組んできた。

賽銭箱の前には、色が塗られていない木製の大きなおかめの顔が置いてある。

おかめは、お参り客がさするので、頬やおでこの出っ張った所がツルツルになっていた。

リッちゃんは目をつむり、しきりにおかめの頬やおでこをさすりはじめた。

おれはジャケットの内ポケットから座間のサイコロを出し、握った右手をおでこの前でカラカラふって、賽銭箱にふりこんだ。

賽銭箱の中でサイコロがピンゾロになり、リッちゃんの顔は、つるんとおかめになった。

ひっ

真っ暗で右も左もわからない。ひろがる闇は広大で地球の裏側まで続いている。ミミズは身体を縮めたり伸ばしたりしながら前に進んでいた。目の前の土くれを口の中に入れ、せっせと尻の穴から排泄している。細長い身体はどこまでも伸びていきそうで決して後戻りはしない。目指すところはない。とにかく前に進んでいくだけなのだった。

雨の日は地上に出て、濡れて跳ねまわり、じゅうぶんな水分を身体に含んだら土の中に戻っていく。たまさか土の中に戻れないことがあって、炎天下、コンクリートの階段やアスファルトの上で干涸びて死んでしまう。ミミズから抜けた水分は空を漂い、雲になって、雨になって、ふたたび地上で跳ねまわるミミズに浸透していく。

ミミズの魂は水の中に宿っている。雨が降るたびに、魂が交じったり、入れ替わったりして、己が何者なのかわからなくなっている。お前がおれで、おれがお前なのか、男なのか女なのか、闇なのか光なのか、すべてが曖昧だった。

土の中を進む一匹のミミズの前に大きな石が立ちはだかる。迂回するのが面倒なので、一旦、動きを止め、意識を集中させる。体内の水分が渦を巻きぶくぶくと泡立ってきた。ミミズは石の向こう側へ移動しようとしていた。

土は柔らかくて固い。茶色くて黒い。朝から地面に穴を掘り続け、穴はおれの腰あたりまでの深さで、横になればすっぽりおさまる大きさになっていた。上半身裸になって吹き出す汗をたらしながらシャベルをふりまわしている。ズボンの中はビショビショで、汗をふくんだパンツがずり落ちてくる。いっそのことズボンもパンツも脱いで素っ裸になりたいのだが、ゴム長靴を履いているので、これを脱がないことにはズボンもパンツも脱げない。面倒なのだった。

長靴はひっさんが生前に履いていたものだった。黒いゴムの表面は干涸び、クタクタになって、ヒビ割れた線が無数に走っている。干し芋のようなこの長靴は、昨日ここにやって来たとき、玄関を開けるとひっさんがまだ家の中にいるように脱ぎ捨ててあった。

小高い丘にあるこの土地は庭の端から海が望め、心地良い潮風がのぼってくる。でもおれは穴の中、屈んでシャベルをふりまわしているので、風は頭の上を抜けていくばかりだった。

さらに自分の体温で熱がこもり、鼻から吸いこむ空気が生ぬるい。

穴の上、頭上にはぶどう棚がある。緑色の小さな実がたわわに生っていて、汗まみれの身体に木漏れ日が落ちてくる。ぶどうの実はつまんで食べてみたが、固くて酸っぱかった。絡まるようにキュウイの実も生っているがこれも固すぎた。もいだキュウイはリンゴと一緒にビニール袋に入れ、数日間置いておけば柔らかくなって甘くなるのだと、ひっさんは言っていた。

さっきからぶどうとキュウイの間を大きなスズメバチが一匹飛んでいる。刺されたらたまらないので、ちょろちょろと頭上を気にして掘っていたら、大きな石にぶちあたり、シャベルを握った手がしびれた。石はシャベルですくって放り出そうとしたが、重たかったので両手で持ち上げ穴の外に放り投げた。

ふたたび掘りはじめると、今度はシャベルの先でミミズを潰してしまった。ミミズは石の下にいたらしく、長さ十五センチくらいの大きなものだった。身体は水分ではちきれそうにぶりぶりしていたが、申しわけないことにシャベルの先で真っ二つになってしまっていた。

切れた状態でもミミズは、両方とも激しくのたうちまわっている。いったいどちらに意思があるのだろうか、どちらが頭で尻なのかもわからない。主体性はどっちにあるのか。しばらく眺めていたらもともと二匹だったように思えてきて、勝手ながら二つになってもせめて片方だけでも生き延びて欲しいと、両方のミミズを丁寧にシャベルですくい上げ、土と一緒に「エイヤッ」と宙に飛ばした。

しかし勢いあまって垂直に飛ばしてしまい、舞い上がった土は、そのまま頭に降ってきた。おれは全身に土を浴び、手で払い落とそうとしたが、汗にへばりついてなかなか取れなかった。顔面に流れる汗にも土が混じっていて、頬をつたい口に入ってきた。「ペッ」と吐き出すと地面に茶色い唾が泡立ち、奥歯を噛むと耳の下でジャリジャリ音がした。舌の奥にひろがった土の味で口内がわさわさして、原始人が身体の中を走りまわったような気分になった。そして、どこを探しても飛ばしたミミズは見当たらなかった。


かつてここに遊びに来ると、海釣りのエサになるミミズをこの庭でよく掘り起こしていたのだが、そのときひっさんは決まって、「ミミズは瞬間移動するから、見つけたら素早く捕まえなくちゃならねえぞ」と言った。

ひっさんは超常現象の類いについては、人間が人間を欺いているだけだと馬鹿にしていたし、そのようなテレビ番組を見ていると、妄信的な出演者に向かって噛みつくように文句を言っていたが、ミミズの瞬間移動に関してはどういうわけか頑《かたくな》に信じていた。「ミミズは目も見えねえし、土を食って土を出して、欲もなく生きているから、そんな能力がついたんだろう」と話していたが、なんの根拠があってそんなことを言っているのかわからなかった。

一緒に釣りをしていたときも、ひっさんは尻でミミズを潰してしまったことがあって、真顔で「瞬間移動すっから、こんなことになっちまうんだ」とペシャンコになったミミズをつまんで海に放り投げた。ミミズはタッパーの中に入っていて、フタもしっかりしてあったから、瞬間移動で出て来たのだと言っていた。

またひっさんの持論によると、瞬間移動はできるけれど行き先をコントロールできないので、夏場にアスファルトの上でミミズが干涸びて死んでいるのは瞬間移動する場所を間違えてしまったからしいのだった。

朝から掘っているこの穴は、ひっさんの遺品やゴミを燃やすためのものだった。ひっさんは母の兄で、おれの伯父である。名前はヒサシといって、かつては作曲家として活躍していたが、二ヶ月前に亡くなった。享年は五十五だった。

ひっさんの遺言で、燃やせるものは、ぶどう棚の下に穴を掘って燃やして欲しいということで、昨日、一年ぶりにこの家にやってきた。子供の頃からここには遊びに来ていたが、おれは二十六歳になっていた。

母から預かってきた鍵で玄関を開けると家の中は以前と同じニオイがした。焼けた味噌に埃がまじったようなニオイで、廊下には新聞紙、雑誌、ダンボールの束、ひょうたんなどが無造作に置かれている。台所には焼酎漬けのガラス瓶が並んでいた。ぶどうやキュウイ、黒ずんだ物が沈殿して液体が少し緑に染まっているもの、コーヒーの豆を漬け込んでいるものもある。

玄関の上り框《かまち》には宅急便の送り状がついたまま開封されていないダンボール箱が置いてあったので、開けてみると厚手のビニールに包まれた物体が入っていた。ビニールを破ると動物の剝製が入っていて、イタチか狸かと思ったが、送り状の品名を見ると「ハクビシン」と書いてある。母には「燃やせるものは全部燃やしちゃっていいから」と言われていたが、このハクビシンも燃やしていいのだろうか。他には、ノート、本の入ったダンボール箱、ランニングやパンツなどの下着、スーツやセーターなどもあったが、服はほとんど汚れた作業服ばかりだった。とにかく燃えそうなものはダンボール箱や紙袋に入れて、ぶどう棚に面した和室にまとめていった。ハクビシンは一応、燃えるものにしておいた。

昨日はこんな作業をやっていたら陽が暮れていた。腹が減ったので台所の棚をあさり、頂き物らしい桐の木箱に入っている素麵を茹で、冷蔵庫に入っていた蕎麦つゆにつけて食べた。どちらも賞味期限が切れていたが問題はなかった。

その後もしばらく作業をして、夜中の一二時にようやく燃やすものがまとまったので、台所でぶどうの焼酎漬けを一杯飲んで眠ることにした。

燃やすものが積み上げられた和室に蒲団を敷いて横になると、窓の外からは明るい月の光が差し込んでいて、天井には狐のような影ができていた。

今朝は窓から差し込む朝日がまぶしくて目を覚まし、便所に行き小便をして顔を洗い、昨日ここに来るときに買ってきた牛乳を飲んだ。それからひっさんの長靴を履き、物置小屋からシャベルを持ってきて穴を掘りはじめた。

もうすぐ午後になる。穴は、深さも大きさもすでにじゅうぶんなのだが、なんだか勢いづいてしまい、掘ることを止められないでいる。掘るだけの行為に解放感さえ味わっていた。身体を動かすのは目的がないほど心地が良く、後の疲労感は股間をムズムズさせた学生の頃を思い出した。

おれは大学の山岳部に入っていた。リュックサックを担ぎ何日も山の中に入っていると目的なんてものはどうでもよくなってくる。日中は歩きまわり、陽が落ちる前にテントを張って飯を食べ、男だらけのテントの中に入り寝袋の中に収まった。そして股間に手を滑らせてイチモツを握り、生きていることを実感しながら手を動かすのだった。山に入ったときは最初に思い浮かべた女性以外でセンズリをこいてはいけないというルールがあって、おれ達はその掟を忠実に守った。山の神は女性である。彼女の前で浮気をしようものなら罰があたるということだった。

テントの中では寝袋に入った男たちが横並びになり、射精寸前になったときに、「おい、優しさ」と言えば、誰かがティッシュボックスを渡してくれる。「優しさ」とは、それ専用のティッシュのことで、鼻をかむのも何かを拭くのも禁止されていた。それは「優しさ」としてしか使用してはならないという決まりがあり、雨などで濡れないように二重のビニール袋に入れてリュックに収める。また「優しさ」を持つ者は交代制になっていて、その日の当番は飯を作らなくて良かったり、休息の時もお茶を淹れてもらったりと丁寧に扱われるのだった。

一日中歩いて身体は疲れきっているのに、おれたちは毎晩のように寝袋の中でそのようなことをしていた。疲れマラというのか、寝袋の中で股間は驚くほど勃った。死に際や危険な体験をしたときに男は子孫を残そうとして勃起するというが、登山中にも勃起がおさまらなくなったことがあった。

それは北アルプスの奥穂高の岩場を下っていたときで、突然、頭上から「落《ラーク》！」と叫び声がして見上げると、みかん箱くらいの岩が転がっていた。岩は斜めに転がっていたので、こっちの方に来ないだろうと思っていたら、途中で他の岩にぶつかって半分になり、片方が自分らに向かって転がって来た。いや転がるというよりも、ミサイルのように飛んで来て、おれの背負ったリュックをカスっていった。瞬間、血の気がひいて身体が冷たくなり、膝は関節が外れたみたいになってカクカクしていたが、どういうわけかおれは笑い出していて、さらに股間がどんどん膨らんできた。

ふたたび下山をはじめたのだが、笑いも勃起もおさまらず、股間を指して「擦れて歩けないです」と先輩に言うと、「ヌイてこい」と言われ、人目のつかない岩場に隠れてチャックを下ろした。取り出したイチモツは今まで見たことがないくらいの大きさと石みたいな硬さになっていて、岩に寄りかかり突っ立ったままじごきはじめた。向こうの空には雷鳥が飛んでいた。おれ達はその日、徳沢という所でキャンプをすることにしていたのだが、テントを張っていると雷が鳴り出し、雨が激しく降り出してきた。さらに暴風でテントが吹き飛ばされ、梓川に落ちて流れていってしまった。仲間は「おめえがあんなところでセンズリをこくから、山の神が怒ったんだ」と責めてきた。その晩は先輩の三人用テントに七人が折り重なって眠った。激しい雨は降り続け、夜中になるとテントにも雨が染みだして、朝起きると「優しさ」は濡れてしまっていた。

真っ二つになったミミズはどこにも見当たらず、頭上では相変わらずスズメバチが飛びまわっている。ミミズは本当に瞬間移動をしたのだろうか。スズメバチはブルブルと響く羽音がさっきよりも大きくなっている。どうも、ぶどう棚にさえぎられて空に抜けだせずイラついている様子らしい。少しだけ横移動をすれば抜け出せるのに、上へ上へと行こうとしているから駄目なのだ。募ったイライラの腹いせに刺されてしまわないかとおれはヒヤヒヤしている。こうなったら攻撃される前にシャベルで叩き落としてしまおうかとも考えたが、失敗して反撃されると恐ろしいので手が出せない。

かつてひっさんはこの家の屋根裏にできたスズメバチの巣を役所に頼んで駆除してもらっ

たことがあって、その巣を床の間に飾っていた。「こんな状態が良いものは珍しいんだってよ。売ったらン万円にもなるらしいから、相当なもんだよ」と自慢し、「あんな小さな生き物が、こんなわけのわからねえ形のもんを作るんだから、こりゃロマンだな」と話していたが、おれにはどこにロマンがあるのかわからなかった。

スズメバチの巣は当時と変わらず床の間に置いてあったが、埃まみれになっていた。積もった綿埃を払って、ン万円もするのなら売ってしまおうと思い、両手で持ち上げると崩れて粉々になって床の間に散らばってしまった。拾い集めて紙袋に入れ穴の中で燃やすことにした。

ひっさんは、上野は下谷《したや》の出身で、父親はかんざしを作る飾り職人だった。しかし職人気質の父親とソリが合わず、十五歳で家を出て、ヤクザの見習いのようなことをしていた。見習いといっても若造だったから、街中に屋台を出し鉄板で焼いた餅を醤油に浸し海苔を巻いて売っていたのだが、ある日、醤油に浸し過ぎだとイチャモンをつけてきた男といざこざになった。揉み合ったあげく、男の髪の毛をつかんで餅を焼いていた鉄板に顔を押しつけて火傷を負わせた。その男は敵対する組織に関係する人物で、後日ひっさんは報復を受け、以降も執拗に狙われたため、仲間から金を借り、ほとぼりが冷めるまでフィリピンに逃げた。フィリピンからは半年ぐらいで日本に戻って来るつもりだったが、蒸し暑い気候や人間のい加減なところなどがひっさんに合っていたらしく、そのまま居続け、日本人観光客を色っぽい店に案内したり、フィリピン人の女性をスカウトして日本のフィリピンパブに斡旋したりして生計をたてていた。しかしだんだんヤバい方面に手を染めはじめ、しまいには拳銃の密輸にかかわりだした。

フィリピンでは拳銃が簡単に手に入ったので、分解して電池で動く熊のぬいぐるみや自動車の玩具、鉄道模型などの部品の一部に忍び込ませて日本に送った。父親が飾り職人だったから、その血を引いていて手先が器用だった。しかし仕事がヤバいので様々なトラブルに巻き込まれ、五回誘拐されかけ、三回殺されそうになる。一度はロープで縛られて海に投げ込まれたが、縛りが甘くて、ほどけて助かったらしい。けれど、こんな調子では遅かれ早かれ本当に殺されてしまうと、フィリピンでの仕事に見切りをつけて二十九歳のとき日本に戻って来た。

日本に戻って来てからは仲間のツテで仕事はいくらでもあったが、どれもこれも堅気の仕事ではなかったので、掃除用具の売り込み営業をはじめた。けれども以前の稼ぎや暮らしぶりと比べると、物足りないし刺激も少なく、つまらなく感じていた。

そんなある日、エロ雑誌を読んでいたら通信講座の広告を目にした。そこにあった「あなたも人気作曲家の仲間入り」という謳い文句に惹かれ、添えてあった葉書で申し込むと、薄っぺらな教則本とハーモニカが送られてきた。本来ならここで騙されたと思って止めてしまうものだが、ひっさんは薄っぺらの教則本で必死に勉強した。

「ひでえもんだったけどよ、あの駄目な感じが、良かったのかもしれねえ。スカスカで薄っぺらで、だからおれの基礎はスカスカでペラペラだな」

半年後には楽譜を読めるようになり、神保町の中古楽器屋で安物のガットギターを買い、カルチャーセンターのギター教室に通い始めた。その頃は、掃除用具の営業の仕事もまだ続けていたが、営業中もギターを持ち歩き、暇を見つけては公園などで練習していたので、一年後にはギターの腕も驚くほど上達して、作曲も出来るようになった。

次にそっちの方面でツテを作るために仕事を辞め、昔の知り合いに紹介してもらい、赤坂のホテルの地下にある高級クラブでボーイの仕事にありついた。店には豪華な舞台があって、毎晩、生バンドが入り、海外の大物歌手がとんでもないチケット代で公演をしたり、豪放で有名な映画スターがリサイタルをしたり、踊りのショーが催されたりもしていた。プロレスラーが店内で刺されたり、日本を代表する俳優が泥酔して、生意気だとヤクザにビール瓶で頭を殴られたりと、きな臭い事件もたくさんあったが、ヤバさと華やかさが相まって魅力となり、各界の著名人や業界人、歌手や役者や女優で賑わっていた。

ひっさんは、客でやってくる音楽プロデューサーや芸能関係者に作曲能力を見出されることがあるかもしれないと、仕事場にはいつもギターを持って行き、休憩中に通用口やトイレの近くで弾いていた。そして、それらしき人が通りかかると、これみよがしに色んなフレーズを繰り出したが、「この店は便所でもギターの生演奏を聴かせてくれるのか」と言われてチップを貰えるくらいだった。それにボーイが客に私用で話しかけるのは禁止されていたので、華やかな世界の人達と知り合いになる機会には恵まれなかった。

しかし働き出して一年後のことだった。週に一回唄っていた女性歌手の専属バンドのミュージシャン達を乗せたワゴン車が店に向かう途中、交通事故に遭った。開演時間までは十分しかない。困った支配人は、いつもギターを休憩中に弾いているボーイがいたことを思い出し、ひっさんに声をかける。仕事中、彼女の歌を何度も聴いて憶えていたひっさんは、「まかせてください」と自信満々で引き受けた。

女性歌手は大物プロデューサーの情婦で、店の常連客でもあったプロデューサーはその日も店に来ていて、ひっさんのギター演奏をえらく気に入り、彼の一声で女性歌手の伴奏を毎週まかされるようになった。ちなみに交通事故に遭ったミュージシャン達は全員骨折をして、半年間は演奏が出来なくなっていた。

チャンスはさらに巡ってきた。ひっさんは、自分は作曲もできるとプロデューサーに売り込んで、女性歌手の次のシングルレコードのB面の作曲を依頼された。これがそこそこの評価を得て、次第に作曲の仕事が舞い込みはじめた。子供向けの「あんころ雪だるま」、元アイドル歌手が復帰を狙って演歌に移行した「房総半島の青い鳥」が相次いでヒットし、それからは出す曲が面白いように売れ、ＣＭソングや映画音楽も手がけるようになる。

赤坂のクラブのボーイから伴奏者、作曲家に成り上がった経緯や、それ以前の怪しい経歴もあって、色んな人がひっさんのまわりに集まって来た。もちろんフィリピンで拳銃を密輸していたことは隠していたが、いかがわしい大人が集まって夜な夜な馬鹿騒ぎをしていた。さらに、テレビやラジオにひっぱりダコとなって、雑誌で身の上相談をしたり、ウィスキーのテレビCMに出たりして荒稼ぎし、相当派手な生活を送っていた。ロータスというイギリス車を乗りまわし、銀座や赤坂や六本木で酒を飲んで遊びまわり、女性関係もメチャクチャで結婚するとかしないとかいう話が何度か浮かび上がったりもした。

中学生になったおれは、「そろそろお前も、遊べる年齢になっただろう」と盛り場に連れて行かれた。そこは銀座の高級クラブで、酒を飲まされ、「今から飲んでりゃ、大人になって酒で失敗しねえから」と言われたが、後におれは酒で失敗をするので、ひっさんの言っていたことは正しくなかった。

吉原のソープランドに連れて行かれたこともあった。なにも知らされずひっさんの車に乗せられ、店に着いてひるんでいると、「根性ねえな」と腕を摑まれて、一緒に入店させられた。しかし従業員に「勘弁してくださいよ、まだ子供でしょ。バレたら営業停止ですよ」と断られ、「すまんな」とひっさんは一人で店に入り、おれは喫茶店で待っていた。

浮世離れ甚だしいひっさんであったが、ある事件をきっかけに作曲家を辞めて、そのような世界から足を洗うことになる。

ある事件は、ひっさんの作曲した「きまぐれ金魚」というムード歌謡が引き金となった。その曲は人妻の不倫がテーマで、畦地三千代《あぜちみちよ》という三十五歳の歌手が唄っていた。彼女はデビューしてから十五年間鳴かず飛ばずだったが、ようやくこの曲で売れ、色んな賞を貰ったりもする。しかしヒットしたのはこの一曲だけで、現在は南千住でカラオケスナックを経営している。店の名前は「きまぐれ金魚」で、地元のカラオケ好きが集まり繁盛しているらしい。

大ヒットした「きまぐれ金魚」は、不倫をしている人妻が忍んで男と逢瀬を重ねるといった内容で、女性の不倫は美しいとか、不倫は究極の愛であるといったことが巷で喧伝され、「きまぐれ不倫」という言葉が流行語になったりする。

ひっさんは、『男と女。わかりませーん』とか『きまぐれ金魚の糞』というふざけた本まで出し、ベストセラーにもなって文化人扱いされることもあった。フェミニストが出るテレビやラジオに引っ張り出され、対談する機会もあったが、「男も女も、結局は性交できりゃ嬉しい。人間なんてそんな生き物だ」と言って幻滅されたりしていた。しかしひっさんは「おれは文化人なんかじゃなくて、どちらかといえば渡世人なのにちゃんちゃらおかしいや」と笑っていた。

そして「きまぐれ金魚」がヒットしてから一年後、ひっさんは住んでいた赤坂のマンションを出たとき、待ち伏せしていた男に包丁で刺された。

「おれの女房を返せ！」と男は怒鳴った。

「てめえ、女房を寝取って、のうのうと歌にしやがって」

男は「きまぐれ金魚」のモデルは自分の女房だと思い込み、ひっさんを刺しにきた。しかしモデルうんぬんいわれても、歌詞は書いていないし、まして男の女房なんて知りもしなかった。女関係はメチャクチャだったし、既婚女性と関係したこともあったので、身に憶えがないというわけでもなかった。それに作詞家は一緒に遊びまわっていた男で、歌詞を作る際にも「人妻の浮気とか色っぽい内容がいいね」と提案したのは事実だったが、腹から流れ出る血を押さえながら、「おい、おれは作曲家なんだよ」と男に言った。男は包丁を握りしめながら表情なく突っ立っていた。「だからおれは作曲家なんだよ。バカ野郎！」。ひっさんは倒れて意識を失った。

通りがかりの女性が血まみれで倒れているひっさんを見て悲鳴をあげ、駆けつけたマンションの管理人さんが救急車を呼んでくれた。

刺した男は事件の二日後、犯行現場に現れて捕まった。彼は、刺す相手をどうも間違えてしまったようなので謝りに来たと警察に話したらしい。

テレビやラジオに出て「浮気は悪くない」とか「見境なくやっちまえ」とか「なにはともあれ性交は嬉しい」と発言していたひっさんだったので、勘違いされても当然だったのかもしれないが、刺した男の方にも問題があった。男の妻は三年前に蒸発して行方がわからなくなっていて、それ以来、わけのわからないことを怒鳴りながら街を徘徊したり、トランクス一枚の姿で買い物かごをぶら下げ商店街をうろつき魚屋で買い物していたり、近隣では奇矯なふるまいをする人物として有名だったらしい。

ひっさんは集中治療室に入り、数日間、意識は混濁していたが、手術は成功して、一週間後には意識もしっかりしてきた。傷は内臓まで達していたので、三ヶ月間入院することになった。

長い入院生活は今までのことを思い返すきっかけになり、成功してからの狂騒の日々は、ただ「売れっ子作曲家」を演じているだけだったと思えてきたのだという。

もちろん作曲家になってからは、金にも困らず、女性は寄ってくるし、面白い仲間もたくさんいたので、なんの不満もなく、己は自由にまみれていると思っていた。しかし、その状態を維持するために実は色んなことにがんじがらめになっていたらしい。一度足を踏み入れてしまったその世界で、自分が干涸びてしまわないためには遊び続けるしかなくて、インポにならない薬や強壮剤を飲んだり、集中するためにチョロっと覚醒剤をやって仕事をしたりもしていたのだという。前進しているつもりでいたが、実はまったく前進はしておらず、止まったままの状態でぶくぶく膨らんでいたのは不自由のかたまりだった。

そして退院すると、ひっさんは残っていた仕事を片付けて十年近く続けた作曲家を引退することにした。この話が世間に知れ渡ると、あれだけ強気で馬鹿な発言をしてきたのに、

「刺されたくらいでビビったのか」という嘲笑の声もあがったが、そんなものはすべて無視した。

引っ越し先に選んだこの半島は、以前、葉山に別宅を持つ相場師のクルーザーで遊んだときに海から眺めたことがあった。そのとき港の魚屋が経営している食堂で食べたメトイカとマグロの赤身がやたら美味しくて、マグロの赤身が大好物だったひっさんは、退院したらすぐさまここに食べに来ると決めていた。

退院当日は相場師が車で迎えにきてくれて一緒に半島に向かった。そして食堂に入り、本当はまだ禁止されていたが久しぶりにビールを飲んで、マグロとメトイカをつまみ、ここに住むのもいいかもしれないと相場師に話していると、彼はその場で横須賀の不動産屋を呼び出してくれ、農家が手放したがっている土地があるというので見に行った。

その土地は海の見渡せる丘にあった。トタン壁の納屋が建っていて、シャッターを開けると十五畳くらいのコンクリートの床になっていた。中央にはハシゴがかかりロフトのような木造の中二階があった。

「いいんじゃねえのかな」

ひっさんが言うと、不動産屋は、「後で耳に入るかもしれませんので、先にお伝えしておきますが」と前置きをして、実はギャンブル癖がたたって借金で首がまわらなくなった農家の主が中二階部分から首をくくったと話した。

ひっさんはまったく気にしなかったが、それならもっと安くならないかと相場師が交渉すると値段は簡単に下がり、ひっさんはその日のうちに移住することを決めてしまった。

引っ越し当日はロータスから買い替えた中古の軽トラックの荷台に日用品と家財道具一式を積み込み、元プロレスラーの馬頭馬太郎《ばとうまたろう》と一緒にやって来た。

彼はウマちゃんというあだ名で、ひっさんのことを慕っている昔からの遊び仲間だった。ウマちゃんはヒール役のレスラーで、額に嚙みつき流血させる「馬の血だるま」という得意技を持っていた。嚙みつくだけなので、果たして技といっていいのかわからないが、白い歯を真っ赤にさせて雄叫びを上げる姿で知られていた。髪の毛を剃りあげ、身長は百九十四センチあり、闘牛の首を十秒間でへし折ったという噂もあったが、「なんで牛と闘わなくちゃならねえんだよ。そんなことしたら牛がかわいそうじゃねえか」と否定していた。試合をしていないときのウマちゃんは面長のとぼけた感じの顔をしていて、おっとりとした性格の優しい大男だった。

中堅レスラーとして活躍していたウマちゃんは遠征試合でカナダに渡り、しばらくカルガリーのプロレス団体に属していた。そこでは「ドラキュラ・ホース」というリングネームで日本にいたときよりも人気が出て、アメリカの大きなプロレス団体に呼ばれて参戦することもあった。けれどもある頃から、疲労感が抜けずに微熱が続くようになった。試合は気合いでのりきっていたが、いつもぐったりしてなにもやる気が起きなくなっていた。

日本に戻って来たときに病院で精密検査をしたが異常は見つからず、精神的な問題かもしれないと心療内科にも通ったが、最終的に診断されたのは慢性疲労症候群という病名だった。これは、はっきりした原因のわからない病気で、ウィルス性という説もあって、ウマちゃんの場合は、いつも噛みつき技をやっていたから血液感染が考えられると医者に言われ、噛みつきはもうやらないでくださいと忠告されてしまう。

ウマちゃんは漢方を飲み、鍼治療をしながら本所の実家で静養していた。ちょうどその頃、ひっさんは東京を離れようとしていて、空気のいいところでややこしいことは考えずにいたらそのうちよくなるんじゃねえのと話し、悶々としていたウマちゃんを半ば強引に連れて来た。力仕事をさせるのにウマちゃんは役に立つとひっさんは思っていた。

健康状態が万全でもないのにウマちゃんは毎日、力仕事をするはめになったが、一ヶ月ほどするとみるみる体調が良くなってきた。そしてお客さんが自分に期待しているのは噛みつき技で、プロレスラーに戻っても噛みつきができないのなら引退したほうがましだと考え、ひっさんと生活をすることにした。

二人はまず農家の納屋を改装して住めるようにした。トタン一枚の壁に断熱材を挟んでコンパネを立て、漆喰を塗り、コンクリートの床を底上げし玄関を作った。水道と電気は通っていたがガスを通し、工事現場用の簡易便所と簡易シャワーをレンタルして、雑木林をチェンソーで切り倒し、地面をならしてコンクリートをうち、トタン屋根の物置小屋や駐車場を作った。土を耕し花や野菜を植えた。

ひっさんは服装も雰囲気もかつてとはがらりと変わり、作業ズボンに麦わら帽子と長靴で、あえてイナタクなろうとしている感じであった。

納屋には一年間くらい住んでいたが、結局、大工さんに頼んで横に木造の母屋を建ててもらい、そっちで生活するようになった。さらに「こっちに部屋が欲しい」とか「納戸がいる」とかで、母屋の方も増築を重ね続けた。

便所は扉を開けると和式便器を挟んで向こうの壁にも扉があり、そこを開けると庭だった。「ウンコは暗くて窮屈な身体の中に詰まっていたから、最後の瞬間は開放的にさせてやりてえだろ」ということで、ひっさんは糞をするとき庭に面した扉をいつも全開にしていたので、庭を歩いていると和式便器に跨がって力んでいるひっさんの姿を何回も見た。

おれも扉を開けながら糞をしたが、後に山登りをするようになって、最初からなんの躊躇もなく野糞ができたのは、この経験があったからかもしれない。

家の前にひろがる畑では大根やキャベツやトマトを育て、庭には柿の木や夏みかんの木を植え、軒先にぶどう棚を作った。庭にはコンクリートを流し込んで野天風呂も作ったが、湯をはるのにガス台で湯を沸かしてバケツで何回も運ばなくてはならなかったので、面倒だからと一回しか使わず、今度は鯉を飼いはじめたが大雨の日に溢れて鯉が流されてしまい、その後は雨水が溜まっているだけでボウフラが発生する。

時折レコード会社の人が訪ねて来て作曲をしてくれと頼んでくることもあったが、「おれはもうやらねえよ。新しい奴がいるだろ」と断っていた。それでも食い下がってくる人もいたが、決して引き受けなかった。けれどもひっさんは、こっちに来てからも、暇なときはガットギターをポロポロ弾きながら鼻歌や口笛を吹き、鉛筆でノートに曲を書き留めていた。ひっさんには自分で考えた「糸ミミズ楽譜」というのがあった。それは糸ミミズが踊って波打つような線で、それぞれ長さや波打ち具合も違っていて、見た目はアラビア文字のようだった。最初のうちは普通の楽譜を書いていたが、次第に糸ミミズの方がやりやすいからと、ノートには糸ミミズを書き、仕事で提出するときはギターを弾いてレコード会社の人にきちんとした楽譜におこしてもらっていた。

昨日家を片付けていると食器棚の抽き出しから、このノートが出て来た。ノートは輪ゴムでまとめて五冊あったのだが、どうせ読むこともできないので、燃やしてしまおうと思ったら、輪ゴムにメモ用紙が挟まっていて、「このノートは気球さんに差し上げてください」と書いてあった。

気球さんは近くの洞窟に全裸で住んでいる人で、おれとひっさんは洞窟の前にある浜でよく釣りをしていた。その浜へは、海に突き出した岩場を伝って行くか、大根畑の裏にある崖を降りて行くかしか方法がなかったので、ほとんど人はやって来ない、釣りの穴場だった。

ひっさんは気球さんと仲が良くて、ちょくちょく洞窟に顔を出しては、ビスケットや缶詰を差し入れ、話し込んでいた。おれは釣りばかりしていたので、気球さんと話したことはほとんどなかったが、素っ裸の人間と服を着た人間が真面目な顔をして話をしている姿は、文明を超えたところで繋がっている感じがして奇妙な光景だった。

気球さんは気球に乗ってハワイまで行こうとしていたら海に落ちて、気づいたらここに流れ着いていたのだという。家族もあったが、自分が何処に住んでいたのか記憶がなくなってしまい、帰ることができずにいるらしい。けれども漂流物や壊れた部品で気球を作っているらしく、出来上がったあかつきには乗せてもらうのだとひっさんは嬉しそうに話していたが、本気で気球を作っているのかどうかは、どうにも疑わしかった。

いったいどんな意図でこのノートを気球さんに託そうとしていたのかわからないが、気球さんは新聞を反対にして読んだり、漂流物に混じっていたハングル文字の箱をジーっと眺めて「明日から三日間は雨です」と天気予報をしたり、空の雲が動く様子を見て「今日の雲は、アルジェリアの昔話をしてくれています」とトンチンカンなことを話していたらしいので、気球さんならば糸ミミズを読み解くことができると、ひっさんは思ったのかもしれない。

穴を掘り終わって、燃やすものを燃やしたら、このノートを持って洞窟に行くことにした。

ひっさんがここに引っ越して来た当初、おれは週末や休日になるとやって来ては、釣りに行っていた。

高校生になると学校をサボって来ていた。学校は横浜の方にあったので、朝、品川の家を出て、学校のある駅を通り過ぎれば、一時間ちょっとでやって来ることができた。ひっさんは、おれが学校をサボったことをとやかく言うことはなく、飯を食わせてくれ、一緒に海へ行き、釣ったイワシでミリン干しを作ったりした。どぶろくを作ったからと昼から酒を飲まされたり、「雑木林の奥に生えているから、採りに行こう」と野生の大麻を刈ってきて乾燥させて吸ったのもここだった。おれは吸いすぎてヘロヘロになり、屋根で眠って酷い日焼けをしたことがあった。

大学生になると、山岳部だったおれは夏場は山小屋でアルバイトをして、暇があれば一人でも山に登っていたから、頻繁には来られなくなったが、それでも二ヶ月に一回は顔を出していた。

ウマちゃんは、ひっさんと一緒に住んで三年目に駅前のスナックで働いていた女性といい仲になり、港町で食堂をはじめた。それからひっさんはこの家に一人で住んでいた。

母はおれが産まれてからすぐに離婚し、おれにとってはひっさんが身内で唯一の男だった。だから憧れもあったし、シンパシーも感じていた。そんなひっさんには作曲家時代も半島に移り住んでからも、一貫して「テキトーに生きろ」と言われてきたので、その言葉はいつのまにかすり込まれ、自分もそんな風に生きているつもりになっていた。しかし、おれはひっさんの言う「テキトーに生きろ」の本意とは違う方向に転がっていた。

山登りばかりをしていたので大学は一年留年し、卒業後はやりたいことも目的もなかったので、先輩に紹介してもらった上野にある油脂を扱う会社に入った。そして働きはじめると、あれだけ打ち込んでいた山登りはまったくしなくなった。

会社は工業用油脂やグリセリン、石鹼などの他に、食用油にマーガリン、ラードなども扱っていて、おれは営業部に配属され、外回りで一斗缶の油やラードを仕入れてくれそうな中華料理屋やとんかつ屋、レストランなどに飛び込み営業をしていたが、営業成績は最低だった。もともとやる気はなかったから、サボって映画を観たり、サウナに行ったり、ピンサロに行ったり、あげく仕事中にも酒を飲むようになっていた。

夕方会社に戻ると、「酒くさい」とか言われることもあったが、なんとかごまかしていたつもりになっていた。しかし就職してから二年目のある日、外回りの営業中に真っ昼間から酔っぱらって道を歩いていたところ、車にはねられ頭を強く打ち、足の骨が折れて入院するはめになった。

おれは営業に行った北千住のとんかつ屋でビールを飲み、昼間からやっている焼鳥屋で酎ハイを飲んでいたのだが、そのことがバレて、会社はクビになった。

退院してからは、独り住まいをしていた日暮里のアパートを引き払い実家に戻った。とにかく眠っているか、酒を飲んでいるかの毎日だった。事故で保険金や賠償金を貰えたので、その金で酒を飲んだり、退院して一ヶ月は、リハビリに通わなくてはならなかったが、松葉杖をついて酒を飲みに行っていた。

実家に住んでいるのは母とおれの二人だけで、母はひっさんと懇意にしていたレコード会社に勤めていたので、平日はいなかった。おれは目を覚ますと寝床で酒を飲んだ。起きあがるのが面倒なので、登山のときに使っていたストローホースのついた水筒に焼酎の緑茶割りを作っておいて、蒲団の中で寝転がりながら吸っていた。山岳部時代の友達は、おれの変わり様に驚いたが、交通事故のときに頭を強く打ったから、脳のやる気をつかさどる神経が傷ついてしまったみたいだとか勝手な理由をつけていた。

こんな生活を続けているくせに、おれはどこか清々しい気分でもあった。ひっさんの言っていた「テキトーに生きろ」という生き方を実践しているような気がしていた。このまま堕ちて、もっとなにも考えられなくなればいいと思っていた。脳味噌が邪魔だった。

一方で、ちょっとしたやましさもあったので、なるべく母と顔を合わせないようにしていた。帰宅する時間になると外に酒を飲みに行き、母の仕事が休みの日は一人で動物園に行ったり、サウナやカプセルホテルに泊まったりしていた。いい歳をした大人が、万年正月のような甘ったれた生活を一年近くも続けていた。

するど夏の終わりの朝方、タクアンが漬かったから取りに来いと、突然ひっさんから電話があった。ひっさんは畑で育てた大根を冬場に庭で干し、毎年タクアンを作っていた。おれは会社を辞めてからひっさんに会っていなかったし、遠出をするのが億劫で断ろうとしたが、「つべこべ言ってねえで、とにかく取りに来い」と言われ、昼過ぎに家を出て電車に乗った。

しかし、なんだか気が進まず途中で電車を降り、野毛の安酒場で焼酎の緑茶割りを二杯飲んだら、久しぶりに横浜に来たこともあって、ムラムラしてきてしまいピンサロに行くことにした。

黄金町《こがねちょう》をうろうろして、適当な店に入り指名もせずに待っていたら、出てきたのは痩せぎすの女性で、分厚いレンズの銀縁眼鏡をかけていた。「どうも、どうも」と言うのが彼女の口癖らしく、「どうも」と言って、ペニスをくわえてくれたが、眼鏡をかけっぱなしなので、「眼鏡はかけたままなんですか?」と訊くと、「いやあ、あたし、ほんとに目が悪いので、すみません。眼鏡を取っちゃうとコレがどこにあるのかもわからないので、どうも」と、おれのペニスを指し、また「どうも」と言って、ペニスをくわえ、顔面が上下に動くたびに銀のフレームがカタカタ音を立てた。

彼女は、このような店で働いているのがまったくそぐわない雰囲気だった。どちらかといえば図書館で働いていそうな感じで、おれのイチモツはヘニャったままで時間内で射精できなかった。「どうもすみません。延長しますか?」と訊いてきた彼女の眼鏡は曇っていた。

一生懸命やってくれたのに申し訳なかったが断った。ピンサロを出てから、立ち飲み屋で緑茶割りを三杯飲み、ふたたび電車に乗った。

夕方前には行くと伝えていたのだが、ひっさんの家に着いたのは夜の八時だった。ひっさんは、知り合いの相場師から鹿の肉を貰ったからと、鹿鍋を用意して待っていてくれた。相場師は狩猟が趣味で、鹿の肉は山梨県の山でしとめたものらしい。

「ずいぶん遅かったじゃねえか、煮詰まって肉がかたくなっちまったよ」

「ごめん、途中でやること思い出して」

「なんだよ、やることって」

「横浜行くの久しぶりだったから、友達に会ってきた」

「友達も連れてくりゃよかったじゃねえか」

「いや友達は、図書館で働いているからさ」

「つうか、おめえ酒くせえなあ、飲んできたのか？」

「久しぶりだから、図書館とちょこっと飲んじゃった」

「図書館で飲めるのか？」

「図書館の近くで」

卓袱台の上ではガスコンロの火にかけられた鍋がグツグツ音を立てていた。東北地方の美味いという日本酒もあり、ひっさんは湯呑み茶碗に注いでくれた。

「おめえ、ずいぶん太ったな」

鍋をつつきながらひっさんが言った。この一年でおれは十キロ近く太っていた。

「なんだいそんな太っちまって、だいじょうぶなのかよ。仕事も辞めちまったんだろ」

鹿鍋は味噌仕立てだったが、美味いのだか不味いのだかよくわからなかった。

「んで、どうするんだ？　最近は、なんにもしてないらしいじゃねえか。とし子から聞いたぞ」

とし子というのはおれの母親で、ひっさんにタクアンを取りに来いと呼び出されたのは、どうも母がひっさんにおれのことを相談したからのようだった。

「だいたい、なにやってんだよ毎日、おめえは」

「ぷらぷらしてんだけど」

「ぷらぷらしてるのは構わねえけど、なんにもしねえで家に居るってのは、どうにも良くねえんじゃねぇのか」

「なんにもしてない、わけじゃないけど」

「じゃあ、なにしてるんだよ」

「なにしてるっつうか」

おれは口ごもってしまった。近所に弁当を買いに行ったり、酒を飲みに行ったりしているだけだった。

「ぷらぷらしているったって、近所の野良猫以下だろ。どうせぷらぷらするなら、もっと範囲をデカくしろよ」

ひっさんは一升瓶を片手で持ち、自分の茶碗に注いだ。

「ミミズだって移動するってぇのによ。お前は糞がつまったみてえに同じ場所に居続けて、ミミズにも及ばねえよ」

「悪かったね」

「悪かったねとかひらきなおってる前によ、ほら、なんか楽しいことを探せよ」

「探してるつもりなんだけどさ」

「だいたいな、つもり、なんて言ってるから駄目なんだよ。つもりつもりの前に、一歩踏み出せってんだよ」

ひっさんはあきれた調子で、「どうするんだい本当によ」と言った。

「まあ、なんとなく生きてくつもりだけど」

「なんとなく?」

「テキトーに」

「テキトーでもなんでもねえよ、おめえは」

「ひっさんいつも言ってたろ、テキトーって」

「おれの言ってたのは、そういうテキトーじゃねえよ。生きるためのテキトーさだよ。お前のは、テキトーが死んでるとはどういうことなのか、よくわからなかった。

「なんかやりてえこととかねえのかよ？」

考えてみたけれど、今は、強いていえば東北地方の美味い酒ではなく、焼酎の緑茶割りが飲みたかった。

「やりたいことって言われてもさ、おれ、ひっさんみたいに才能もねえしさ」

ひっさんの目が一段と険しくなった。

「才能？」

「ああ、才能が」

「じゃあ訊くけどよ、才能ってなんだよ？」

「わかんねえけど」

「わかんねえなら、才能なんて言葉、軽々しく口にするんじゃねえよ」

ひっさんはおれを睨みつけた。おれは黙っていた。鍋がグツグツ煮える音が聞こえていた。

ひっさんにこんな風な物言いをされたのは初めてだった。

「まったく、つまらねえ野郎だよ。おめえなんて、テキトーに死んでろ」

その後は会話もなく、さらに気まずい雰囲気になってきて、おれは湯呑み茶碗に入った日本酒を飲み干し、「じゃあ、帰るわ」と立ち上がった。ひっさんは、こっちを見もせずに、

「ああ、帰れ帰れ」と追い払うように手をサッサとやり、その手で一升瓶を掴み酒を注いだ。

玄関で靴を履いてると、居間の方から「物置にタクアン置いてあっから持ってけ」と声がした。

駐車場の脇に建っているトタン屋根の物置小屋に入ると、薄黄色のプラスチックの樽が三個置いてあって、漬け物のニオイが漂っていた。樽には木のフタがしてあり、上に置いてある透明なビニール袋にタクアンが入っていた。

おれは何も持たず手ぶらだったので、これを入れるものがないかと探した。さすがに透明なビニール袋にタクアンが丸見えの状態で電車に乗るのは恥ずかしかった。紙袋でもスーパーのビニール袋でも、なんでもよかったが、適当なものが見つからない。家に戻って、ひっさんに「タクアンを入れる袋が欲しい」と言うのも、追い払われた身なので気が引ける。

コンクリートの床にはじゃがいもが入っているダンボール箱があった。だが、じゃがいもをのかして、タクアンを入れ、ダンボール箱を抱えて電車に乗るのも、どうだろうか。もう一度あたりを見まわすと、竹の棒やシャベルやクワが置いてある細長い棚があって、その奥にギターケースがあった。引っ張りだすとケースは埃まみれで、開けるとアコースティックギターが入っていた。ギターは古いものらしく、ボディーは乾燥して少しひび割れ、弦は錆びていた。長いこと物置に置かれ、ここにあることを忘れられているような状態だった。

中身のギターを取り出して、タクアンだけを入れてケースを閉じ、取手を握って持ち上げてみたが、ケースの中でタクアンが転がって、どうにも収まりが悪い。もう一度ケースを開け、今度はギターを入れて、タクアンをギターのネックの下のすき間に収め、ケースを閉じた。取手を握って持ち上げると、タクアンが中で転がることはなくなり、しっくりきた。

タクアンとギターの入ったケースを持って駅まで歩き電車に乗った。でも、このまま家に戻る気分ではなかったので、また途中で電車を降り、黄金町付近をぶらぶらして、居酒屋でお新香をつまみに焼酎の緑茶割りをしこたま飲んで、カプセルホテルに泊まることにした。フロントでギターケースを預かりましょうかと訊かれたが、「いや、いいです」と断り、ロッカールームで渡されたペラペラのガウンに着替えた。おれはこのペラペラのガウンが嫌いだった。何度もカプセルホテルには泊まっているが、このガウンを着るといつもみじめな気持ちになる。さらに今は、己の現状がみじめさを倍増させ、吐きそうなのを我慢しギターケースを抱えてカプセルの中で眠った。

目を覚ますとカプセルの中が緑色のゲロまみれになっていた。ほのかにお茶のニオイもするが、吐瀉物には変わりない。このままだと弁償金を払わせせられるので、緑に染まったシーツをはいでゴミ箱に捨て、便所から持って来たトイレットペーパーで、カプセルの中を拭いた。それからカプセルの中にギターケースを寝かせて、地下の風呂場に行ってシャワーを浴び、歯を磨き、ペラペラのガウンから私服に着替え、ギターケースを手になに食わぬ顔でカプセルホテルを出た。

吐いてしまったから胃袋が空っぽで、腹が減ってきた。立ち食い蕎麦屋に入りコロッケ蕎麦を食べたら、手持ちの金は百円玉一枚で帰りの電車賃が足りなくなってしまった。銀行のカードで金を下《お》ろそうとしたが残金は三十七円しかなかった。

公園のベンチに座って灰皿に捨ててあった火のついている煙草をつまみだして一服した。口紅のついた女物の細長いメンソールだった。みなとみらいに出て芝生の上で寝転がり、観覧車を眺め、何回まわるか数えていたが、途中でどうでもよくなった。

これからどうしようかと考えてみたところで、どうにもならない。金もない。家までは歩いて帰らなくてはならない。とにかくおれはみなとみらいを後にして横浜駅まで歩き、国道一号線に出た。

一時間くらいすると腕が痛くなってきて、ギターケースが重い。なんでこんなものを持ってきてしまったのかと後悔した。丸見えでも良いからビニール袋だけでタクアンを持ってくれば良かった。

国道を走るダンプカーが多くなってきて、ようやく川崎に近づいてきたが、自宅まではまだ遠かった。電車に乗りたい。ギターケースをそこら辺の雑木林に投棄してしまおうかとも考えた。

すると国道の脇道を入った路地に、「ギター工房&中古ギター」とある木彫りの看板がぶら下がっているのが見え、おれは吸い込まれるように路地に入っていった。ギターを売って金を作ればいいのだった。「こんなボロいギターいらないよ」と言われても、なんとか食い下がって、五百円くらいで引き取ってもらえれば電車に乗れる。三百円でも大丈夫だ。

その店は民家の一階を改装した作りになっていて、二階が住居になっているらしく、入り口の上にある二階のベランダには洗濯物がぶら下がっていた。ガラス張りの店内には製作途中の色も塗ってないギターがぶら下がり、工房になっている。

扉を開けると、小さな音でジャズが流れていて、口髭を生やし黒縁の眼鏡をかけたおっさんがギターのネックにヤスリをかけていた。天井からはギターが何本もぶら下がっていた。果たして、このようなこだわりのありそうな店で、こんなボロいギターを買い取ってくれるだろうかと心配になったが、おれは「ギターを売りたいのですが」と声をかけた。おっさんはヤスリがけをする手を止めて、面倒臭そうに顔を上げ、「どれ、見せてください」と言った。

ギターケースを大きなテーブルに置いて、開けると、タクアンのニオイがした。おっさんは神妙な顔で腕を組みながらギターを見下ろした。

「ちょっと取り出しますよ」

おっさんはケースからギターを取り出した。ネックの部分にビニール袋に入ったタクアンがあったが、おっさんはまったく気にする様子もなく、ギターを両手で丁寧に持ち、色んな角度から眺めた。

「これ、どうしたのですか？」

「伯父のものだったんですが」

「そうですか。伯父さん、よく、これ手放す気になりましたね」

「はあ」

「いやあ。これ、とんでもなく珍しいものですよ」

「そうですか」

おっさんは、このギターについて蘊蓄を語りはじめた。これは一九五〇年に作られたもので、材質が南米で採れるマメ科だかなんだかの木で、その年の木で作ったものはやたら鳴りが良く、製作した職人さんは、今は亡きジョシュアなんたらさんで、ヴィンテージギター市場にもなかなか出回らず、日本にあることすらわからなかった幻のギターなのです。などなど話してくれたが、さっぱり頭に入ってこなかった。そして一通り話すと、

「七十万で、どうですか？」と言った。

「え？」

思わず聞き返してしまった。

「七十万円で」

「七十万ですか」

「はい」

「じゃあ七十万で、いいです」

こんなに高値がつくとは思っていなかったので、まごついてしまったがなんとか平静を装った。

「一応訊きますけど、伯父さんは、本当にこれを売っていいと?」

「はい。あの、それはですね、伯父が亡くなりまして、形見にもらったんです」

おれは嘘をついた。

「なるほど」

「でも自分ギター弾けませんから、持っていても仕方がないので」

「そうですか。それで、わたし、今、手持ちがないので、銀行に行ってお金を下ろしてきますので、ちょっと待っていてくれますか」

「はい」

「いやあね、ジョシュアさんのギターが日本にあったなんて驚きですよ。伯父さんはどんな商売をされていたのですか?」

「伯父は、音楽関係の仕事をしてました」

「ミュージシャンとか?」

「いや、そうではないですけど、作曲なんかをやっていたみたいです」

「なるほど」

おっさんは興奮を隠しきれない様子で、いろいろと質問をしてきたが、伯父は死んだと言ってしまったので、あまり詳しいことは答えられず、適当に受け答えをした。それからおっさんは、紙のドリップでコーヒーを淹れてくれ、「すぐに戻って来ますから」と自転車で銀行に向かった。

コーヒーを飲みながら天井からぶら下がるギターを眺めていると、五十万だとか六十万だとか値段のついたものが何本もあった。

三十分くらいして戻ってきたおっさんは、「確認してください」と言って束になったお札を一枚一枚数えて封筒に入れた。七十万円の分厚い札束の入った封筒をズボンのポケットに突っ込んで、おれはふたたび国道に出て歩き出した。

電車に乗ろうとしたが、突然、大金を手に入れてしまったので、気持ちがそわそわしてしまい、自分を落ち着かせるため歩くことにした。

途中、多摩川に架かる橋を渡っていると強い風に吹かれて、ひっさんに「テキトーに死んでろ」と言われたことが頭をよぎった。さらにギターを勝手に売ってしまった罪悪感のようなものが涌いてきた。でも、ひっさんは家の中にガットギターを一本置いていただけで、このようなヴィンテージギターを持っている話はしていなかったし、物置で埃をかぶっていたのだから、高いものだとは知らなかったのだろう。とにかくおれはそう思うことにした。

それにしても七十万円は大金である。おれは使い道を考え、「ぷらぷらするなら、もっと行動範囲をデカくしろ」というひっさんの言葉を真に受けて、旅に出ることにした。

歩いて品川駅に着いたのは夕方だった。周辺で旅行会社を探して中に入ると、五日後に日本を発つタイまでの航空券が五万円であったので購入した。パスポートは会社で働いていたときに台湾へ出張に行かされたことがあって、期限はまだ切れてなかった。

お金を払うため封筒からお札を抜いていたら、ギターケースの中にタクアンを入れっぱなしにしてきたのを思い出した。


タイに入って一ヶ月国内をまわってから、バンコクを発ちインドに渡った。インドは四ヶ月間ぶらぶらしていた。人間に仕込まれた猿に金を盗まれたり、インド人のボディービルダーに囲まれて金を捲き上げられたり、腹を下して寝台列車で糞をもらしたり、バングラッシーを飲んでレロレロの状態になってしまいオカマに犯されそうになったりもした。デリーのイスラム集落に迷い込んで牛の解体を眺めていたら、「見るな」と鉈《なた》で追いかけ回され、そのときは本気で殺されるかと思った。

テキトーに生きる先達や導師みたいな人がインドにはたくさんいたし、それなりにカルチャーショックもあったが、インドから戻ってきた人がよく言うように、人生観が変わるようなことはなかった。ガンジス川に流れる死体を眺めながら、生きていくのは思っている以上に大変だと感じたくらいだった。

それからバスで北上し、ネパールに入ったときは、所持金もだいぶ少なくなってきていたが、カトマンズの王宮前のホテルにはカジノがあって、そこでルーレットをやったら立て続けに勝ち、二十万円になった。その金で道具を揃え、湖のあるポカラという町からトレッキングに出た。しかし途中で高山病になり、腹を壊して風邪もひき、山を降りた。

山登りには自信があったので、どうしようもない敗北感を味わいながら、ポカラの宿で、一週間ベッドに寝たきりのまま、リンゴばかり食べていた。

トレッキングはもう一度挑もうと思っていたのだが、なかなかその気にならなかった。おれは毎日オートバイを借りて、宿で下働きをしているチャンというおっさんを後ろに乗せ、ポカラの町から三十分くらいのところにある小さな湖に行き、手漕ぎボートを借りて、釣りばかりしていた。旅に出てからもう半年以上経っていた。

チャンと二人で夕方までボートから釣り糸を垂らしていると、三十センチくらいの鯉に似た魚が何匹も釣れた。ネパールではこの魚を素揚げにして食べるので、町のレストランやホテルに持って行くと売れるのだった。そして儲けた金で、チャンと水牛の乾燥肉を肴に焼酎のような地酒を飲んだ。

チャンはシェルパ族の出身で、外国の登山隊がやってくると強力《ごうりき》として荷物を運ぶことがあったが、なにもないときは午前中にホテルの掃除をするだけだった。いつもビーチサンダルを履いていて、ある程度の山ならビーチサンダルで登ってしまうらしく、足の裏を見せてもらうと、パンが膨らんだみたいに大きかった。山岳部のときはフィットする登山靴だとか性能をやたら気にしていたが、チャンの足を見てしまったら、どんな登山靴も敵わないと思った。

朝はいつも湖畔に建っている食堂に入り、カフェオレを飲んでクロワッサンを食べていたのだが、あるとき、奥のテーブルに日本人旅行者がたむろしていて、その中にいた自分と同い歳くらいの男が、「旅は自分を変えるからね」とか「弱い自分をさらけ出して自分に打ち勝つんだよ」とか「失敗があるから挑戦がある」とか「自分が歩いた道が道になっていくからさ」などと話していた。

彼は日本に戻ったら本を書き会社を立ちあげると話していて、その目は一直線で嘘はなかったが、胡散臭くも思えた。喋っているのはどこかで聞いたことのあるような言葉ばかりだし、自己啓発めいた感じがする。聞きたくもないのに、彼が大きな声で喋っているから、次第に胸くそ悪くなってきた。

本当はその店で湖畔を眺めながら、ゆっくり過ごしたかったが、彼と目が合うと、「ねぇ君もこっちこないか？　日本人でしょ」と声をかけてきたので、無視して店を後にした。

バラック建ての食堂に入り、生リンゴを絞ったジュースを飲んでいると、おれの泊まっている宿の近くの鶏小屋の二階に住んでいるタパンという男がやってきて、ハシシを吸おうと、消しゴムくらいの大きさの茶色いカタマリを取り出した。煙草持ってるか？　と訊くので、ククリという名前のネパール煙草を渡した。タパンはひとまず煙草をくわえ、ハシシを爪で削りだした。

ククリとはネパールの短刀のことで、煙草のパッケージにクロスした二本の短刀の絵が描かれてある。タパンは煙草の葉を手のひらに揉み出し、削り出したハシシと煙草の葉を親指で揉んで混ぜると、煙草のフィルター部分をくわえ、おもいっきり息を吸って、掃除機のようにハシシのまじった葉を吸い込んでいく。こうして一本のハシシ入り煙草ができあがった。タパンが言うには、これをやるにはククリが一番良くて、他の煙草だとフィルターがしっかりしているから吸い込むことができないらしい。ククリはフィルターが粗末なので、それができるのだった。

ハシシの混じったククリ煙草に火をつけると甘ったるいニオイが漂った。タパンはニコニコしながら、煙を吸いこむおれのことを眺めていた。おれは、ひと吸いして、タパンに渡し、交互に吸った。チビた吸殻を灰皿に捨て、リンゴジュースを飲むと、さっきよりも甘ったるく感じられ、舌にリンゴの繊維が粘っこく絡みついてきた。

タパンの持っていたハシシは強烈なものだったらしく、ラリったおれは道端に耳をつけて地球の音をずっと聞いていた。

おれはチャンと釣ってきた魚を宿の厨房で揚げさせてもらい、宿の庭に生えてる大麻草を刻んで魚の腹の中に入れて「トブ魚」と称し、旅行者に売ったりもしていた。

ある日、釣りから戻って飯を食べていると、隣の宿に泊まっていたドレッドヘアの日本人がやってきて、「面白いもんあるから、やってみない?」と薄紫の粉が入ったビニール袋を見せた。彼は数日前にインドからポカラにやって来て、昨日、釣ってきた魚を素揚げにしたものをあげると、「ヤベエ、魚なんて食うの久しぶりだよ」とやたら喜んでいたので、「面白いもん」はお返しのつもりらしい。

おれは「いいですね」などと言って、二人で宿の屋上に出て、煙草に薄紫の「面白いもん」の粉をまぶして吸った。しかしこれが、面白いというより、とんでもないもんで、えらい目にあった。

いまだにアレはなんだったのかわからないのだが、屋上で夜空を眺めながら、「宇宙はデケエなあ」「星が目に飛び込んで来て痛いね」などと話していたまでは良かった。その後、自分の部屋へ戻りベッドに入ると、壁に飾ってある絵の馬が抜けだして部屋の中を走りまわりはじめた。パカパカ立てる足音がうるさく、たまにぶつかってきそうになるから、いい加減、気が変になってきて、ベッドから抜け出すと、頭の中でトルコの軍隊行進曲みたいなものが流れはじめ、強制的にベッドの周りをぐるぐる行進するはめになった。止めようにも止められず、右足の脛を左足のふくらはぎにひっかけて、わざと転び、行進を止めたが、今度は床の上に身体がへばりついて立てなくなった。

いったん冷静になろうとしたけれど、冷静になろうとすればするほど身体が小さくなっていき、あばら骨が締めつけられて心臓が痛くなり、身長が十五センチくらいのサイズになってしまった。必死に空気を吸い込んでいたら、また膨らんできて元に戻ったが、今度は首筋のあたりに蛇みたいな細いものがのたうち回っているような気がしてきて、突然、頭がスロットマシンになり口からジャラジャラと小さなクルミの実のようなものが流れ出し、それが喉に詰まって息苦しくなり駄目だ死んでしまうと思ったら気絶した。

気づいたのは翌日の昼で、おれは床にへばりついて倒れていた。目は覚ましたが、喋ろうとしても涎が出るだけで言葉が出てこないし、どういうわけか右手の小指がピンと立ったまま動かなくなっていた。

チャンは午前中の宿の掃除が終わると、いつものように釣りに行こうと部屋まで誘いにきたが、ドアをノックしても反応がない。しかし中から物音がするのでドアを開けてみるとおれが涎をたらして唸っていた。

おれはゼスチャーで、変なものを吸って具合が悪くなってしまったのだとチャンに伝えると、とにかく寝てろと言われ、スープとパンとリンゴを持ってきてくれた。

それからお香を焚き、「お前には悪魔が憑いてる」と言って、チャリンチャリンと鈴を鳴らして祈禱をしてくれた。

涎をたらさず喋れるようになるには、それから三日もかかった。小指は立ったままだった。一緒に変なものを吸ったドレッドヘアの日本人はすでにどこかへ旅立っていたので、アレがいったいなんだったのかわからなかった。

こんな調子で過ごしていたら、いずれ本当に悪魔に憑かれて死んでしまうのではないかと思えてきて、そろそろ日本に戻ることにした。

帰りの経由地のバンコクでは寺院でやっているマッサージに通い、小指を揉んでもらった。小指はだいぶ調子が良くなってきて、常に立ちっぱなしの状態ではなくなったが、知らぬ間にピンっと立ってしまっていることがあって、帰りの飛行機で機内サービスの食事中に肉を切っていたら、ナイフを握っていた小指が立っていた。

一年ぶりに日本に戻って来ると、ひっさんが死んでいた。死因は心臓発作だった。ひっさんはぶどう棚の下に置いた椅子に座り、ギターを抱えたまま死んでいたという。発見したのは丘を下った浜辺で民宿をやっている下野《しもの》さんという人だった。通夜や葬式は、生前のひっさんの意向でおこなわなかったらしく、もうすぐ四十九日になるらしい。

「亡くなる二日前に電話がかかってきてね、自分が死んだら、あーしてくれ、こーしてくれって言うからさ、縁起でもないこと言わないでちょうだいよって言ったら、もうすぐかもしんねえよって笑ってたのよ」と母が言う。

また、遺品はおれに片づけてもらいたいと、ひっさんは話していたらしい。ぶどう棚の下に穴を掘って、家にあるいらないものを集めて燃やして欲しいと頼んでいた。

「でもね、あんたなかなか帰って来ないからさ、どうしようかと思ってたのよ」

おれの部屋の机には、骨壺と位牌が置かれ線香が立っていた。「ちょうど良い場所だったから」と母は言うが、なんだか自分が死んでいたような気がしてきた。

「ひっさん、死ぬ前に電話かけてきたって言うけどさ、具合とか悪かったの？」

「心臓の手術したときは、生き返ったとか言って、ぴんぴんしてたでしょ。二日前も下野さんと釣りに行ったらしいし」

「え？　ひっさん心臓の手術してたの」

「そうよ半年前。あれ、あんた、それも知らなかったの？」

「だって、日本にいなかったから」

「つうか、あんた音沙汰なさすぎよ！」

おれは旅に出てから、一度も日本に連絡していなかった。

「でも、いま考えると、ひっさんなんとなく死期がわかっていたのかもね。だって、あんた、ひっさんに呼ばれて日本に戻って来たんでしょ、そういう気配みたいなもの感じてさ」

「そんな気配感じてないけど」

「じゃあ、なんで帰って来たのよ」

「なんとなくだけど」

「ひっさんの夢を見たとか、なんかそういうパワーを感じたとかじゃないの」

「べつに感じなかったよ。だいたいさ、そういうのを感じたら、もっと早く帰って来てるでしょ」

「鈍感なのね」

「鈍感って言われても、もともとそんなパワー持ってねえよ」

「あら、うちの家系は結構、そういうの持っている人が多いのよ」

　爺ちゃんも婆ちゃんも、ひっさんも亡くなってしまったので、母は「親族はあんただけになっちゃったよ」と嘆き、ひっさんとの思い出話をしながら何回か涙を流し、冷蔵庫にあった缶ビールを一緒に飲んだ。久しぶりに飲む日本のビールはやはり美味しかった。

「あのさ、帰って来たのはいいけど、また家庭内乞食になるのは、やめてちょうだいよ。今度、あんな風な生活をはじめたら、家から追い出すからね」

「ああ」

「それでさ明日、ひっさんの家に行ってきちゃってちょうだいよ」

「明日って、今日帰って来たんだよおれ。長い旅から」

「長い短いは関係ないわよ。だいたいね旅なんて格好つけちゃってるけど、あんたの場合、ただぷらぷらしてただけでしょ」

　そう言われたら身も蓋もないのだった。

「だから行ってきちゃってよ。ぶどう棚の下に穴掘ってさ、燃やせるものは全部燃やしちゃって、あとは埋めとけばいいから」

「でも、なんでおれに、そんなことを頼んだのかね、穴掘って燃やせなんて」

「なんとなくじゃないの」

「なんかヤバいものが、あるとかじゃないよね」

「そんなもんないでしょ」

「拳銃とか出て来たらどうする？　ひっさんフィリピンでそんな仕事してたんだろ」

「警察に届けなさいよ。当人はもう死んでるから捕まえられないでしょ」

「まあそうだけど。でさ、あの家はどうするの？」

「あたしに譲ってくれるって言ってたけどね。そういう手続きもしてあるって。だから売ってもいいし住んでもいいって。でもあんなところ住みたくないし、売るったってあんな家買ってくれる人いないでしょ」

　自分の部屋に入って、机の上に置かれた骨壺のひっさんに線香をあげた。手を合わせると伸びた爪の先には垢が溜まっていた。机のペン立てにあったシャープペンシルでほじくり出したら垢はハシシのニオイがした。ポカラで吸っていたとき、指で小分けにしたときのものが爪の先に詰まっていたのかもしれない。爪の先は真っ黒だった。

　おれは爪の垢を取り出し、ネパールで一カートン買ってきたククリ煙草に詰めて吸ってみた。しかし、いつまで経っても素面のままだった。やはりただの垢だった。ベッドで横になると、部屋には線香の煙が充満してきた。

翌朝、起きてから顔を洗って歯を磨き、食パンを食べ、リュックを背負って半島へ向かった。母はまだ眠っていた。リュックは旅から戻ってきたときのまま中身もほとんど入れ替えてなかったので、まだ旅が続いているような気がした。

九月も半ばだがまだ暑くて半島の終着駅を降りると観光客がちらほらいて、バスやタクシーに列ができていた。国道を渡って脇道にそれると大根畑がひろがり、その先には海が見える。長い坂道を下って海沿いの集落に出た。古い民家の広い庭には、大量の洗濯物が晴れた空の下に干してあって、犬小屋から黒い大型犬が飛び出し、おれに向かって吠えた。

浜に出ると富士山が見えた。トンビがヒュルヒュル鳴きながら旋回している。集落に一軒だけあるよろず屋に寄って、牛乳と菓子パンを買った。

ひっさんの家は古い寺を抜けて、左右が雑木林の急な坂をのぼりきったところにある。おれは菓子パンを食いながら一年ぶりにこの坂をのぼった。雑木林は刈り揃えられ、以前よりすっきりしていた。

一夜明けて、おれは朝から穴を掘っている。それにしても、なぜひっさんが遺品整理をおれに託したのか、ぶどう棚の下に穴を掘って燃やせという指示をだしたのか考えてみると、ぶどう棚の下に何かメッセージがあるとか、大金でも埋まっているのかもしれないと思えてきた。それとも、物置小屋にあったギターみたいに金目のものが出てくるのかもしれない。

しかし掘っても掘ってもなにも出て来ないのだった。おれは疲れてきたし、いい加減、穴掘りを止めたかった。腹も減ったし、腕の筋肉がパンパンになっている。泥の混じった汗が流れて目に入ってきた。額の汗を腕で拭い頭上を見上げると、スズメバチはようやく横移動をはじめ、ぶどう棚から抜け出ようとしていた。

上ばかり目指しているとスズメバチを馬鹿にしていたが、おれは下へ下へ向かっていた。上と下が違うだけで、欲をかいて抜け出せずにいたのはおれだった。

スズメバチがぶどう棚を抜け出すのを見送り、おれは穴掘りを止めた。シャベルを穴の外に放り投げ、腕を地表につけて穴から這い出ると空気が新鮮に感じられた。子供の頃、蒲団の中にもぐり込んで、しばらく息苦しいのを我慢してから外に出ると、空気の清々しさを感じるといった遊びをしていたのを思い出した。

家に入って風呂場に行き、シャワーを浴びた。全身泥だらけだったので茶色くなった水が排水溝に流れていった。石鹸を身体にこすりつけ、シャンプーがなかったので陰毛で泡立たせ、その泡を髪の毛に持っていった。

髪の毛を洗っていると、指の間にヌルッとしたものが挟まった。なにかと思ってつまみ出すとミミズだった。半分になったミミズが髪の毛に絡まっていたらしい。

ミミズは水に濡れて精気を取り戻したようにも見えたが動かなかった。片割れもいるかもしれないと思い、髪の毛を丹念に洗ってみたが出て来なかった。片割れはやはり瞬間移動をしたのだろうか。風呂場のタイルにミミズを落として排水溝へ流した。

シャワーを浴びてから素麺を茹で、食い終わると眠くなり、和室で昼寝をすることにした。和室は陽当たりが良く、畳が金色に光っていた。積み上げたダンボール箱が影を作っていて、そこに寝転がると、ダンボール箱に足がぶつかって、申し合わせたようにトイレットペーパーが頭に落ちてきた。

おれはおもむろにズボンとパンツを降ろし、ぶどう棚のすき間からのぞく太陽の光に目を細めながら、イチモツを握ってしごきはじめた。やらしいことをいろいろと想像してみたが、まぶしくてなにも想像できず、無心でしごいた。途中でペニスにトイレットペーパーを巻き付けミイラみたいにして、さらに勢いよくしごいて射精した。

トイレットペーパーはザラザラしていてティッシュペーパーの優しさはなかった。でも、ひと仕事を終えた気分になり、巻いたトイレットペーパーで精子を拭き取り、丸めて畳に転がした。

昼寝をしていたら眼の前が真っ赤に染まり血の海を泳いでいるようになった。ダンボール箱の影の位置が変わり、日陰で眠っていたおれの顔面に太陽の光がもろに射し込んでいた。

和室の縁側に座ってククリ煙草を吸いながら目の前にある穴を覗くと、我ながらよくこんなにデカい穴を掘ったと感心してしまった。

和室からまとめたダンボール箱を外に運びだし、穴の横に積んだ。まずはダンボール箱二個を穴の中に入れ新聞紙に火をつけて投げ込んだのだが、火はダンボールに燃え移らずに消えてしまった。今度はスズメバチの巣を投げ入れ、さっきセンズリをこいて丸めてあったトイレットペーパーに火をつけて投げ込んだ。

トイレットペーパーの火は巣に燃え移り、パチパチ音をたてながら勢いよく燃えていった。ダンボールにも火が移り、炎がたちはじめた。それからヒモでまとめた雑誌や紙袋やダンボール箱を次々と穴に投げ込んでいった。

ハクビシンは燃やすつもりだったが、穴の外に置きっぱなしにしておいた。剝製でも生きていたときの姿のままなので、燃やしてしまうのが心苦しく思えた。

おれとハクビシンは燃え上がる炎をしばらく眺めていた。ダンボール箱の中から真っ赤なサテン生地のガウンがデロンと飛び出して炎に包まれていった。こんなものひっさんはいつ着ていたのであろう。

床の間に置いてあったひっさんのガットギターを引っ張り出して、縁側で弾けもしないのにポロンポロンとやりながら、このギターも売ってしまおうかと思った。しかしこれはひっさんがギター教室に通いはじめたときに神保町の中古楽器屋で買ったもので、ずっと大事にしていたし、いくら死んだからといって、この前のように勝手に売ることは憚られた。それに、ネックは反っているし、ヴィンテージでもないから高くは売れないだろう。

しばらく弦をはじいていると、小指が立ってきたので弾くのを止めた。それにしてもこの小指、いつになったら完治するのだろうか。

穴の中全体が燃えはじめると煙がやたら出てきた。煙は空にのぼりきる前にぶどう棚でさえぎられて充満し、部屋の中にまで流れてきた。煙たくて、庭の端にひっさんがギターを抱えて死んでいたという椅子を運んで、海を眺めた。

陽はもうすぐ暮れそうだった。雲と富士山は真っ赤になっている。鼻くそをほじくりながら、ひっさんが死んでしまう前に会いに来ればよかったと後悔した。風が吹いて庭の端まで煙が流れて来た。

軽自動車のエンジン音が、物凄い勢いで聞こえてきた。車は坂道をのぼりきると家の前で停まり、乱暴にドアの閉まる音がした。

庭に知らないおっさんが駆け込んで来た。おっさんは穴のところまで行くと煙にまかれて咳き込み、おれを見つけると、「おい！　お前か、燃やしてるのは！」と怒鳴った。

オールバックにした髪の毛に広い額をさらし、いかつい顔に銀縁の眼鏡をかけていた。半袖の白いシャツを着ていて、サスペンダーをしたスラックスの上にはお腹がひょうきんな感じで飛び出ていた。

「はい。そうですけど」

「なにやってんだよ」

「燃やしてるんですけど」

「誰だお前は！」

物凄い剣幕である。

「ここの住人の甥ですけど」

「ひっさんのか？」

「そうです」

近づいてきたおっさんは、おれの顔を覗き込むと、「あれ？　あれれぇ」と素っ頓狂な声を出し、「しめじの坊主じゃねえのか」と言った。

しめじの坊主と言われ、おれはこの人が誰かわかった。

「下野さんですね」

「そうだよ。なんだい、やっぱりしめじの坊主か」

下野さんは、ひっさんがここに移り住んだのと同時期に、売りに出ていた造船会社の社長の別荘を買い取って民宿をはじめた。おれはその頃、ひっさんが家を改装するのを手伝いに来ていたが、まだ台所もなかったので飯を作れず、下野さんに頼んで民宿で飯をよく食べさせてもらっていた。

下野さんの作るしめじ入りのチャーハンはおれの大好物で、夏休みにほぼ毎日のように食べ続けたことがあって、下野さんはおれのことを「しめじの坊主」と呼んでいた。

「芝生に水を撒きながら、この丘見たらよ、煙がたっているじゃねえか。びっくりしてよ、家が燃えてるのか、インディアンが狼煙《のろし》でもあげているのかと思って、飛んで来たんだよ」

下野さんはシャツの胸ポケットから煙草を取り出して火をつけた。

「しっかし、なにを燃やしているんだ?」

「ひっさん、亡くなる前に、おれの母に言ってたらしいんですよ。ぶどう棚に穴掘って、いらないものを燃やして埋めてくれって」

「そうか」

下野さんは煙草の灰を穴の中に落とした。

「これは、なんだ?」

穴の脇に置いてあるハクビシンの剝製を指した。

「ハクビシンです」

「それはわかってるけど」

「燃やしちゃおうかどうしようか悩んでいるんです。下野さん持って行きますか?」

「いらねえよこんなもん。こいつは畑荒らして、どうしようもねぇんだからさ。家なんかに置いといたら縁起が悪いもん」

「ひっさん、なんでこんなもん持っていたんですかね。これ宅急便のダンボールに入ってたんです。開封もされてない状態で」

「真田にもらったんじゃねえのかな。葉山に別宅のある奴なんだけどさ、猟銃持ってて、ハクビシン撃って食うんだよ。ひっさんのところにも肉をたまに持ってきてな、おれも貰ったことがあるけど。それを剝製にしたんじゃねえのか」

「真田さんて相場師の？」

「ああ、成金の」

「その人が撃ったっていう鹿なら食ったことあります」

「鹿なら良いけど、ハクビシンはなぁ」

「うまいんですか？」

「うまかねえよ。こんなもん」

下野さんはサスペンダーに親指をかけてひっぱり、はじいてパチンと音を立てた。

「じゃあ燃やしちゃいますか」

「ああ燃やしちまえ」

下野さんはなんの躊躇もなくハクビシンを蹴って穴の中に落としてしまった。ハクビシンは炎に包まれ、獣の毛が燃えるニオイがした。

「おまえ晩飯どうするんだ？」

「まだ決めてませんけど」

「しめじチャーハン作ってやるから後で来いよ。今晩は泊まり客もいねえから暇だし」

「じゃあ全部燃やしちゃったら行きます」

「待ってるよ」

下野さんの軽自動車は低速ギアでけたたましい音を立てながら坂道を下っていった。残りのダンボールや紙袋を穴の中に投げ入れると、炎は大きくなり、ぶどう棚に達しそうになった。それから一時間くらい燃やし続けていると火の勢いも弱くなってきたので、放っておいても大丈夫だろうと、おれは下野さんの民宿に向かった。

雑木林を抜ける坂道を下っているとコウモリが飛んできた。空には明るい月が浮かんでいる。海沿いの道に出ると、ラジオの野球中継が聞こえてきた。波の音に騒々しい応援団の声援が混じり、縁台を出して夕涼みをしている老人は煙草を吸いながらそれを聞いていた。

この集落には二つの民宿があって、港の方にあるのは昔ながらの木造の民宿だったが、下野さんの民宿は高級木材とコンクリが入り混じった随分洒落た作りになっていて、建物の前には手入れの行き届いた芝生がひろがっている。

芝生に埋もれた石畳を進んでいくと、木製の分厚い玄関扉があり、「民宿しもの」とトタンの看板がかかっている。看板は以前と同じ物だったが、だいぶ風化して色あせて錆びていた。建物が洒落ているから、この看板はやたらと不釣り合いだった。

呼び出しベルを鳴らして玄関を開けると、帳場のガラス窓から下野さんが顔を出し、飯はもう少しでできるから食堂で待っててくれ、と言われた。

食堂は奥に暖炉がある贅沢な作りで、大きなガラス窓から、ライトに照らされた芝生の先に海が望め、網戸を抜けて潮風が吹き込んできた。

下野さんが刺身の盛り合わせと、しめじチャーハンを運んで来てくれ、「飲み物はビールでいいな」と冷蔵庫から瓶ビールを出して栓を抜きコップに注いでくれた。

目の前には大好物だったしめじチャーハンがある。口の中に唾液があふれてきて、おれはニタニタしながら油でつややかに光る飯粒をレンゲですくった。下野さんは無言で微笑んでいた。

久しぶりに食べるしめじチャーハンは昔と同じ味だった。隠し味にバターを使ってあり、飯粒全体に旨味がしみ渡っていて、口の中でしっとりとしたしめじとバターの香りがひろがる。しめじの他にはエノキと豚肉が入っていてすべてが絶妙に絡み合っている。

やはり物凄く美味しい。その味とともに昔のことをいろいろ思い出した。「毎日しめじ食ってたら、ポロンとちんぽこが落ちて、代わりにしめじが生えてくるんじゃねえのか」とひっさんに言われたこと、ウマちゃんがサメを釣ってきて下野さんに調理してもらったがアンモニア臭くて食べられなかったこと、シッタカという巻貝をとってきてみそ汁の具にして食べたら、みんな腹を壊したことなどなど、このしめじチャーハンには色んな思い出が詰まっていて、鼻から抜けるバターの風味に、ため息が出た。

下野さんは夢中で食べているおれを眺め、「でも、別になんてことない食い物なんだよ。

これ普通の泊まり客には出さないからね。なんかみすぼらしいだろう」と言った。

「そうですかね」

「海にせっかく来たのにさ、しめじ出されたって嬉しくねえだろ。とにかくほら飲め、そんで刺身も食え」

下野さんはコップにビールを注いでくれ、注ぎ返そうとしたが、下野さんのコップが見当たらない。

「痛風になっちまって、もっぱらこれ」

下野さんはペットボトル入りの宝焼酎をビールジョッキに注ぎ、ヤカンのお湯を足していた。

「ひっさんは最初から最後までビールだったよな。退院してからも昼間からビール飲んでた、あの人は」

「炭酸が好きなんだって言ってましたけどね。ならただの炭酸水でもいいんじゃねえのって言ったら、あんなもんは炭酸じゃねえって」

「あの人、どぶろく作ってたろ。どぶろくが発酵して微炭酸になるだろ、下に米が沈殿してさ、でもそれを混ぜないで、透明なうわずみだけを飲むんだよ。あれ凄く酔うんだ」

「おれ高校の頃、それ飲まされて、えらい目にあいました」

「そんで、あるときさ、ひっさんの家に行ったら、台所の天井にたくさん穴が空いててな、どうしたのかって訊いたら、発酵して、どぶろく入れておいたペットボトルのフタが飛んじまったらしいんだ。だから、これ武器になるんじゃねえかって話してて、どぶろくでミサイル作れば戦争なんてすぐに終わるんじゃねえかって」

「戦争なんてもんは、酔っぱらってやってりゃいいんだとかも、言ってました」

「なんだいそりゃ」

「よくわかんないんですけどね」

「このマグロ、美味いから食えよ。ひっさんは赤身が好きだったよな」

「こっち引っ越したのも、もともとは美味いマグロがあるからって」

「そうだったな。ひっさんと横浜に野球を観に行ったことがあってさ、帰りに寿司屋に寄ったんだよ。そしたら寿司屋の大将が、これは美味いぞって自慢気にトロばかり出してきちゃってな、ひっさんだんだん機嫌悪くなってきて、それよりも美味い赤身はねえのかいトロなんてマグロじゃねえから、なんて言いだして、大将と喧嘩になって店を追い出されちゃったんだよ」

下野さんはジョッキの焼酎を空けて煙草に火をつけた。

「でもな、思いのほか早く逝っちまったよな。退院してきたときは元気だったんだけどな」

その頃、インドでウロウロしていたおれは手術したのも知らなかったし、まさか「テキトーに死んでろ」と言われてから一年後、本人に会えなくなってしまうとは考えてもいなかった。

「ひっさんさ、亡くなる二日前も元気だったんだよ。港でイワシが釣れるって聞いて二人で釣りに行ってな、五十匹くらい釣れてさ、それをミリン干しにして持って行ったら亡くなっていたんだ」

「ぶどう棚の下ででですよね」

「ああ。ギター抱えながら椅子に座っててな。居眠りしてるんだと思ったんだけど、肩を揺すって起こそうとしたらギターが地面に落ちて」

下野さんは焼酎の入ったジョッキにお湯を注ぎ、中から湯気がたちのぼり眼鏡が曇った。

「おれは奥さんに逃げられてさ、こっちに来て民宿はじめただろ、お互い独り者だったからさ、老後は助け合って生きていかなくちゃならないなって話してたんだけど、参っちゃったよ、先に逝かれちまって」

瓶ビールを二本飲んでおれは酔いがまわってきていた。下野さんは早いペースで焼酎を飲みながら、ひっさんとの思い出をいろいろ話してくれた。

近くの養鶏場から脱走してきた鶏を捕まえたひっさんが、下野さんのところに持ってきてシメて鍋にしたがまずかったとか、夜中に浜辺にやって来た暴走族がうるさくて文句を言いに行ったひっさんがバイクを燃やしてしまい消防車や警察が来て大騒ぎになったとか、海に遊びに来た女子大生をナンパして民宿に連れ込んだがなにもできなかったことなどなど、おれも知らない話があった。

「スナックもよく行ってさ。あの人、カラオケは、ほとんど唄わなかったけど」

「おれも、ひっさんが唄ってるの、あんまり聴いたことがありません」

「そうだ、スナック行くかい。ひっさんのボトルがまだあるから、故人を偲んで飲んじゃおうか」

そう言うと下野さんはすぐに電話して民宿までタクシーを呼んだ。

スナックは駅から港町に向かう坂の途中にあった。表から見ると古びた喫茶店のような作りで、入り口脇にはレンガ造りの花壇があった。紫色の看板が光り白い文字で「おにごっこ」とある。

痩せた旦那さんがカウンターの中にいて、エンジ色のブレザーに白いシャツ、明らかにカツラを乗せたとわかる頭で、アイスピックで氷を砕いていた。店のママはサテン地で紫色の派手なワンピースで出迎えてくれ、下野さんはおれのことをひっさんの甥だと紹介した。

カウンター席には漁師のおっさんと愛想のいい魚屋の兄ちゃんがいた。奥のボックス席に座るとママがやって来て、「ひっさんの甥っ子なんだぁ。そうかそうか、どうりで店に入ってきたとき、そっくりだと思ったもん」と言った。

おれは誰がどう見てもひっさんには似ていない。すると下野さんが、「どこが似てるんだよ、まったく似てねえじゃねえか」と言った。

「だってほら、鼻のあたりとかさ、似てるよね」

ママに同意を求められたが、おれも、

「似てるって言われるのはじめてです」と答えた。

「そうかなあ」

下野さんはおしぼりで顔を拭きながら、「あのさ、ママさ、ひっさんのボトルあったでしよ。あれ出してよ、甥っ子と飲んじゃうから」と言った。

「いいの？」

「いいんだよ。こいつは、遺品整理しにきたんだから、ボトルだって遺品だろ、残しておいたってしょうがねえだろ」

「甥っ子さん、本当に飲んじゃっていいの？」

おれは頷いた。

下野さんは、「そうだ、ウマちゃん呼ぼう。ちょっとテレフォン借りるよ」と立ち上がり、カウンターの上に置いてある電話の受話器を手に取った。

しばらくすると胸の部分がVの字に深く切り込んであるタイトな黄色いワンピースを着たホステスが現れておれの横に座った。

「アナンです」

「え？」

「アナンです」

「アナン?」

「本当の名前だからね」

「アナンちゃんですね」

「そうです」

彼女は二十代半ばくらいで、彫りの深いエキゾチックな顔立ちをしていた。

「はじめてですよね、この店?」

「はい」

「地元じゃないよね」

「東京から」

「東京かぁ」

「アナンちゃんは、どこの出身?」

おれはフィリピンかどこかから出稼ぎにきているのだと勝手に想像していたが、

「アナンは、ここが地元だよ」

「そうなの」

「でもアナン、お父さんがブラジル人だから」

「ブラジルに住んでたの?」

「住んでないよ。お父さんは船乗りで、この港に来たとき、お母さんと知り合って、わたしができたの。でも船に乗ってブラジルに帰っちゃったから記憶はまったくないの」

彼女は普段、横浜で働いていて、職種はサービス業で、週に一回、お婆ちゃんのお見舞いで実家に戻って来たときに、この店を手伝っているらしい。

電話をしていた下野さんが、「ウマちゃん来るってさ」と言って席に着き、アナンちゃんに「こいつ、ひっさんの甥っ子」と、おれのことを紹介した。

「えーっ、そうなの。あたし、ひっさんのこと大好きだったのよ、惚れちゃってたんだから、ここだけの話」

アナンちゃんは目をパチパチさせながらおれを見た。

「でも、甥っ子はぜんぜんひっさんに似てないね」

「うん」

「この度はご愁傷さまです」

両手でおれの手を握ったアナンちゃんはゆっくり頭を下げた。真面目にやってくれているのだが冗談に見えた。

「ひっさんは、やたらモテたからさ。横須賀のキャバクラ行ったときも、女の子達がひっさんのファンになっちゃってさ、ひっさんに会いたいからって、うちの民宿に泊まりに来たことあったよ」

下野さんが言った。

「だって素敵だったもん」

確かにひっさんはよくモテた。女性を楽しませるのが上手だったし、根っからの女好きだったから、女性には優しくて、付き合い方も熟知していたのだろう。しかし、「女性は大好きだし、柔らかくて、すべすべで、チャーミングだけどよ、結局は面倒臭えから、深入りはしねえんだ。人間から自由でいてえから、一人がいいね。死ぬときも誰かに見られてなんて、恥ずかしくて死ぬに死ねないね」とも話していた。

だから、ひっさんはすべてが希望通りだったといえるのかもしれないが、実際は寂しくはなかったのだろうかと、おれは考えてしまう。

アナンちゃんはボトルの焼酎をグラスに注ぎ水割りを作りはじめた。ボトルには黒いマジックで「ひっ」という文字が丸で囲んであった。

「ひっさんは、やっぱ、ここに来るお客さんと雰囲気がちょっと違ったのよね、だってほら、ここに来る人たちってなんか野暮ったいでしょう」

アナンちゃんは「ほら」と言って、マドラーでカウンターに座っていた男を指した。

「悪かったなぁ、野暮でよぉ」

魚屋の兄ちゃんが言った。舌っ足らずで愛嬌のある喋り方をする彼は、だいぶ酔っぱらっている様子だった。

「ひっさんいつも長靴だったけど、色気があるっていうかさ」

「おれだって長靴だぞぉ」

兄ちゃんは履いていた長靴を脱いで両腕にスッポリとはめて腕を天井に突き上げた。

「これなんてよ、一昨日買ったから新品でよ、ゴムのニオイがするよ。ゴムのニオイが。それにほら見てみろよ、光ってるだろ」

長靴は天井のライトを反射して輝いていた。

「はいはい、まぶしいまぶしい」

アナンちゃんは、手でひさしをつくって目を細めた。

「だろぉ」

兄ちゃんは顔をクシャクシャにしてニタッと笑い、ビールの入ったコップを手にしようとしたが、腕に長靴がはまったままだった。しかし長靴の裏でグラスを挟み込んで、ゆっくりと持ち上げながら「これは難しいぞぉ」と口に持って行き飲みはじめた。

アナンちゃんは呆れた顔をして、マドラーをグラスの中に戻し、くるくるまわしはじめた。氷がいい音を立てていた。

下野さんは渡されたグラスの焼酎を一気に半分飲むと、小林旭の「熱き心に」を唄い出した。声がやたらデカくて、マイクを通した声なのか地声なのかわからない歌声が店内に響いた。

カウンターの中にいる旦那さんは、洗い物をしたり、お酒を用意したり氷を出したりと、手際よく仕事をしていた。ママが言うには、旦那さんは、本当はカラオケが大好きだったんだけど、喉の手術をしてから声が出せないらしい。

店の扉にぶらさがったカウベルが鳴って、大きな男が入ってきた。ウマちゃんだった。白いスウェットパンツに赤いトレーナーを着て、茶色い革のウェストポーチを腰に巻いていた。カナダの職人に作ってもらったというこのウェストポーチをウマちゃんは昔から愛用していた。

おれの隣に座ったウマちゃんは、なにも言わず大きな手で肩をポンポンと叩き、「よう」と言った。

「なに飲みますかぁ」

アナンちゃんが訊いた。

「おれも焼酎でいい、水割りで。あっこれ、ひっさんのボトル？」

「そうです。飲んじゃおうって」

「そりゃいいね」

ウマちゃんの声は低くて、少ししわがれている。

「最後に会ったの、四年くらい前かな？　お前、あの時スーツかなんか着ちゃってたよな」

「営業でこっちの方に来たとき、食堂に行ったんですよ」

「おめえ、ひっさんと会ってなかったんだろ」

「そうなんです」

「会いたがってたぞ、ひっさん。おれの食堂に来て、おめえのこと話してたよ。どっか外国に行ってたんだろ?」

「インドとかネパールとか」

「インド行ってたの? いいなあ。あたしも行きたいな」

アナンちゃんが細長い煙草に火をつけながら言ったが、たいしてその気はなさそうな話し振りだった。

「まったく家に連絡してなかったんだろ」

「だから、ひっさんが手術したのも知らなかったんです」

「でもひっさん喜んでたよ。お前、ひっさんのギターを売って、金を作って旅に行っちゃったらしいじゃねえか」

「そのことひっさん知ってました?」

「ああ。だらだら金を使ってたら半殺しにしてやってたけど、旅に出たならまあいいじゃねえか、仕方がねえやな、って」

「そうなのか。あのギターを売ったの知ってたんですか、あれ物置小屋で埃かぶっていたんですけど」

「お前からギターを買い取った楽器屋がひっさんを訪ねてきたらしいよ。ケースの中に名前が書いてあったらしくてよ。調べたら作曲家で、まだ生きてるから、盗まれたものかもしれないって、それに他にも良いギターを持ってるなら売って欲しいって」

「そうなんですか」

「でもな、ひっさん自身も、親父の作ったかんざしを勝手に売ったりしてたから、あいつはおれと似てるんじゃねえのかって。それで旅に出て、生きてるのか死んでるのかわからねえ、でもそんくらいがちょうどいいじゃねえかってさ、ひっさん嬉しそうな顔してたよ」

「なんとか死なないで戻ってきたんですけど。そしたらひっさん死んでたんです」

「まあ、他人に死んでいるんじゃないかって思わせるくらいでなけりゃ、生きてる意味がねえって言ってたよ」

「どういう意味なんですかね?」

「おれもよくわからねえけどよ。あの人、昔っから格言めいたこと言うの好きだったろ。でもなに言ってるか、よくわかんなかったんだよな」

　するとアナンちゃんが横から、「あたしもね。アナンはお尻が座布団みたいで抜群だなって褒められたことがあるよ」と言った。

「それ褒めてんのか?」

「アナンのお尻を枕にして眠りたいって」

ウマちゃんが笑った。

「あの人、マグロの赤身の次に女の尻が好きだって言ってたもんな」

「女の人のお尻に住みたいとも言ってました。毎日二つのやわらかい山を行き来したいって」

「じゃあ、いまごろ、その山の谷間にでも住んでるんじゃないか」

「あと、危険地帯ほどいい女性がいるって言ってました。フィリピンもゲリラが多い地帯に素敵な女性がたくさんいるんだって」

下野さんはカラオケを唄い終わり、マイクを置いて戻って来ると、カウンターの端っこの席を指し、ひっさんはいつもあの席に座っていたと教えてくれた。「あの人、あんまり唄わなかったけど、たまに唄うと、作曲家だったくせに下手でね。まあ味があるっていえばある唄い方だったんだけど」と言った。

「そうなんだよ。昔は新曲ができると試しに唄わされたよ。酷いときなんか、試合後の控え室にまでやって来て、血まみれのまま唄わされたことあったよ」

ウマちゃんは焼酎の水割りを飲み干し、「じゃあ、おれ、久しぶりに唄ってみようかな」と言って、「きまぐれ金魚」をリクエストした。

そこはまるで　金魚鉢

こんな小さな　世界でも
大きく見えたの　あなたといれば
二人で覗いた　ガラス越し
光が　優しくつつんでくれた
二人で飛び込む　金魚鉢
コロモは　はがれて
水の底で　抱きあった
わたしがあなたで　あなたがわたしになっていく
離れられなくなっていた
それでも　終わりはやってくる
わたしも　あなたも
ふたたびコロモをまとい
帰らなくては　最後にしなくては

「きまぐれ金魚」は女性の曲であるが、元プロレスラーの大男が唄うと異様な迫力があった。

「ねえねえ、甥っ子さんも、なんか唄いなさいよ」

店のママに言われ、おれは「ザンギリ頭にご用心」という、ひっさんが作曲した歌を唄った。これは映画のテーマソングで、ひっさんからチケットをもらい母と観に行ったのだが、ポルノまがいの作品で母は上映の途中でおれを映画館から連れ出した。

それからは地元の漁師さんも魚屋の兄ちゃんもアナンちゃんも、ひっさんが作曲した歌を唄い、追悼集会のような感じになった。

「葉山の茶屋で憂鬱なの」「漫画学園」「柳の下で」「カミナリチェック」「鯉の恋」「待ちわびて三度笠」「麹町の蛇骨」「恋は零度」「北極グマの散歩」「雪駄」「白糸の滝へ」「穴があっても入れない」「神楽坂でごめんなさい」「真っ黒グラサン」「稲葉稲太郎」「下田でちょいっと」「マリンバカリンバ」「雪だるま転がった」「いちじくの花」「最後の信号」などなど、演歌も童謡もコミックソングもアイドルの歌もムード歌謡も、ひっさんの作った曲はとりとめなくて、誰も唄えない曲もあったが、カラオケのテレビ画面に作曲者の名前が出てくるたびに皆で盛り上がった。

歌が出尽くしたころには夜中の二時をまわっていた。

おれはベロベロに酔っ払っていて、アナンちゃんに膝枕をしてもらっていた。

「おい、そろそろ行くぞ、タクシー呼んだから、もうすぐ来るぞ。それともそこで寝ていくか」下野さんが言った。

膝の上でアナンちゃんと目が合った。寝ていきたい。そう言いたかったが、酔っぱらって呂律がまわらず、なにより気持ちが悪くて吐きそうだった。

「よっし、行くぞ」

ウマちゃんがおれの腕をつかんで立ち上がらせた。

扉が開いてカウベルが鳴り、カウンターの旦那さんはちょこんと頭を下げて挨拶してくれた。アナンちゃんや店のママは「また来てね」と店の外まで送りに出てくれた。外はだいぶ涼しくなってきていた。

「おめえ、これからちょくちょく、こっちに遊びに来いよ」

ウマちゃんが言った。おれは頷いた。

「そんでさ、お前のその小指、なんだそれ？」

泥酔したからなのか、小指がピンと立っていた。おれは首をかしげてごまかし、やってきたタクシーに下野さんと乗った。

民宿の前でタクシーを降りた下野さんに、「おまえ大丈夫か？」と訊かれ、頷いたが、タクシーの揺れとニオイで、もう限界だった。下野さんは運転手にひっさんの家までの道を説明してくれ、「気持ち悪いなら、車停めてもらって吐いちまえよ」と言った。

タクシーが丘の坂道を登りはじめると、胃袋の中でアルコールがチャポチャポ音を立て胃壁に寄っていった。とうとう吐瀉物が喉元まで逆流してきたが、口を押さえてなんとか飲み込んだ。嫌な感じの酸味が口内に広がり、涙が流れてきた。

家の前にタクシーが停まり、飛び出して、四つん這いになり道端で吐いた。吐瀉物にはへニャったしめじが何本も混じっていて、ネパールの草原で見た牛の糞に生えているマッシュルームみたいだった。

タクシーは少し先でUターンをして、四つん這いで吐いているおれをライトで照らし、クラクションを一回鳴らして去っていった。クラクションは「大丈夫か?」とかいった意味なのだろう。しかし「プッ」と鳴ったその音で、地球にただ一人、取り残されてしまったような気分になった。

吐くものがなくなり胃の中が空っぽになって、ようやく立ち上がることができた。ズボンのポケットに手を突っ込んで玄関の鍵を取り出そうとしたが見当たらなかった。前も後ろも、どのポケットにも入ってない。どこかで落としたのだろうか、だがこんな状態で探すのは面倒だった。とにかくすぐ横になって眠りたい。ぶどう棚に面した和室の鍵は閉めてないはずだった。おれはヨレヨレと庭に出て、ぶどう棚をくぐろうとした。そのとき穴の中に落ちた。

穴があることをすっかり忘れていた。しかし灰がクッションになって痛くはなかった。火はすでに消えていたが余熱があって、ちょうどいい温かさだった。柔らかい灰の上で仰向けになり、穴全体に包まれながら、もっと深いところまで落ちて行ける気がした。ぶどう棚がどんどん遠くに見えてきて、とても心地良かった。

咳き込んで、咽《む》せて目を覚ますと、目の前で灰が飛び散り、灰煙の向こうで目玉が光っていた。目玉は真っ黒の物体に付いている。悪魔、死神、一瞬、自分が死んでしまったのだと思ったが、よく見るとそれは真っ黒に焦げたハクビシンだった。光っていたのは剝製に取り付けられたガラスの目玉だった。

空は明るかった。朝になっていた。立ち上がると足下が灰で柔らかく、バランスを失って転んでしまった。穴の中に燃えカスが舞いあがり、クシャミが何度も出た。穴から這い出ると全身灰まみれだった。ぶどう棚に面した和室から家の中に入り、風呂場に直行した。石鹼を身体になすりつけ、お湯で流していると黒くなった泡が排水溝に流れていった。

バスタオルを腰に巻き、台所で湯を沸かし、ほうじ茶を淹れて和室に行った。積み上げていたダンボールや燃やすものがなくなったので、広々としていた。床の間にはひっさんの糸ミミズの楽譜が置いてあり、その上に家の鍵があった。昨晩、家を出るとき鍵は掛け忘れていたらしい。そして糸ミミズの楽譜を洞窟の気球さんの所に持って行かなくてはならないことを思い出した。

あぐらをかいてほうじ茶を飲みながらボケーと天井を眺めていると、鴨居に茶封筒が挟まっているのが目に入った。立ち上がって手に取り、中を見ると一万円札が五枚入っていた。茶封筒には、ひらがなで「はくびしん」と書かれてある。

この金はハクビシンを剝製にしたときに払おうとしていた金なのかもしれない。だが当人はもう亡くなっているわけだし、ハクビシンも穴の中で真っ黒になっている。

畳の上に一万円札を五枚並べて眺め、これは有り難く頂戴することにした。そして、あぶく銭を手にした馬鹿者の例に漏れず、エロい店に行きたくなった。

仕事を辞めて家庭内乞食になってから彼女もいないし、旅行中、ネパールに滞在していた半年間はラリってセンズリばかりこいていた。

とにかく昼過ぎまでにやることを片づけ、帰りに横浜に寄って、そのような店に行くことにした。だからこんな風に畳の上で悠長にほうじ茶なんて飲んでいられない。

おれはリュックサックから服を取り出して着替え、床の間に置いてある鍵をズボンのポケットに突っ込み、糸ミミズの楽譜を手にして、ひっさんの軽トラックに乗り込んだ。

車はまったく洗車していなかったようで、泥がへばりつき運転席は砂だらけだった。エンジンを掛けると、しばらく乗っていなかったからなのか、白い排気ガスが大量に出てあたりは真っ白になった。

坂道を下って浜に出た。端っこの漁港まで行き、砂利の駐車場に車を停めた。歩いて防波堤の方に向かっていると、木造の漁師小屋の壁に『働ける人募集』とぶっきらぼうな張り紙がしてあった。

防波堤を越えて、海に突き出た岩場を歩き、うち寄せる波やしぶきをよけながら、向こう側にまわって行った。ここは潮が満ちてくると歩けなくなる。

岩場を越えていくと相模湾がひろがり、目の前に五メートルくらいの大きな岩が立ちはだかる。ここから先は進めないように思えるが、岩の上に割れ目があって、間を進んでいくことができる。その先には小さな浜があって、奥の崖に気球さんの住んでいる洞窟があった。洞窟の上からせり出している二本の木々には竹竿が横に何本もはわせてあり、いろいろな布がぶら下がっていた。その下で裸の男が、小学校などで使っている子供用の椅子に座って、焚き火をしながら新聞を読んでいる。気球さんだった。

突然話しかけるのも気が引けるので、まずはこっちに気づいてもらおうと、咳払いをしたり、空き缶を拾って投げたり、物音を立てながら近づいて行ったが気球さんはいっこうに気づいてくれない。

そうこうしているうちに距離は縮まって、二メートルくらいの所まで来てしまった。気球さんは新聞を読みつづけている。

「あの、すみません」

おれは声をかけた。気球さんは新聞から目を離し、ゆっくりこっちを見て頷いた。

「こんにちは」おれが言うと、

「そろそろ来る頃だと思っていました」と気球さんは微笑んだ。

「そろそろ？」

「お座りください」

気球さんは焚き火を挟んだ向こう側に置いてある木箱に座るように促した。炎の真ん中には平たい石があって、その上には焦げて真っ黒になったヤカンが置いてあり、湯気がたっていた。

木箱に座ると、目の前に素っ裸の気球さんのペニスがデロンと垂れていた。ペニスは素の状態であるが、地面に着きそうなくらいにダランと長く伸びている。おれは目を疑った。その目線に気づいたのか、「日々伸びつづけてましてね、ちょっと困ってます」と気球さんは言った。

「このような格好でいますから、押さえつけるものがないんですね。だから伸びつづけているようなのです」

本気なのか冗談なのかわからない。

気球さんは足下に置いてあるボロボロの革の手袋を拾って、手にはめると、炎の中に突っ込んでヤカンを持ち上げ、もう片方の手で地面に置いてある毛羽だったプラスチック製のコップを取って、中身を注いだ。ヤカンの先からは茶色いドロっとした液体が流れ出していた。

「どうぞ飲んでください」

おれはコップを手渡された。

「ありがとうございます」と受け取ったものの、この液体はなんなのだろう。中身を覗いていると、

「特製の煮汁です。どうぞ飲んでください」と言われた。

口にすると物凄く熱かった。木の根っこを煮出したような、土のような味で、苦味と渋味が同時にひろがった。すぐに吐き出したくなったが、そんなことはできないので思い切って飲み込むと、喉にも嫌な感じの苦味と渋味がへばりついた。

「元気になりますよ」

気球さんは微笑む。

「あの、さっき、そろそろ来る頃だとおっしゃいましたが」

「はい」

「それは、どういうことなんでしょうか?」

「そういうことです」

「おれがここに来るのを知っていたってことですか?」

「あなたは、そこでよく釣りをしてましたよね。イワシをたくさん釣ってわけてもらったことがありますよ」

そんなことがあったのを思い出した。

「もうだいぶ昔のことになりますが」

「そうですね」

ひっさんがここに引っ越してきた次の年の夏だった。入れ食い状態でイワシを百匹くらい釣ったことがあって、気球さんにわけたのだった。

「ひっさんが死んだのは知ってますか？」

「はい。しかし、こんな格好ですからお葬式にも行けず、失礼しました」

「いえ。ひっさんの意向で通夜も葬式もやらなかったんです」

「そうですか」

「自分は一昨日からこっちに来て遺品整理をしてるんです」

「はい」

「そしたらこのノートが出て来てですね、伯父のメモが挟んであって、ここに持って来るようにとあったんです」

「そうですか」

「これ楽譜なんですが」

「ええ」

「まあ楽譜といっても、普通の楽譜と違って、糸ミミズが這ってるようなのが書いてありまして、伯父が独自に作った楽譜なんですね」

「知ってます」

「えっ、知ってます？」

「ここにギターを持って来ていただき、何回か弾いてもらったことがありまして、とても素敵なギターの音色でした」

ひっさんがここにギターを弾きに来ていたとは知らなかった。

「そのときに、ノートを見せてもらいましてね、これは大変、素晴らしいものだと、わたくし感動したのです」

「そうなんですか。だから伯父は、ここに持って来るようにメッセージを残しておいたのかもしれません」

「ええ」

「これです、どうぞ」

ノートを渡すと気球さんは革の手袋を外して両手で丁寧に受け取り「ありがとうございます」と頭を下げた。それから神妙な顔でしばらく眺め、ゆっくりとページをめくりはじめた。

おれは変な汁を啜り続けていた。焚き火の向こうで気球さんの顔がゆがんで見える。

気球さんはノートを一冊読み終わると、おもむろに焚き火の中に投げ込んだ。

「え?」

思わず声が出てしまった。しかし気球さんはおれの声など耳に入っていないのか、クシャミをして二冊目を読みはじめた。

ノートに書かれてあるものを気球さんは読み取れているのだろうか。頭上でトンビが旋回している。焚き火の中で燃えてる木がパチンとはじけた。

二冊目のノートも読み終わると、火の中に投げ込んで、三冊目に移った。

一冊目は灰になり、二冊目が炎に包まれて燃えている。浜には波が打ち寄せていた。おれは変な汁を三分の一くらい飲むことができた。

三冊目、四冊目も火の中に投げ込まれた。たくさんの糸ミミズが悶えるように炎に包まれていた。

五冊目のノートを読み終えると、炎の中に投げ込み、気球さんは顔をあげた。おれは変な汁の入ったコップを口につけていて、気球さんと目が合った。

「貴重なノートを、どうもありがとうございました」

「いえいえ」

「もう一杯飲みますか？」

「結構です」

「ビロウな話ですが、元気になりますんで」

「えっ？」

「股間のあたりが」

「はあ」

五冊目のノートが勢いよく燃えていた。

「ちょっと訊いていいですか？」

「はい。なんでしょう」

「ノートに書かれてたのは、どんな音楽だったんですか？」

「いや、わたくし音楽のことはさっぱりでして」

「楽譜を読んでいたわけじゃないんですか？」

「そうですね、読み取ったのは音楽といわれるものではないかもしれません。強いていえば形のようなものですかね」

「カタチ？」

「形ですね。様々な形です」

「はあ」

「でも形は常に変化していきますから。波のように」

「はい」

「雲のように」

「はい」

「虫のように」

「はい」

「人間もそうです」

「人間も」

「変化します。小さかったのに、大きくなります」

「はあ」

「でも大きくなったら小さくしぼんでいきます」

あたりまえのことを話しているだけのようだが、なにを言いたいのか、さっぱりわからなかった。

「万物は常に変化しつづけます。留まるのはいけません。今、ノートを読ませていただき、そう確信しました」

やはり、なんだか、さっぱりわからない。気球さんは海の方をしばらく眺めると大きなクシャミをした。服を着たらどうかと思ったが、自主的に裸になっているのだから余計なことは言えない。波の音がやけに大きく聞こえてきた。しばらくの沈黙があって、おれはこの場を去ることにした。

「では、そろそろ失礼します」

「ああ、ちょっと待ってください」

気球さんは革の手袋をはめ直し、焚き火の中に手を突っ込み、焦げた細長いアルミホイルを取り出した。開くと真っ黒の細長い物が何本か並んでいた。それを一本つまみ出すと、平たい石の上に乗せ、手に持った石で叩いて粉々にして、新しいアルミホイルに払い落とした。それから椅子の下に転がっていたペットボトルを取り出し、中の透明な液体をスポイトで吸って粉の上に数滴たらした。そして丁寧にアルミホイルを折り畳んだ。

「これはおみやげです。伯父さんもたまに飲んでました」

「なんですか？」

「ミミズです。黒焼きの。水と一緒に流し込むと良いですよ。元気になります」

「スポイトでなにかたらしてましたよね」

「ああこれですか」

ラベルのはがれたペットボトルには黒のマジックで「23」だか「25」だかの数字が書いてあった。

「これは魔法みたいなものです」

「魔法？」

「はい。まあ気が向いたときにでも飲んでください」

「ありがとうございます」

おれはアルミホイルの包みを受け取り、ポケットの中に入れたのだが、ミミズを焦がしたものなんて飲む気にならないので、あとでどこかに捨ててしまおう。

「ご苦労様でした」、気球さんが言った。

かれこれ一時間は経っていた。木箱から立ち上がると、洞窟にちょうど太陽の光が射し込んでいて中が覗けた。

洞窟の中は思いのほか広くて、洗濯機みたいな木箱が立てかけてあった。木箱のへりには鉄パイプの枠組みが付いていて、地面には表の竹竿に引っかかっているものと同じような布がひろげてある。

気球さんは気球を作っていると聞いていたが、あれは気球なのだろうか。ひっさんは出来上がったら乗せてもらうと話していたが、粗末な洗濯機にしか見えなかった。


ひっさんの家に戻って庭へ直行し、シャベルを手に今度は穴を埋めはじめた。掘るよりは埋める方が楽だろうと高をくくっていたが、難儀な作業で一時間くらいかかってしまった。

家の中は片付けたつもりであったが、ガラス瓶に入った焼酎漬けとか、まだいろいろと、どうしたら良いのかわからないものがあった。当初はもう少し滞在して片付けようかと思っていたが、一応、燃やすものは燃やしたし、五万円を手にしたので早く横浜に行きたかった。

残りはまたの機会に整理することにして、リュックを背負い、戸締まりを確認して家を出た。駅まで行く途中、下野さんに挨拶をしておこうと民宿に立ち寄ったが、買い物に出かけているようで留守だった。

横浜に着いたのは夕方だった。黄金町で降りて、しばらく風俗店を物色していると、「むらむら帝国」というファッションヘルスの看板が目に入った。一年前はピンサロに行って図書館で働いているような眼鏡の女性が出てきたが、今回は金を持っているからファッションヘルスにした。それに気球さんに飲まされた変な汁の効能があらわれてきたのか、おれの股間は怪しい調子で膨張しはじめていた。

店に入ると窓口の脇にコルクボードがあって、そこに店で働く女性のポラロイド写真が画鋲でとめてある。しばらく眺めていると、どうも見たことのある顔があった。目をこらすと、昨日のスナックにいたアナンちゃんだった。

彼女は普段、横浜でサービス業をしていると昨晩話していたが、ポラロイド写真の余白には黒いマジックで「アンナです。よろしくね」と書いてあり、「ね」の後ろに赤いマジックでハートマークが三つ描いてあった。

もう一度写真の顔を確認してみる。「アンナです。よろしくね」。名前は「ン」と「ナ」を入れ替えているが確かにアナンちゃんだった。

おれは悩んだ。彼女を指名していいものなのかどうなのか。エチケットとして他の娘を指名するべきか。しかし知り合いなら気心が知れていて楽しい時間を過ごせるかもしれない。それに昨日は膝枕までしてもらったことだし、酔っぱらって呂律がまわらなかったから、お礼すら言えてなかった。

「この人で」

おれはアナンちゃんの写っているポラロイド写真を指さし、湿気っぽい待合室のソファーに座って彼女が現れるのを待った。

「いらっしゃいませぇ。アンナです」

顔を上げると黒地にピンクのリボンのついた下着姿の女性が立っていた。彼女は驚いた顔をしたが声は出さず、黙ったままおれの手を握って立ち上がらせ一緒に個室に向かった。部屋に入ると、それまでつぐんでいた口を大きく開け、

「ちょっとやだぁ、ビックリした！」と言った。

「ビックリするよね」

「そうだよ、ちょっと、やだぁ、なんでぇ？」

「いや本当に偶然で偶然なんだけどさ」

「昨日、あたしここで働いてるって話したっけ？」

「横浜でサービス業ってのは聞いてたけど」

「そうだよね、地元の人には、こういうところで働いてるって話してないもん」

「うん。だから偶然なんだよね」

「そうか偶然か。偶然凄いね」

「偶然凄いです。指名は偶然じゃないけど」

「写真、あたしだってわかった？」

「うん」

「そうかぁ。でもなんか嬉しいな。前にもこの店に来たことあるの？」

「いや初めて」

このような店に来るのは本当に久しぶりで、女性の肌に触れるのも久しぶりなのだと話した。

「そうかぁ。昨日話してたけど、どっか外国行ってたでしょ。ブータンだっけ?」

「ネパールです」

「そうかそうか。でも昨日大丈夫だった? すごい酔っぱらってたけど」

「吐きました、あれから」

「やっぱりね」

「そんで膝枕してくれてありがとう」

「いえいえ、あんなもんでよければいつでもしてあげますよ」

「いやあ、アナンちゃんの膝枕が良かった」

「じゃあ、またしてあげるよ、ホラ」

アナンちゃんはマットの上で正座をして膝を叩いた。

「ほら、おいで」

「じゃあ、お言葉に甘えて、すんません」

おれは頭をアナンちゃんの膝に乗せた。生脚からは石鹼の匂いがした。

「ありがとうね。昨日はアナンだけど、今日はアンナです」

「名前、一文字だけ入れ替えてんだね」

「そうなの。あんま意味ないんだけど」

彼女はゆっくりおれの頭を持ち上げて自分の顔を近づけ、キスしてくれた。

「キスも久しぶり？」

「そう」

「じゃあ興奮させてあげるね」

さらに舌を絡め、おれの股間に手を伸ばすと、「あー、もうかなり凄いことになってるじゃん」と言った。

それからアナンちゃんは膝枕を外して、首筋を舐め、耳を舐め、服を脱がして全身を舐めてくれた。おれはされるがままだった。

「本当はさぁ、先にシャワー浴びるんだけどね」

そう言って彼女はおれのズボンもパンツも脱がせ、股間を見ると、「いやあ、反ってるね。折れちゃいそうね」と言った。

「なんか今日、漢方みたいなのを飲まされちゃって」

「なにそれ？　凄いじゃんその漢方」

「なんだったんだろうね。アレは」

彼女はするっとペニスをくわえ、舌をゆっくり動かしはじめた。

「ふぁっ。うっ、っふぁ。んんん」

おれは懸命に射精を我慢していた。しかし、それはすぐにやってきた。

「ふぁぁぁ」

二人でシャワーを浴びたが、おれは勃ちっぱなしだった。アナンちゃんは、「しかし漢方、凄いね」と言って、「じゃあ、もう一回舐めてあげるね、お店に内緒だよ」とシャワー室でもくわえてくれた。ふりそそぐシャワーに濡れながらおれの股間のあたりで懸命に動いている彼女に、すっかりまいってしまった。

シャワーを出るとふたたびくわえてくれ、おれもアナンちゃんの身体をまさぐった。そして三十分の延長を申し出た。アナンちゃんは「漢方、漢方」としきりに漢方に感心していた。

膝枕をしてもらい世間話をしていたら時間が来てしまった。これでお別れするのはどうにも寂しかったので、意を決して「仕事終わったら、なんかある？」と訊いてみた。

「べつになんにもないよ」

アナンちゃんはあっけらかんと答えた。

「そうか。お店、終わるの何時？」

「今日は遅番だったから、十二時だよ」

「じゃあさ、その後、なんか食べに行かない」

アナンちゃんは少し考えるような素振りをしてから間を置いて、「そうだなぁ、今晩は大丈夫だと思うんだけど」と言った。

「じゃあ、どっか行こうよ」

「だったら十二時十五分に、お店出て右曲がったところに橋があるでしょ、あそこで待ち合わせする？」

おれは浮き足立っていた。金はまだ三万近く残っている。待ち合わせまではだいぶ時間があったので、本屋で立ち読みをして喫茶店でコーヒーを飲み、ビデオボックスに入り、適当にアダルトビデオを選んで、センズリをこいていたらまた小指が立ってきてしまったが、射精すると小指は元に戻り、股間の膨張も、ようやく大人しくなった。

十二時十五分に橋の上に行ったが、アナンちゃんはまだ来ていなかった。十五分くらい待っていると大音量でウーハーの低音を響かせたヒップホップが聴こえてきて、目の前に黒光りした四輪駆動車が停まった。

車の助手席の黒いスモークフィルムの窓が開くとアナンちゃんが顔を出して、ヒップホップが路上に響いた。

「ごめんなさーい。本当にごめんね、やっぱ今晩はちょっと無理なの」

アナンちゃんは手を合わせウィンクした。

運転席にはスキンヘッドにアゴ鬚を生やした、いかつい男が座っていて、こっちを見ていた。ちょっとした美人局《つつもたせ》に嵌められたかと思ったが、「いや、べつに、おれは」と喋ろうとすると、窓は電動で閉まり、車は走り出した。

よこしまな期待はもろくも崩れ落ち、橋の上でデカいリュックを背負いながら、おれは馬鹿みたいに突っ立っていた。家に帰る気にもなれなかった。腹が減っていたので、あたりを散策して深夜営業をしている中華料理屋を見つけ、酢豚とザーサイをつまみに紹興酒を飲んだ。そして気づいたら酔い潰れ、カウンターで眠っていた。

「あのさ、もう店閉めるから」

おやじさんに起こされた。

「すんません」

会計を済ませて店を出た。川の近くの公園まで歩き、リュックを枕にしてベンチで眠った。

目を覚ますと寝ている間に雨が降ったのか顔面が濡れていた。空は明るくなっていて、公園では親子連れが犬の散歩をしていた。向かいのベンチでは爺さんがパンをちぎってバラまき、鳩を集めていた。便所から労務者風の男が出てきて目が合うと足早にその場を去って行った。男は顔に傷があり鋭い目をしていた。思い返せば一年前もこの公園に来て、拾った煙草を吸ったのだった。

リュックを背負い公園を後にして、歩きながらポケットに手を突っ込むと、金の入った茶封筒がなくなっていた。公園に戻ってベンチのあたりを探したが、どこにも見当たらない。もしかしたら寝ている間に掏られたのかもしれない。ここは柄の悪いドヤ街が近くにある。

『スリ・置き引きに注意』といった看板がいたるところにあって、学生の頃、友達だった奴の話では、真冬に酔っぱらい、この辺の道端で寝ていたら、財布を盗まれたあげく、コートやセーターなど着ていた服にズボンもパンツも全部脱がされて、気づいたら素っ裸だった。交番に行くと警察官に、「たぶん、なんにも出て来ないと思うよ」と言われ、素っ裸では帰れないので、パンツを買ってもらい、警察官の私物のジャージの上下を借りて家に帰ったらしい。

こんなところで金をなくしたのは自分の責任であったが、あきらめきれずに、もう一度ベンチ付近を探してみると、気球さんからもらった焦げたミミズを粉にしてアルミホイルに包んだものが落ちていた。これも茶封筒と一緒にポケットに入れておいたので、掏られたときに落ちたのか、もしくは金じゃないので捨てられたのかもしれない。気球さんは、これを飲むと元気になると言っていた。

腹が減ったので、立ち食い蕎麦屋に入った。なんの気なしに入った店だったが、この店も一年前と同じだった。残った小銭でコロッケ蕎麦を頼み、蕎麦を啜りながら、早く仕事を探さなくてはと思った。

蕎麦を食って、給水機でコップに水を注ぎ、気球さんからもらったミミズの粉を飲んでみることにした。己の間抜けさを拭うには元気が必要だった。粉はただ焦げた味がして、その風味が鼻の穴から抜けていくと、頭が悪くなりそうな予感がした。

店を出ると外が騒がしかった。救急車や消防車のサイレンも聞こえている。なんとなくそっちの方に向かって歩くと、騒がしいのはみなとみらいの方らしい。桜木町の駅を抜けてランドマークタワーに出ると観覧車があって、それを見上げている人達がいた。

観覧車には大きなボロ布が引っかかっていて、そこから垂れ下がったロープの先に箱らしきものがぶら下がっていた。空にはヘリコプターが旋回してけたたましい音が響いている。

おれはもっと観覧車に近づいてみることにした。しかし、歩くたびになんだか頭の中がクッチャクッチャと音を立てている。さっき飲んだ焦げたミミズのせいなのか小指も立ってきている。首筋の頸椎のあたりでは細長いものがうねうね動き回っているような気がして気持ち悪い。

ネパールで変な粉を煙草にまぶして吸ったときの状態に似ていた。フラッシュバックというやつなのだろうか、それとも気球さんがくれたミミズの粉末の効能なのか。そういえば気球さんはあのとき、なんだかわからない透明な液体をスポイトでたらしていた。

目の前の空気には、スズメバチのような色をした黒と黄色の粉が混じって見えてきた。目をこすると頭がくらくらしてきた。額からは油っぽい汗がにじみ出ている。

観覧車の下には人だかりができていて、拡声器を持った警察官が「じっとしてなさい。動かないで下さい」と観覧車に向かって叫んでいた。

「あの人、裸じゃねえか」

隣りに立っていた野次馬が言った。

さっきまで頸椎のあたりをウネウネしていたものが目の下に移動してきて、鼻の奥でモゾモゾしている。クシャミが出た。すると鼻の穴からスポンスポンと何かが飛び出してきた。それは、ひっさんの書いた糸ミミズだった。

糸ミミズが奏でているのか、トルコの軍隊行進曲みたいなものがそこらじゅうで流れはじめ、足が勝手に動きはじめた。歩みが止まらない。まずい、これはネパールのときと同じだ。小指は立ちっぱなしである。

おれはズンズン進んでいき、警察官達をかきわけて最前線まで向かっていた。

突然、襟首をつかまれて引っ張られ、「こらなにやってんだお前！」と怒鳴られた。

「あの人、知り合いなんです」

観覧車を見上げて叫ぶと、観覧車がグニャグニャとウネリ出し、こっちに倒れてくるような気がして、それを受けるように自分もそのまま後方に倒れ、頭を強く打った。

真っ暗になった。闇が続いている。身体を伸ばしたり、縮めたりしながら、進んでいるつもりだった。

おれは中華街でお粥を食べていた。オレンジジュースも飲んでいた。混雑した店で人々の話す声がやけにうるさく聞こえた。目の前では赤いセーターを着た気球さんが座って微笑んでいる。このセーターはおれがネパールで買ったものだった。

「オレンジジュースはたくさん飲んだ方がいいですよ。ビタミン取った方がいいですから」

気球さんは言った。そして揚げパンを指でちぎり、粉々にしてお粥の上に散らした。

「こうすると美味しいんです」

おれはオレンジジュースを飲んだ。

「ほんとうにありがとうございます。身元までひきうけてもらって」

気球さんは言うのだが、記憶を辿ってみても、この数時間のことがはっきり思い出せない。

「洋服まで貸していただきまして、すみません」

「あの、よくわからないんですけど。気球さん、観覧車に引っかかってましたよね。そこまではなんとなく憶えているんですけど」

「風を読めませんでした。またあの洞窟に戻って、一からやり直しです」

おれの目の前にあるのはピータン粥で、レンゲですくって口にすると、ピータンの独特な香りが鼻から抜けていった。どこかで嗅いだことのあるニオイだった。

それはひっさんの家にある物置小屋だった。漬け物が入ったプラスチック樽と、乾いた土が付着した農具の置かれた小屋の中のニオイだった。

「気球さん、これ食べたら電車で一緒に戻りましょうか」

「はい。そうしましょう」

気球さんはゆっくり天井を見上げた。つられておれも天井を見上げた。油汚れのひどい天井で、綿埃がへばりついてぶら下がっていた。

半島に戻ったら、『働ける人募集』と張り紙のあった漁師小屋に、「働けます」と言いに行こう。

レンゲで粥をすくおうとすると、

「揚げパン」

気球さんが言うので、レンゲを置いて揚げパンを手に取り、ちぎってピータン粥の上にまぶした。

すっぽん心中

目を覚ますと首が横を向いたまま動かなくなっている。近ごろは症状も良くなってきて、しばらく熱いシャワーを浴びれば改善されるようになったが、以前は一日中、横を向きっぱなしのこともあった。田野《たの》は酷いムチ打ちなのだった。いまでも三日おきに西日暮里の病院までリハビリに通って、マッサージや鍼《はり》治療も受けている。

首が横向きだと、対象物に向かって身体を横にして、顔だけそこを見なくてはならない。だから飯を食うのも難儀する。顔は対象物である食べ物を向いているが、身体は横向きのまま箸を運ばなくてはならなかった。小便をするときは、その逆で、便器に身体を向けて顔は壁を見ている状態で用をたさなくてはならなかった。しかし便器に狙いを定められず、小便が飛び出してしまうことが何度かあり、最近は大も小も関係なく便器に座るようにしていた。

このようになってしまったのは二ヶ月前のことだった。軽トラックで漬け物のルート配送の仕事をしている田野は、信号待ちをしているときに後方からやってきた車に追突された。シートベルトはしていたけれど、首がもげて頭が外に飛び出してしまうような衝撃だった。他に怪我はなかったが、首は十センチくらい伸びてしまった感じがした。田野は軽トラックを道路の端に寄せて、車から降りた。この仕事は二十二歳から五年間、無事故無違反でやってきたが、はじめての事故だった。

追突してきた車はツーシーターの赤いＢＭＷで、運転していたのは女だった。膨らんだエアーバッグに埋もれていた彼女は、大きなサングラスをかけながら車を降りてきた。怪我はまったくない様子だった。

女は白い細身のスラックスを穿いていて、太もものラインがはっきりわかる長い足をしていた。物凄くスタイルが良くて、年齢は三十歳くらいだろうか、若くして金を持っているマダム風だった。

田野が運転していた軽トラックの後部は、衝撃で冷蔵の観音扉が開いてしまい、アスファルトの地面にらっきょの漬け物が散らばっていた。女は水色のパンプスでらっきょを踏みつぶしながら田野のところにやってきた。ＢＭＷはバンパーのところに傷がついているだけだった。

「ごめんなさい。怪我はないですか」

女が言った。

「首が痛いです」

「救急車呼びます。警察も呼びます」

田野は首を押さえながら頷いた。

「ほんとうに、もうしわけありません」

深々と頭を下げた彼女の髪の毛からは、あきらかに自分とは生活環境が違う匂いがした。

女は動揺していたが、取り乱した感じはなく、どこか冷静だった。携帯電話で話をしている彼女の後ろ姿、白いスラックスの尻からは、パンティーのラインがくっきりと浮かび上がっていた。

「救急車呼びました。警察も来ます」

女は言った。救急車なんて呼ばないでいいから、この女になんとかしてもらいたいと田野は思った。女は、しきりに周囲を気にしている様子で、街路樹で身を隠すようにして、ふたたび電話をした。その声が聞こえてきた。

「事故っちゃった。うん、だいじょうぶなんだけどさ、うん、怪我はないよ。無事、無事、なんだか不死身だよ、あたし」

女の話し方は、さきほどとは違う軽い口調だった。「事故っちゃった、無事、不死身」なんて言っているが、こっちの身になってみろと思った。田野はガードレールにもたれ掛かって、携帯電話で話し続ける女の尻を眺めていた。大きすぎず、小さすぎず、いい形の尻だった。顔をうずめてみたいと思った。田野は、彼女の尻に自分の顔がうずまっていくのを想像していた。

近くの派出所から警官が自転車でやってきて、女はようやく電話を切った。警官は彼女と田野に事情を訊いてきた。田野は、信号を待っていたら突っ込まれたと答えた。彼女は、考え事をしていたら追突してしまったと答えた。

救急車がやってきて、症状を訊かれ、「首が伸びてしまったみたいです」と田野は言った。人生で初めての救急車だった。サイレンの音は車の中だと、街中で耳にするものとはまったく違って聞こえてきた。もっと遠くで鳴っているような感じがして、乗っている田野は、他人事みたいな気にもなっていた。

追突してきた女は、タレントモデルだった。若手実業家の嫁になり、最近ではセレブタレントとして芸能活動をしているらしい。このようなことがわかったのは、事故の三日後にマネージャーの男から電話が掛かってきたからだった。マネージャーは会って話がしたいと言って、渋谷の喫茶店を指定してきた。

首にコルセットを巻いた田野は、約束の五分前には席に着いて待っていた。事故から三日しか経っていないので、固定した首は、ほとんど動かせなかった。マネージャーは十分遅れてやって来た。席にやってくるなり、立ったまま、「このたびはほんとうにどうもすみませんでした」と深々頭をさげた。年齢は三十代半ばくらいだろうか、日焼けした胸元をさらけ出し、白いワイシャツに、黒いスーツを着ていた。女もやってくるかと思って期待していたが、マネージャーだけだった。

マネージャーは席に座ると、田野に名刺を渡し、すぐに本題に入った。さっき謝った姿はなんだったのかと思えるくらい、ちゃらちゃらした口調で、どこか高圧的だった。

「つまりね、彼女にも仕事と家庭、彼女の人生があるから」

マネージャーの話は、女にはテレビやコマーシャルの仕事があるので、今回のことは口外しないで欲しいということだった。

「芸能の世界ってのは、一般の人にはわからないかもしれませんが、普通の世界と違って、特殊なんですよ。イメージの問題がありますからね」

この男はなにをぬかしているのかと思ったが、田野は黙っていた。それにテレビはほとんど観なかったので、彼女がどのようなタレント活動をしているのかわからなかった。

マネージャーは「これは、まあお見舞金ということで、お渡しするものです」と言って、茶封筒をよこした。もちろん保険金なども出るが、それとは別にということらしい。

「彼女のタレント生命がかかっています。もしあなたが意図的に、それを潰すような行為をした場合、タダじゃすみませんからね。そこら辺よろしくお願いします」

これは脅しのようにも聞こえる。

田野は、彼女がやってきて、「すみません、ゆるしてください」と服を脱ぎ、身をゆだねるといったポルノまがいのことを想像してみた。そうすれば、金なんていらない。でも、あまりにも非現実的なので、想像が膨らむほど虚しくなった。茶封筒の中には一万円札が三枚入っていた。セレブタレントだかなんだか知らないが、タレント生命がかかっている割には三万円というのは、すいぶん安く、セコいし、馬鹿にされている気がした。

リハビリに行く日の朝、目を覚ますと、やはり首がまわらなかった。洗面所で横を向きながら歯を磨き、便器に座って小便をした。シャワーを浴びながら首を揉み、十分くらい湯を当てていると、なんとか動くようになってきた。

千代田線に乗って西日暮里の病院に向かう。最近はずっとこんな生活だった。仕事は首が完治するまで休んでいる。

病院は老人だらけだった。リハビリの治療室には湧き出すように、老人がやってくる。田野は、まず三十分電気治療を受ける。ゼリー状のものが塗られたゴムの吸盤が首に当てられ、空気が抜かれてピッタリとへばりつくと、電気が流れてきて首が勝手にぴくぴく動き出す。同時に治療器から「雨にぬれても」が電子音で流れてくる。曲が数回繰り返されると、治療器が止まる。その後は、ストレッチャーに乗って首を伸ばし、最後にマッサージをしてもらう。

リハビリを受けたあとは、家に戻っても、することがないので、毎回、田野は上野まで歩くことにしていた。それからアメ横をぶらぶらして、昼飯を食べる。その後は、時間を潰すため興味もないのに美術館や博物館に行ったり、映画を観たりして、湯島から電車に乗って帰るのだった。

その日、田野は不忍池を眺めながら、ベンチに座ってクッキーを食べていた。クッキーは、リハビリで一緒になるおばあさんから貰ったものだった。彼女は田野が帰ろうとすると、「ちょっと待って待って」といつも呼び止めてきて、「持っていきなさい」と、なにかお菓子をくれる。お菓子は田野のために家で用意してきたもので、必ず透明のビニール袋に入っていて、羊羹や煎餅、カステラや大福のときもある。田野が「ありがとうございます」と言うと、「いいのよ、いいの、リハビリ頑張りなさいよ」とおばあさんは言う。お菓子をくれるようになったのは、数回会って、挨拶をかわすようになってからだった。しかし挨拶だけで、おばあさんとは世間話すらしたことはない。

不忍池では鴨が水面をスースー泳いでいた。空には飛行機雲ができていた。老夫婦が手をつないで池を眺めている。

田野は朝からなにも食べていなかったので、クッキー三枚では腹は満たされず、これからアメ横のガード下にある店へ、タンメンと餃子を食べにいこうと思った。膝に落ちたクッキーのカスを払って立ち上がろうとすると、鳩が一羽やって来て、カスをついばみはじめた。

すぐさま大量の鳩が空から舞い降りてきて、カスに群がりはじめた。鳩たちはカスを食いつくすと、今度は物欲しそうに田野を見つめ、首を動かしながら近づいてきた。鳩は、まだまだ空から舞い降りてきていた。

「すごいことになってますね」

知らない女が話しかけてきた。ぱんぱんに膨らんだ大きなボストンバッグを肩にかけ、黒い薄手のセーターの上に茶色いコートを着て、赤くて短いスカートの中から、黒いストッキングを穿いた細い足が見えていた。

「餌あげてるんですか？」

「いや、餌、あげてるつもりはないんだけど」

女の顔は童顔で、愛嬌のある感じだった。

「でも、すごく集まってますよ。餌くれる人と思われてますね」

「クッキーのカス払ったら、どんどん集まってきちゃったんだよ」

「そうか」

「まいったな。こんなに集まってきちゃって」

「気持ち悪いね、鳩」

「うん」

「あたし、鳩、嫌い。お兄さんは好き？」

「おれも好きじゃない」

「ですよね」と言うと彼女は、突然、「こんにゃろう！」と怒鳴り、鳩を蹴散らしはじめた。田野は驚いた。池を見ていた老夫婦もふりかえってこっちを見ている。彼女はお構いなしに、ハイヒールの靴底を地面にコツコツと激しく響かせていた。

焦った鳩たちは、ばさばさ音を立てて飛び去っていった。

「ほら、追っ払った」

飛び去った鳩たちは不忍池の上空を、行き場を失ったように旋回していた。老夫婦は呆然と空をあおいでいた。

「お兄さん、鳩に餌とかあげとうなら、あたしになんか食べさせてよ」

「だから餌はあげてないよ」

「あたし飢えてるんだ。きのうから、ポテトチップス一袋しか食べてない」

彼女は微笑んだ。

「ポテトチップス一袋？」

「お金、なくなっちゃったの」

「どこに住んでるの？」

「いま住んでるところない」

「家出？」

「違うよ」

「じゃあ、なに？」

「男の家を追い出されたのよ。男に女ができて、追い出されたの。それで、きのう、おととい って、漫画喫茶に泊まっとったけど、お金なくなってきて」

「困ったね」

「困っとるんよ。早いとこ仕事みつけんと、このままじゃ、上野公園で眠らなくちゃならないでしょ。西郷さんの足下で寝るとかいけんやろ」

「そうだね」

「お兄さん、いい店知らん？　働けるところ」

「どんな店？」

「水商売とかかな」

「だったら、キャバクラとかたくさんあるでしょ、仲町のところに」

「うん。そうなんやけど。お金がな。やっぱこうなったら、もうフーゾクでもいいかな」

「いや、フーゾクってのは、どうなんだ。だったら、とんかつ屋とかの方がいいんじゃないの？」

　彼女は笑い出した。田野は冗談を言ったつもりはなく、道徳的なことを重んじたわけでもない。あっけらかんと「フーゾク」と言われたので、そのように答えたのだった。

「お兄さん、おかしかね。あたし、とんかつ食べたくなっちゃった」

「じゃあ、とんかつ、食べにいく」

「ごちそうしてくれるの？」

「ああ、いいよ」

「やった。うれしいな。ありがとう」

田野は彼女を連れて仲町通りを横切り、春日通りを渡った細い路地にある、とんかつ屋に入った。この店にはリハビリの帰りに何度か来たことがあった。古い民家のような建物で、中に入ると磨かれた木のカウンター席があって、職人さんがキャベツを切ったり、とんかつを揚げる姿が見える。

二人は奥にある座敷にあがった。靴を脱いでいると、彼女は大きなボストンバッグを畳の上にドスンと置いて、「美味しそうな、アブラのニオイがする」と言って座布団に座った。さっきから方言もまじっているみたいだが、ずいぶんおかしな物言いをする娘だと田野は思った。

割烹着を着たおばさんが、お茶とおしぼりを持ってきた。二人はロースかつ定食を頼んだ。

「きみは何歳なの？」

「二十四歳です」

「二十四歳って、おれと三つしか違わないの、もっと若く見えるけど」

「そうなんです。やっぱそう見えるか。本当は十九歳なんです。世の中、はたち超えてないと、いろいろ面倒でしょ。そうするとお兄さんは二十七歳か、名前は?」

「田野、田野正平。きみは?」

「モモです」

「モモ?」

「うん」

「あだ名?」

「違う。漢字の百が二つでモモです。名字が百々《もも》」

「本名?」

「うん。本名」

「出身は?」

「九州、福岡」

「下の名前は?」

「下の名前はダサいから、訊かんで」

「モモモモ子とか?」

「それ、つまらん。モモでいいから」

彼女は一年前の、十八歳のときに福岡の実家を出て、三ノ輪のパチンコ屋で働きはじめた。

半年間は南千住にある寮に住んでいたが、店に来ていた客の男と知り合って、彼のアパートに転がり込んだ。男は最初、不動産の仕事をしていると話し、羽振りがよさそうだったが、ふたを開けてみれば、無職で借金まみれだった。さらに男の借金の肩代わりをさせられそうになったので逃げた。次に浅草のキャバクラで働きはじめ、そこでタレント斡旋業の男と知り合った。タレント斡旋業といっても、ソープランドなどの風俗店に女性を派遣するのが男の仕事で、ただの女衒《ぜげん》だった。ひと月くらい彼の家に転がり込んでいると、男はドメスティックバイオレンスの気があり、彼女を吉原に売りとばそうとした。身ひとつで男から逃げ出して、キャバクラの同僚の家に転がり込んだ。次に出会ったのは、友達と日比谷のクラブに遊びにいってるときにナンパしてきた男で、とにかくお金を持っていた。詐欺をしていたらしいのだが、どんな詐欺をしていたのか、わからなかった。彼女は、キャバクラを辞めて月島にある彼のマンションに転がり込んだ。二ヶ月、仕事もせずに贅沢をさせてもらった。しかし先日、他の女ができたから出て行けと言われ、追い出された。

田野は彼女の男運の悪さに呆れていたが、彼女はやはりあっけらかんとしたものだった。

「まあ、本当は、あいつのカードを勝手に使って、ネットでやたら買い物しとったのがバレて、追い出されたんだけどね。買ったバッグとかアクセサリーとか全部置いていけって言うとよ。だから荷物、これだけ」

彼女は畳の上のボストンバッグを指さした。

「あいつは詐欺やっとるんよ。そんなんで儲けた金なんだから、ケチケチするなっての。あいつ、そのうち捕まるよ」

モモは東京に出てきてからの、たった一年を、ずいぶん濃密に過ごしていた。自分の話が終わると、田野さんは何をしてるのと訊かれた。田野は、漬け物の配送の仕事をしていて、最近交通事故にあい、仕事を休んで、今はリハビリ中だと話した。

「じゃあ、暇な人なんですね」

あっさり言われてしまったが、その通りだった。モモの話を聞いた後に自分のことを話したら、やたらと薄っぺらな人生に思えた。

ロースかつ定食が運ばれてきた。モモは「いただきます」と言って、田野に一礼をしてから食べはじめた。

「なんだぁこれ！　このとんかつ、柔らかくて、美味しい」

キャベツを二回おかわりして、ごはんもおかわりした。冗談かと思っていたが、ポテトチップスしか食べてないのは本当のようで田野は自分のとんかつを二切れあげた。モモは「ありがとう」と言って、平らげた。食べている最中は、ほとんど会話もなかった。彼女は「おいしかった。ごちそうさまです」と手を合わせ、お茶を飲んでいたが、田野はまだ食べ終わってなかった。

「リハビリって大変なの？」

「たまに首が動かなくなるんだよ。それ治してんだよ」

「じゃあ、ご飯食べさせてもらったお礼に、あとでマッサージしてあげる。あたしマッサージ上手いの。前の男は、自分がマッサージして欲しいからって、学校通わされた。すぐやめちゃったけど」

とんかつ屋を出て二人は近辺をうろうろした。湯島の駅を通り越し、路地に入ると、長い石段があって、のぼってみると湯島天神の境内に出た。田野は彼女に十円玉を渡した。彼女は十円玉を賽銭箱に投げて手を合わせたが、お参りし終わると、「ここ学業の神様らしいけど、学業を放棄した人間には、ご利益あんのかな」と言った。

境内を歩いていると、モモは「あっ、これやってみたい」とプラスチックで囲われた透明な箱を指さした。中にはミニチュアの獅子舞がいて「おみくじ」と書いてある札があった。田野は百円玉二枚を渡した。彼女が金を入れると、箱から、かすれたような祭り囃子が流れはじめ、獅子舞がカクカク動きだした。

「ちょっと、ししまーい、これ、動きが、変」

彼女はお腹を抱えて笑いだした。田野には、なにがそんなにおかしいのかわからなかった。祭り囃子が止まると獅子舞は、ミニチュアの鳥居の向こうから丸まったおみくじをくわえてきて、手前にある穴の中に落とした。モモが出てきたおみくじを取り出し、ひらくと大吉だった。しかし彼女は、「あたしが、大吉ってのもね。やっぱ信用できんよ、おみくじ」と、くしゃくしゃにしてコートのポケットに突っ込んだ。

湯島天神を出ると、モモは「あー重い。重いなあ」と、左の肩から、右の肩にボストンバッグを持ち替えた。田野が「持ってあげようか」と言うと、「リハビリに持たせられんやろ」と言った。

二人は湯島の坂の上を歩いていた。

「それよりマッサージしてあげたいんだけど、どこか良い場所ないかな」

坂の途中にラブホテルが見えた。モモの目線は、そこを見ていた。

「入ろうか」

田野が言うと、モモは笑顔でうなずいた。もしかしたら、美人局《つつもたせ》で男がやってくるかもしれないと心配してみたが、これまでのことを考えてみれば手が込みすぎていて、そんなことはないように思えた。それに今の笑顔に嘘なんてないと田野は感じた。

フロントにある部屋選びのパネルを見ると、ほぼ満室だった。こんな昼間から、どのような人が使用しているのだろうか。以前友達が上野でホテトル嬢を呼んだら、夕飯の買い物帰りのおばさんみたいな人がやって来たという話を思い出した。彼女のバッグには実際に長ネギが飛び出していたらしい。

「どの部屋がいいかな」

モモが言うので、田野は「どこでもいい」と答えた。

「なら、これだな」とモモはパネルのボタンを押した。

窓口で鍵を渡され、エレベーターで三階に上がった。部屋の天井はブルーライトで照らされていて、ゴミみたいに蛍光シールの星が光っていた。壁にはペガサスの絵があって、その下に大きなテレビが置いてある。タバコ臭かった。

「うつぶせになって」

モモが言った。田野はベッドで横になった。

彼女は田野の首に手をあてた。一時間くらいだろうか、首を集中的に、その後、全身を揉んでくれた。田野はうとうとしていた。モモは自分で言っていた通り、マッサージが上手だった。

「そろそろ終わるよ」

田野の背中をモモが叩いた。田野は振り向いて「ありがとう」と言った。

「どういたしまして」

モモの額は汗ばんでいた。「あのね、実は、あたし三日間お風呂に入っとらんけん、入ってくるね」と言った。

田野がうつぶせのままでいると、風呂場から鼻歌が聞こえた。しばらくすると田野は眠っていた。どのくらい眠ったのか、気づくとモモは横で寝ていた。ガウンを着て背中を向けていた。タオル地のガウンから尻が盛り上がっていた。テレビはつきっぱなしで、時計を見ると夕方になっていた。

便所に行こうと立ち上がると、首が横向きになって動かなくなっていた。せっかくマッサージをしてもらったのに、うつぶせのまま眠ってしまったのがいけなかったのかもしれない。

便所から戻って、ベッドにあぐらをかき、横向きでテレビを見ていた。芸能ニュースのコーナーがはじまり、見覚えのある女性が映った。それは二ヶ月前、田野の軽トラックに追突してきたセレブタレントだった。彼女は新作ヨーグルトのキャンペーンガールをやっているらしく、インタビューに答えていた。

「わたしは毎朝、ヨーグルトを食べてます」

そう言って、ニッコリ微笑んだ。

「それが美容の秘訣でしょうか?」とレポーターが訊く。

「そうですね。ヨーグルトですね」

「いつ見てもお肌キレイですもんね」

「ヨーグルトのおかげですよ」

ふたたび明るい微笑。女の着ていた白いワンピースは、胸の部分がぱっくり開いて、ヨーグルトのおかげである白い肌があらわになっていた。

田野は事故を起こされたとき、彼女が電話をしていた後ろ姿やパンティーのラインがくっきり浮かんでいた尻を思い出した。そして横で寝ているモモの尻に手を伸ばし、ゆっくり揉みはじめた。モモは目を覚まして、振り向き、寝ぼけ眼で、「あらら」と言った。

田野は揉んでいた手を止めた。「あらら？」モモは微笑んで、うつぶせになり、自分で尻を突き出してくれた。田野はまた尻を揉みはじめた。彼女の尻は、若いからハリがあった。今揉んでるこの尻は、あの女よりも数段素晴らしい気がしてきた。モモはだんだん身をよじらせた。背中が蛇のようにうねりだす。田野はガウンの中に手を忍ばせた。モモはパンティーを穿いてなかった。すべすべの尻を丹念に撫でまわす。そして肝心な部分を触ると、濡れてきた。田野は勃起していたが、首は横を向いたままだった。彼女はキスを求めてきた。田野は横向きのままキスをした。座ったまま、うつぶせになった彼女の尻を触っていたので、首は曲がっていたが、キスするのは難しくなかった。しばらく身体をまさぐり、ペニスを尻になすり付けながら、ベッドの上にあるコンドームに手を伸ばした。首は横向きだったので、コンドームをつけるのに難儀した。モモは田野の顔と体の向きが変てこなことに、気づいてはいないようだった。

最初は正常位だったが、首が曲がったままだったので、まるで彼女の顔をさけながら、行為をしているようで、もうしわけなくなり、後背位に体位を変え、田野はテレビを見ながら腰を動かした。アフリカのどこかの国で紛争がはじまったというニュースが流れていた。そして田野は果てていった。

しばらく二人でベッドに寝転がっていた。田野は仰向けの状態で、顔だけ横向きだった。

「お腹すいたな」

モモが言った。

「どこか食べにいく？」

「でも、ここ出たら、あたし、今晩、行くとこない」

「泊まっちゃおうか？　ここ出前頼めるみたいだけど、ピザでも頼む？」

「うん」

田野はフロントに電話をして、泊まることを伝え、ピザを頼んだ。受話器を置くとモモが不思議そうな顔をして田野を見ていた。

「あれ？　首、なんか変だけど」

「動かない」

「また揉もうか？」

「いや、とりあえずシャワー浴びてくるよ」

田野は風呂場に入って、首にシャワーの湯を当てながら自分で揉んだ。部屋に戻ると、彼女はベッドに座ってテレビを眺めていた。

「だいじょうぶ？」

「ほら、動くようになった」

田野は首をゆっくり、まわして見せた。

「でも、ちょっと揉んであげるよ」

田野はベッドのへりに座った。モモは背後から田野の首を揉みだした。気持ちよかった。毎晩こんな風にしてくれる人がいたら、もっと早く治るような気がした。

部屋の呼び出しベルが鳴って、出前で頼んだピザが来た。田野は冷蔵庫からビールを出して飲み、モモはコーラを飲んだ。二人はテレビを見ながら、ベッドの上でピザを食べた。

「田野さんは、いつから、仕事に戻るの？」

「来月くらい。それまでに首、治ってくれりゃいいんだけど」

「あたしも、どうしようかな」

「ほんとうは、なんかやりたい仕事とかあるの？」

「ないんだよね。それよりも、なんで人間はお金を稼がなくちゃならんのかな」

セレブタレントだかイメージの商売だか知らないが、「朝はいつもヨーグルトです」と言って笑ってるだけで、お金をもらえる人がいるのに、自分やモモはなんなのだろうかと、田野は思った。

流れっぱなしのテレビはグルメ番組をやっていて、レポーターがすっぽん料理の店を紹介していた。そこは浅草寺裏の千束にある店だった。すっぽん料理のコースは、まず血をリンゴジュースで割ったものが出され、金色の丸い卵が出て、唐揚げ、そして鍋になった。レポーターの女性がすっぽんをほおばりながら、「コラーゲン凄いです。食べながらも、お肌が、ぴっちぴっちになってくるような気がします」と言っていた。鍋の中は、黄金色の透明なスープが煮立っていて、表面では、焦げ目がついた丸太状のネギが浮かび、グツグツ踊っていた。

「田野さん、すっぽん食べたことある？」

「ないよ」

レポーターの女性が、「もちろん、〆《しめ》はこれですよね」と言って、残った汁にご飯を入れ、溶き卵を落とした雑炊を、おたまですくった。

「美味しそう」

ため息まじりにモモがつぶやく。レポーターの女性は、「では、このすっぽん料理のお値段、おいくらだと思いますか？」と言った。

「五千円」

すかさずモモが答えた。

「一万はするんじゃないの」

田野が言った。すっぽんコースのお値段は一万八千円だった。

モモが「そうだ！」と大きな声を出した。

「あたし子供のころ、土浦に住んでいたことがあるの」

「茨城の土浦？」

「うん。霞ヶ浦があってね、小学校の三年生のときなんやけど、親が離婚した直後、あたし土浦のおばさんの家に預けられとったと。それで思い出した、霞ヶ浦に、すっぽんがいたよ！」

モモがなにをそんなに興奮しているのか、田野にはわからなかった。

「だから、なんなの？」

「すっぽんいるよ。霞ヶ浦。すっぽん。一万八千円だよ。二十匹捕まえたら、いくらよ？四十万円くらいになるでしょ」

「でもそれは、料理したすっぽんのコースが一万八千円だろ」

「でもさでもさ、だったら五千円くらいで売れるんじゃないかな」

「いやあ、どうだろう」

「じゃあ三千円くらい？」

「わかんねけど」

「わかんなくないよ。それでも二十匹捕まえたら、六万円だよ」

「まあ、そうだけど」

「捕りに行きましょう」

「すっぽん？」

「霞ヶ浦、行こうよ明日」

「だって田野さん、暇でしょ。六万よ。五十匹捕まえたら、十五万ですよ」

「明日？」

そんなにうまく行くはずがないだろう。でも明日の朝になって、あっけなくモモと別れるのも、なんだか寂しい気もした。田野は「行ってみようか」と言った。

「じゃあ明日は早起きだ。六時くらいに起きるよ。あたしは明日に備えて、映画でも観るかな」

彼女は、ケーブルテレビで魔女が抗争をする映画を見はじめた。どのように備えているのかわからなかったが、田野は途中で眠ってしまった。

アラームが鳴って田野は目を覚ました。モモはまだ眠っていた。田野の首は横を向いたままになっていた。風呂場へシャワーを浴びにいった。床にしゃがんで曲がらなくなった首に手をあてて揉んでいた。十分くらいして、ようやく首が動き出すとモモが裸で入ってきた。

「おはよう。ねえ、シャワーいい？」

モモはシャワーを浴びはじめた。田野はスケベ椅子に腰を下ろし、ちょうど目の高さの彼女の尻と、したたる水滴を見ていた。それから手を伸ばし、揉みはじめた。しばらくそうしていると、手をつかまれた。「終わり。すっぽん捕まえて、食べて、精力つけてから」とモモが言った。

ホテルを出て上野駅まで歩いた。仲町通りを抜けていくと、頭上にはたくさんのカラスが飛んでいた。酔っぱらった黒服のホストがゴミ箱を蹴り飛ばしていた。よれよれのスーツ姿で正体のなくなったようなおっさんが、二人の中国人ホステスに肩を組まれて歩いていた。田野とモモがコンビニエンスストアに寄って、おにぎりとお茶を買っていると、スーツのおっさんも入ってきて、中国人ホステスにはさまれ、キャッシュディスペンサーの前に立たされていた。

七時前だったが、駅構内はすでに混んでいた。モモはボストンバッグをコインロッカーに預けた。時刻表を見ると、七時三分発の常磐線があった。田野が切符を買って、二人はホームのベンチに座って、おにぎりを食べながら電車が来るのを待った。

「帰ってくるときは、お金持ちだ。切符代とか、ご飯のお金とか、すっぽんが売れたら返すから」

「そんなのは別にいいけどさ、どこに売るのすっぽん？」

「昨日テレビでやりよった店に行かん？　あたし浅草で働いてたから、あの店、だいたいどの辺かわかるよ」

二人は電車に乗り込んでボックスシートに座った。電車は動き出した。

「すっぽん売って、そのお金で、すっぽん食べて、それで、どこか泊まって、これを繰り返せば、働かなくていいね」

「繰り返していたら、それが仕事になるよ」

「あっそうか」

モモがかつて住んでいた南千住の駅を通過して、常磐線は、亀有、金町、松戸、我孫子、天王台、取手、牛久、と駅名では、どんな場所だかわからないような、なんだか哀愁の漂うところを通り過ぎ、一時間ぐらいで土浦駅に着いた。

駅は西口にショッピングモールがあって、東口を出ると県道があり、しばらく歩くと霞ヶ浦がひろがる。駅は、通勤、通学の時間帯で人が多かった。

二人は、ひとまずショッピングモールにある喫茶店に入った。田野はコーヒーを、モモはココアを頼んだ。

「おばさんの家はどこら辺なの？」

田野が訊くと、

「おばさんは、もうおらんよ」

「引っ越したの？」

「死んだの。おばさん、この街でスナックをやりよっちゃけど、客同士が喧嘩をして、片方の客が灯油をぶちまけて、お店に火を放ったとよ。それに巻き込まれちゃったのよ。新聞とかにもたくさん出たから、ここら辺の人は、みんな、その事件知っとうよ」

「どのくらい前？」

「五年前。あたしが福岡に戻ってから、おばさんはスナックはじめたんだけど、したら、すぐにそんな事件が起きたとよ。お店開店して三日目くらいだった。開店祝いの花輪も燃えちゃって」

「なんか、凄まじい事件だな」

「そうなんよ。おばさんは、お母さんの妹で、最初の旦那が水戸の人でね、そこに移り住んだのよ、したら離婚して、次に知り合った男と土浦に来たとよ。この男がまたろくでなしで、覚醒剤中毒で捕まって、その後、あたしが世話になったんだけど。とにかく、お母さんも離婚してるし、あたしの男運の悪さは、これ、母方の血なのかもしれんね」

それにしても次から次に、モモの口からはずいぶんとハードでヘビーな話が出てくるのだが、あいかわらず、あっけらかんと、このようなことを喋る。田野は「でも、まだ十九歳でしょ、まだまだ、わかんないよ」と言ったものの、自分ごとき首のまわらなくなった男が忠告できる立場ではないと思った。

「そうかな。あたし半ば諦めとうもん。男ってのは、ろくでなしばっかやろ？」

「まあ、そうだよな」

「でも田野さんは違うよ。たぶん違うと思うとよ」

「いや、おれも、そっちの部類だよ」と田野は言ってみたが、モモの口から出てくる男たちと比べれば、自分はマシな方に思えた。

モモはココアを飲み干して、「さて、そろそろすっぽん探しに行きますか」と言った。

「でもさ、すっぽんて、どうやって捕まえるの？　嚙まれたら、指ちぎれるまで離してくれないんでしょ」

「だいじょうぶよ、そこは考えとうから。大きなバッグ買って、それで、パカっとかぶせて、くるっと反対にすんのよ」

「そんな簡単なもんなの？　そもそも、すっぽんいるのかな」

「いまから、そんな弱気じゃ駄目だよ」

田野とモモは、店を出て霞ケ浦に向かった。駅の東口を抜けて、県道に出ると砂利を積んだダンプカーが走っていた。十分ほど歩くと土浦港に出て、船着き場があるコンクリートの堤防が見えてきた。後ろを振り返ると山が見える。あれは筑波山だとモモが教えてくれた。

港の堤防には、人がずらっと並んでいて、釣り糸を垂らしていた。船着き場には大きな観光遊覧船が停泊していて、乗り場の小屋の屋根には「ジェットホイルつくば」「船長の名物生ガイド」と看板が掲げてあった。観光船のわきには、どういうわけかメルセデスベンツのマークがある。

「あれ、乗ってみたいな」

モモは言ったが、乗り場の切符売場の窓口には人がいなかった。モモは、釣りをしている黄色い野球帽をかぶった爺さんに近づいていき、「あの船は、いつ動くんですか？」と訊いた。おっさんは、「今日、平日だろ、お客さん、いねえから、動かねぇよ」と答えた。

「乗りたかったな」

「休日だとよぉ、ほら小屋の屋根にでかいスピーカーがあるだろ、あそこから呼び込みの放送が大きな音で流れてよ、うるせぇんだ。ドイツ、メルセデス社がどうのこうの、予科練がどうのこうのって、ずっとテープが流れてるのよ」

「メルセデスって、船にマークありますよね」と田野が言った。

「あの船、エンジンをメルセデスから取り寄せたんだってさ、ドイツの」

船にはメルセデスの高級感といったものはまるでないし、よく見ればマークは手描きみたいで、ところどころ錆びついていた。

「予科練ってのは?」田野が訊いた。

「予科練は、予科練だよ。予科練があったんだよ、あっちの方に。ほら、見えんだろ建物が。今は自衛隊になってっけどよ。予科練だったんだよ、あそこは」

「ヨカレンてなに」

モモが言った。

「あんた予科練知らねえの?」

「はい。ヨカレン?」

「予科練てのはよ、戦争中、あそこで、海軍の兵隊さんが飛行機の訓練して、特攻隊になったんだよ」

「特攻隊は知ってるよ」

「そうだよ。あそこで練習して、特攻隊になって、鹿児島の方行って飛んで行ったんだよ。いまむこうに記念館があってよ、特攻する前の兵隊さんの手紙とかあるから、行って、勉強して、泣いて、お祈りしてこいって」

爺さんは煙草に火をつけた。よく喋る人だったが、まだ喋り足りないらしく、こっちをちらちら見て、なにか訊いてくれといった感じでいる。「おじさんは、なにを釣ってんですか?」とモモが訊いた。

「ワカサギだよ。向こうの方の奴らは、ブラックバスだよ。でも最近、アメリカのナマズが増えてよ、それが、ぜーんぶ食っちまうんだよ。そのうち、ゼーンめつだ。霞ヶ浦、ナマズだらけだ。でもってよ、アメリカのナマズは、食うモノがなくなったら、今度は仲間同士で食い合うらしいぞ。したら、ナマズもゼーンめつだ」

「霞ヶ浦、生き物、いなくなっちゃうじゃないですか」

「そうだ。ゼーンめつだよ。ほら、あっちの方に船出てんだろ、あれはな砂利船よ。底の砂利を取ってんだ。そんで、ほら、あっちの方に、砂利の山があるだろ、あれがコンクリになるんだ。だからニッポンの建物の、ほとんどが霞ヶ浦の砂利からできてんだぞ」

とにかくよく喋る爺さんだった。田野はそろそろ立ち去りたかったが、爺さんは止まらない。

「だからな、あの山が低いときは、ニッポンの景気が良くてよ、あの山がでっかくなると、ニッポンの景気が悪いってことなんだ。んでもって、今は、見てみろ、山が高いから景気が悪いんだ。いずれあの山も筑波山くらい高くなっちまってよ。ゼーンめつだ。ニッポン、ゼーンめつだ」

爺さんは得意げな顔をして、煙草の煙を吐きだした。

「でもよ、コンクリが駄目になってもよ、霞ヶ浦はレンコンの産地だからな、レンコンがある限りだいじょうぶだ。あっちの方なんて、すげえぞ、家はみんなレンコン御殿だぞ、屋根の瓦なんてぴっかぴかでよ。宮大工じゃなきゃ作れねえような家ばかりだ」

モモは爺さんの話をさえぎるように、「あの、レンコンはわかったんですけど、ここら辺で、すっぽんは捕れますかね？」と訊いた。

「へ？　すっぽん？　すっぽんは、たまに釣れることもあっけど、あんま見かけねえな。すっぽんだったら、ここよりも向こうの桜川の方なら、いるかもしんねえけど。なんだい、あんたらすっぽん捕りたいの？」

「はいそうなんです」

「はい、そうなんです、って言ってもよ、そう簡単に捕れるもんじゃねえぞ」

爺さんは煙草を地面で揉み消し、「すっぽんか、すっぽんなぁ」とつぶやいている。このままだと、まだ話に付き合わされそうなので、田野は「ありがとうございます」と言って、その場を後にした。

「絶対におるよ、すっぽん、川の方、行ってみよう」

モモは息巻いて歩いていた。県道をノーヘルメットで二人乗りしたスクーターが、ビリビリとマフラーから大きな音を立てて走っていった。それを見て、田野はずいぶん田舎に来てしまったと思った。橋が見えてきて、左側に、ふたたび霞ヶ浦がひろがった。

橋の上にさしかかると、モモは「わかった！」と大きな声を出し、向こうの方に見える青い鉄橋を指さした。

「あの鉄橋のあたりだ。子供のころ、あそこですっぽん見たんよ！」

モモは走り出し、信号機も横断歩道もない県道を横切ろうとした。鉄橋の上は電車が走っていた。田野もモモに続いて県道を渡りはじめたが、やってきたダンプカーに大きなクラクションを鳴らされ、「馬鹿野郎、死にてえのか！」と怒鳴られた。

青い鉄橋の下は、橋ゲタの下のコンクリートの土台が水面にむきだしになっていた。川は浅かった。周辺の土手には短い雑草が生えていて、ところどころ黄色い花が咲いていた。

川沿いの土手を歩きながら、「そうそう、おばちゃんと住んでいたアパートも、ここの近くだったよ」とモモが言った。向こうの方から釣り竿を持ったおっさんが歩いてきた。土浦には田野と同じような暇人がたくさんいるのか、平日の昼間なのに釣り人がやたらいるのだった。

「あのあの、おじさん」

「へ？」

「すっぽん。ここら辺ですっぽん捕れませんか？」

モモはおっさんに話しかけた。

「すっぽん？」

突然話しかけられたおっさんは素っ頓狂な声を出したが、「すっぽん。すっぽんならさっき、あそこにいたよ」と鉄橋の下のコンクリの土台を指さし、「そのうち、また出てくるんじゃねえか」とおっさんは言って下流の方に歩いて行った。

「ほら、やっぱすっぽんいるよ」モモが言った。

「出てくるかね」田野が言った。

「出てくる。絶対出てくるって、出てくるまで待つ」

「日が暮れちゃうかもよ」

「したら田野さん、ちょっと散歩してきていいよ、あたしここで見張ってるから、捕まえたら入れるものないから、バッグとか袋を買ってきてくれる？」

散歩といっても、この街に、なにがあるのかよくわからなかった。田野はとりあえず駅に向かった。そこですっぽんを入れる袋を探すことにした。しかし、すっぽんなんて、どうせ捕まえられないだろうと田野は思っていた。ただモモにつきあっているだけの気分だった。

田野は、半年前に二年間付き合っていた彼女と別れた。彼女は電気会社の派遣社員で事務職をやっていた。最初はいろんなところに遊びに行ったが、そのうちデートは近所の中華料理屋で飯を食って、田野のアパートに戻って寝るだけになった。将来の夢やたいした趣味もなかった田野に対して彼女は、だんだん不満を言い出した。「わたしとのこと真剣に考えてるの」「将来、どうするつもり?」「このまま、同じ仕事を続けるつもり?」。田野は変化なんて求めてなかった。ただ目の前に起きたことをやり過ごしていくのが人生だと思っていた。

しかし昨日、モモと会って、自分が少し変化している感じがした。ワイルドサイドばかり歩いているようなモモの話を聞いて、自分の人生は世界の端っこのものすごくつまらないところにあるように感じていた。

駅のショッピングモールは朝に来たときとはまったく違う様子だった。違う場所かと思えるくらい人がいなかった。田野は駅前のデパートに入って、雑貨屋を見つけ、白いトートバッグを千円で買った。可愛らしい猫のキャラクターの絵があるものだった。それから地下の食品売り場で、幕の内弁当二つとお茶を買って川に戻った。

モモは雑草を片手でむしりながらさっきと同じ場所に座っていた。田野が戻ってきたのに気づくと、ゆっくり振り返って「おかえりなさい」と言った。すっぽんは現れていなかった。田野は買ってきた幕の内弁当を渡した。二人は土手に座って、川を眺めながら弁当を食べた。

上空からヘリコプターの音が聞こえてきて、見上げるとけっこう低空を飛んでいた。ヘリコプターは予科練のあった自衛隊の方へ飛んで行った。二人は、たわいもないことを喋ったり弁当を食い終わっても、すっぽんは現れなかった。

しながら、じっと待った。

モモが田野の首を揉んでくれた。田野はゆっくり目を閉じた。霞ヶ浦のどん詰まりの、生ぬるい空気が吹きだまったようなこの街で、自分たちが置いてきぼりになっている気分になっていった。さっきダンプカーの運転手に「死にてえのか」と怒鳴られたことを思いだした。死にたくはなかった。でも死んでしまっているような気もした。首を揉んでくれているモモの手だけが、生きているようだった。

向こうの土手を数人の子供が自転車で走っていた。

「あっ！　あらら！」

モモが叫んだ。目を開けると、鉄橋の下のコンクリートの土台に、同じような色のすっぽんがいた。すっぽんは首を伸ばし、空をあおぐようなポーズをとっていた。遠目ではあったが、大きなスッポンで、二十センチくらいはありそうだった。

モモは靴を脱いで、ストッキングのまま浅い川の中をジャボジャボ入って行った。

「ふくろ、ふくろ！　田野さん、すっぽん入れるふくろ！」

田野も靴を脱いだが、モモに急かされ、靴下を穿いたまま川の中に入って行った。

モモはすっぽんの後ろにまわり、両手を伸ばして捕まえ、素早く持ち上げたが、「わー、どうしよう、どうしよう。持てん、気持ち悪い」と手を離しそうになり、すっぽんも驚いて、激しく首を動かしている。

「田野さん、すっぽん気持ち悪い、持って持って」

モモは田野にすっぽんを差し出した。それを受け取ろうと、手を伸ばした瞬間、すっぽんに指を嚙みつかれた。

「ぐわっ！」

田野は叫んだ。すぐに手を引いたが、指の先にはすっぽんがぶら下がっている。

「痛たたたた」

すっぽんは嚙んだら指を食いちぎるまで離さないということが頭をよぎる。この街で死んでしまっているような気分、などという悠長な気分は一気に飛び散って、さっきまでの生ぬるい空気が凍りついた。

モモはすかさず大きな石を拾って、田野の指にぶら下がるすっぽんの尻を持ち上げ、鉄橋の柱に押さえつけて、石ですっぽんの背中を叩きつづけた。すっぽんは田野の指に嚙み付いていたが、甲羅が割れて内臓だかなんだかわからないものが飛び出てきて、嚙んでいた指を離して下に落ちた。すっぽんはまだ動いていたが、モモはさっと拾い上げ、田野の買ってきたトートバッグの中に入れた。

田野の指からは血がぽたぽた垂れていて、川に流れていった。

すっぽんの生命力は凄まじく、トートバッグの中でまだ動いていた。するとモモはトートバッグの取っ手を両手で持ち、野球のバットをスウィングするように、鉄橋の柱に何度も叩きつけた。「くしゃっ、くしゃっ、くしゃっ」、鈍い音がトートバッグの中から聞こえてくる。モモは凶暴性が一気に沸点に達したみたいな目をしていた。

ようやく動きを止めたモモは、肩を落とし、息を荒くしながら田野を見た。トートバッグの中で、すっぽんはもう動かなくなっていた。

「指、もげとらんよね？」

田野は血の出ている指を見せ、「もげてない」と言った。

「うわっ、でも血が」

そう言いながら、モモの手にした白いトートバッグも、すっぽんの血で滲んでいた。キャラクターの猫も真っ赤に染まっていた。川面に白くて丸いかたまりが浮かんでいるのが見え、二人の間を流れていった。腐ったレンコンだった。

土浦駅に向かう途中、ドラッグストアに寄って、消毒液と絆創膏と包帯を買った。モモは大きなビニール袋も貰った。電車に乗るのに血の滲んだトートバッグは、さすがにまずいと、ビニール袋の中にトートバッグを入れた。

近くのコンビニの駐車場で、田野は傷口に消毒液を吹きかけ、絆創膏を貼り、その上から包帯をきつく巻いた。濡れた靴下を脱いで、コンビニのゴミ箱に捨て、裸足で靴を履いた。モモのストッキングも濡れていたが、「すぐ乾くから」と、そのまま穿いていた。

駅の時刻表を見ると上野行きの電車は一〇分後にやってくる。二人はホームのベンチに座って電車を待った。

「指、だいじょうぶ?」

「もげてないから、だいじょうぶ」

包帯をきつく巻きすぎたのか、田野の指は、血管がどくどくと脈打っていた。

「すっぽん、どうなっちゃってる?」

田野はモモの持っているビニール袋を包帯の指でさした。

「見るの気持ち悪いよ」

「売れるかな。ぐちゃぐちゃでしょ」

「だいじょぶ。鍋にするときは、どうせ潰すでしょ」

「昨日見たテレビではさ、すっぽんの血をリンゴジュースで割ってたろ」

「トートバッグ搾《しぼ》れば、血、出るでしょ」

電車に乗ると、モモは田野の肩に寄りかかってきて、すぐに眠ってしまい、すっぽんの入ったビニール袋を床に落とした。田野が拾ってビニール袋の中をのぞくと、白いトートバッグは真っ赤になっていた。暖房のよく利《き》いた車内で、死んでしまったすっぽんのことを考えていた。そして、なんだか自分達が心中に失敗して帰路についているような気分になった。すっぽんの入ったビニール袋を膝の下に置き、柏を過ぎたあたりで眠ってしまった。目を覚ますと電車は江戸川の橋を渡っていて、陽はとっぷり暮れていた。

二人は南千住で電車を降りた。モモは「南千住は嫌な思い出ばかりだ」と言って早足で歩いた。日本堤を抜け、吉原を横目に、千束通りに出た。田野はモモが「フーゾクで働こうかな」と言っていたのを思い出した。

テレビに出ていた浅草寺裏のすっぽん屋はすぐに見つかった。モモは近くの焼肉屋に何度か来たことがあって、だいたいの場所は見当をつけていた。まだ準備中の札がさがっていて、暖簾《のれん》もかかっていなかったが、モモは躊躇なく店の中に入っていった。

中では若い板前さんが仕込みをしていた。鍋の出汁をとっているのか、店内は蒸気で湿気っていて昆布や生姜の良い匂いが漂っていた。

「あの、すみません」

モモが言った。

「はい。ご予約の方ですか？」

「いえ違うんですけど」

「店、六時からなんで、あと三十分くらいしたら、いらしてもらえますか」

「いや、あの、すっぽんをですね、持ってきたんですけど」

「はっ？」

「すっぽんを捕まえてきたんです」

厨房の奥にいた頑固そうな年配の板前さんが出てきた。

「どした？」

「すっぽんを持ってきたって言ってます」と若い方が言った。

「なに？」

「すっぽんです」

モモはビニールの袋の中からすっぽんの入ったトートバッグを取り出し、カウンター越しに差し出した。年配の板前さんが受け取り、中を覗いた。

「なんだ、これ？」

「すっぽん。天然もんです」

若い方も横から覗いた。

「うわっ、なんだこれ」

「すっぽんです」

「酷いな、これ」

「霞ヶ浦産です。買ってください」

モモが言った。

「これは無理だよ。うちは養殖のすっぽんだからね」

「えっ、天然じゃないんですか」

「すっぽん出す店は、ほとんど養殖もの使ってるよ。天然もんは泥を吐かせたりして、時間がかかるしさ、養殖の方が臭みはないし、肉が柔らかくて美味いんだよ」

田野はモモの後ろで黙って突っ立っていた。

「でも買ってもらえないでしょうか」

モモは食い下がった。

「無理だよ。タダで貰っても店で出せないし、捨てるだけだ」

「捨てるなんて酷いじゃないですか、せっかく苦労して捕ってきたのに」

「そんなこと言われてもさ」

「酷いじゃないですか！」

モモの両手は握りこぶしになっていた。

「あのさ、おれたち、仕事あるから」

「すっぽん無駄死にじゃないですか！」

「無駄死にさせたの、あなたでしょ」

「それを無駄死ににさせんくするのが、あんたらの役目やないと！」

「うるせえな、出てけよ」

田野はモモを店の外に連れ出そうとした。

「おいおい、こんなもん置いてかれても困るんだよ!」、鋭い声がした。

「すっぽんで商売しよっとやろが、こんなもんて、なんば言いよっとか!」

田野に引っ張られながら、モモは叫んだ。

「せっかく、捕ってきたのに」

モモは「悔しか」と言って、目を潤ませていた。

二人は言問通りを入谷方面に向かって歩き、途中にある食堂に入った。瓶ビールと野菜炒め、たまご焼きとサバの塩焼きを頼んだ。モモは、コップの水を飲み干して、瓶ビールをコップに注いで飲み、サバの塩焼きを箸でつまんだ。

「サバ美味しか」

モモはすっぽん屋の出来事などすっかり忘れてしまったように、あっけらかんとしていた。田野は昨日とんかつを一緒に食べたのがずっと前のことのように思えてきた。便所に立った。色々なことがあって、疲れが出たのか神経的なものなのか、なんだか腹の調子が少しおかしかった。和式の便器にまたがると大きな屁が出た。しばらく力んでみたがやはり屁しか出なかった。

席に戻るとモモは携帯電話で誰かと話をしていた。椅子に座ってビールを飲むと、モモは電話を切った。

「田野さん、昨日から、いろいろありがとね」

「いいよ、別に。まあすっぽん残念だったけど」

「そうだよね。今度はレンコン捕りに行こうか。レンコンなら嚙みつかれんし」

「それもう泥棒じゃん。畑から盗むんだから」

「なら、大根やネギでも一緒か」

「うん。野菜泥棒になっちゃうの」

「泥棒にはなりたくなかとね」

　モモはビールを田野に注いで、自分にも注いだ。

「そんで、どうする、これから」

「いま八王子に住んでる従姉に電話したら、来ていいよって言ってくれた。従姉、八王子のキャバクラで働いとるん、お店も紹介してくれるって」

　瓶ビールをもう一本頼んだ。やはり疲れていた。アルコールのまわりが早かった。モモは酔っぱらうとすっぽん屋のことを思い出し、店に戻って、すっぽんを取り返し、自分たちで料理して食べようと言い出した。

「無理だよ、すっぽんぐちゃぐちゃだし」

「ぐちゃぐちゃだけど煮込めば一緒やろ」

「一緒じゃないと思うよ。まずいと思うよ。泥の味がするんじゃないのかな」

「泥の煮込みか」

「泥を吐かせる前に死んじゃってるしさ」

モモは少し情けない顔で、「そうだよね」と言った。

勘定を済ませて外に出ると、ものすごく寒くなっていた。もう一枚、何か羽織るものが欲しいくらいだった。寒いので、二人は無言になり、足早になっていた。上野駅に着くと、モモはコインロッカーに預けていたバッグを取り出した。

「田野さん、ありがとうね」

モモは深々とお辞儀をして、大きなバッグを肩に提げた。

「八王子まで行く金ある？」

「あっ、三十円しかない」

田野は五千円札を渡した。モモは両手で丁寧にお札を受け取ると、「きちんと返す」と言った。

「いいよ返さないで」

「返す。必ず」

「いいって」

「したら、お金稼いだらすっぽん料理おごるけん」

モモは改札口に向かった。田野は上野駅から湯島駅まで歩くことにした。首が痛くなってきた。酒を飲んで血流が良くなり指もズキズキする。モモに五千円を渡してしまい、財布にはもう五百円くらいしか残っていなかった。

モモは改札を抜けると、振り返った。「田野さん!」、大きな声で呼んだが、その声は田野に届かなかった。

田野は、あのふざけたマネージャーに電話して、もっと金をせびってやろうかと考えていた。

どろにやいと

わたしは、お灸を売りながら各地を歩きまわっている行商人です。お灸は「天祐子霊草麻《てんゆうしれいそうま》王《おう》」という名称で、父が開発しました。もぐさの葉を主に、ニンニク、ショウガ、木の根っこ、菊の葉を調合して作っています。

天祐子霊草麻王をツボに据えて火をつければ、肩こり、神経痛、リウマチ、腰痛、筋肉痛、胃腸病、肝臓病、冷え性、痔疾、下《しも》の病、寝小便、インポテンツ、生理痛、生理不順、肌荒れ、頭痛、ぼんやり頭、自律神経失調などに良いと、いろいろな効能がうたわれています。ようするに万病に効くわけですが、どのくらい効能があるかは、人それぞれで、父は生前、「信じる人ほど効くもんだ」と話していました。

天祐子霊草麻王を使用して、効果のあった場合は、感謝の手紙をよこしてくれる方もいて、父は、それらの手紙を桐の箱に入れて保管し、行商から家に戻るたびに、届いた手紙を眺めて晩酌をしていました。今でもその手紙は仏壇の前に置いてあります。

『半年以上も左肩が上がらず仕事もままなりませんでした。しかし天祐子霊草麻王さんに出会い、毎晩、据えておりましたら、一週間後に肩が上がるようになりました。これでまた仕事に復帰できそうです。助かりました。』（男性・タクシー運転手）

効果のあった人は、天祐子霊草麻王のことを、「さん」づけで呼んだりもします。

『思春期の頃から尻のイボに悩まされていました。焼いたり切ったりを繰り返してきましたが、しばらくするとイボは、またそこにできます。憎しみすら感じていました。けれども、このまえ、イボを切ってからすぐに、天祐子霊草麻王を据えました。毎日これを続け、一ヵ月経ちますが、現在にいたってもイボはでてきません。止めてしまうとまた出てくるかもしれないという恐怖はありますが、いまのところ大丈夫です。とにかくこの先は、天祐子霊草麻王と共に歩んでいこうと決めました。心から感謝いたします。ありがとうございます。』（女性・デパート勤務）

尻にできたイボなんてどうでもいいではないか、と思う方もいるかもしれませんが、他人からすれば、どうでもいいような病でも、当人にとっては悲痛な思いがあり、治れば感謝してくれる。これ人情なのであります。

『目が見えるようになりました。合掌』（男性・山梨県石和《いさわ》在住）

こちらに関しては、実際のところ天祐子霊草麻王がどこまで作用しているのか定かではありませんが、父が言っていたように、「信じる人ほど効く」ということのあらわれだろうと思います。

『海光神社の夜市で、おたくさまから天祐子霊草麻王さまを購入しました。わたくし共夫婦は恥ずかしながら、ここ二十年以上も夜の生活がなかったのです。しかし天祐子霊草麻王さまを、旦那のそけい部に据えましたところ、その夜に、旦那がわたくしをもとめてきました。性生活には枯渇し、遠い昔の絵空事と思っておりましたが、天祐子霊草麻王さまによって、新たな喜びを味わうことができました。どうもありがとうございます。』（女性・四十七歳）

このように赤裸々な便りをよこしてくれる方もいます。

『先月、天祐先生が行商にいらしたとき、寝小便にも効くと講釈をしていただき、天祐子霊草麻王さんを購入しました。あのときも相談しましたが、息子は、わたしが四〇代半ばを過ぎて産まれた子供で、翌年に旦那を亡くしたこともあり、随分甘やかして育て、小学六年生になっても寝小便が止まらずにおりました。そこで天祐先生のおっしゃっていたように、天祐子霊草麻王さんを息子の肛門と金玉袋の間（あなた様は、この部分をアリのなんたらと言っていましたが失念しました）に据えました。ビロウな話が続いて申しわけないのですが、息子には、後方でんぐり返しをする途中で止まった格好になってもらい、アリのなんたらの部分を天井に向けて突き出させ、灸を据えたのです。最初は恥ずかしいと嫌がり、泣き出した息子ですが、心を鬼にして、寝小便を治すためだ、恥ずかしがっている場合か、と怒りますと、しぶしぶではありますが従ってくれました。すると驚くことに、その晩から、ピタリと寝小便が止まったのです。これで、修学旅行で東京に行けると、息子は喜んでおります。わたしも母として、とても感謝しております。』（女性・農家）

嬉しくなる便りです。手紙の中にある天祐先生とは父のことですが、この手紙の後に、息子さんからも手紙をいただきました。それは東京タワーの絵葉書でした。

『天祐さん、こんにちは。修学旅行に行ったとき、天祐さんのお灸を持っていきました。

一日目は心配だったので、押入れにかくれて、すえました。二日目からはすえなくても大丈夫でした。でもお守りのようにして、ポケットに入れておきました。』

父は田舎の小さな村や山奥の集落まで足を延ばし、購入してくれた人のところへは、ふたたび訪ねて、お灸を据えたりしていたので、顧客が離れることはありませんでした。また香具師《やし》の組合にも入って、お祭りの市が立つと口上販売をすることもありました。

香具師は神農《しんのう》さんという医薬を司る神様を信仰しています。神農さんは薬草の効能を確かめるため、わざと変な食べ物や腐った水を飲み、腹をくだして山の中に入り、木の根や草木を齧《かじ》って、どれが効くか試されたそうです。ですから、わたしの家にも神農さんの神棚があって、子供のころから毎朝拝むのが日課でした。

行商をする以前の父は地元の川崎の精螺《せいら》工場で働いていました。ある日、仕事帰りに、多摩川沿いの波丸神社の夏祭りに立ち寄ると、夜店でお灸の実演販売をやっていて、それを見て衝撃を受けます。口上をしていた香具師が、杖をついて歩いていたお爺さんを呼び止め、足の甲にお灸を据えると、お爺さんは杖をポイと投げ、普通に歩けるようになってしまったのです。なにごとも信じやすい性格の父は、その場でお灸を購入しました。

父は三人兄妹の長男で、弟と歳の離れた妹がいました。そのころ父は十八歳、妹は九歳でした。妹は右足が不自由で、お灸は彼女のために購入したのですが、買ってきたお灸を据えても妹の足は良くなりませんでした。そこで、もっと上質なものを作ればいいのだと、お灸作りの研究をはじめました。

けれども妹に開発したお灸を据えてやることはできませんでした。彼女は、波丸神社の夏祭りから一ヶ月後、台風が関東地方を直撃した翌日に、濁流となった多摩川に流されてしまったのです。そのとき彼女は、父から誕生日プレゼントで貰った赤い長靴を履くのが嬉しくて、一人で川に行き、崩れた土手で足を滑らせ、川に落ちたのでした。

妹は亡くなってしまいましたが、意地もあったのでしょう、父は工場に勤める傍らお灸の研究を続け、三年の歳月をかけて天祐子霊草麻王を完成させます。それから工場の仕事仲間や知り合いにお灸を据えたりしているうち、よく効くと評判になり、自信をつけた父は工場を辞めて、お灸を背負って行商に出ることにしました。ちなみに天祐子霊草麻王の「祐子」の文字は、亡くなった妹の名前なのです。

ところが行商に出て在庫が無くなると、いちいち川崎の自宅に戻って天祐子霊草麻王を製造しなくてはならないので、これでは効率が悪いと、弟に天祐子霊草麻王の製法を伝授して、行商に専念することになります。そして品物がなくなると電話をかけて、次に行く町の宿へ、天祐子霊草麻王を手配してもらい、補充してまた売り歩きました。

父は、三十歳のときに岐阜の商人宿の娘と出会い、川崎に連れて帰り、一年後に子供が産まれました。これがわたしです。母は結婚当初から現在まで、叔父と一緒に天祐子霊草麻王の製造をしています。父はとにかく日本各地を歩きつづけ、川崎の家に帰ってくるのは、年に三、四回程度で、一週間もすると、また行商に出て行きました。

しかし一年前、五十七歳のときに、山陰地方の山奥の集落へ行商に行った帰り、熊に襲われて命を落とします。

遺体は地元のお爺さんが発見しました。まわりには天祐子霊草麻王が散らばっていて、父は頭を叩かれたらしく、顔が百八十度まわって背中を向き、リュックサックから飛び出した顧客名簿を咥《くわ》えていたそうです。この顧客名簿を受け継ぎ、わたしが二代目の行商人になりました。

けれども、それまでのわたしは行商をする気などまったくなく、父からも商売を継いでくれと言われたことは一度もありませんでした。

父の葬式の前日は台風が関東を直撃しました。当日は台風一過の快晴でしたが、前日の名残で斎場の近くの多摩川は濁流になっていて、同じような日に亡くなった妹の祐子さんが迎えにきているのかもしれないと叔父が話していました。

葬式が終わると叔父は、父の行商を継いでくれないかとわたしに話してきました。残った顧客名簿は、父にとっては宝物以上のものであり、どうしても身内に受け継いで欲しいということでした。

当時のわたしは、ずいぶん酷《ひど》い生活を送っていました。武田紀之という中学時代からの悪友と遊んでばかりで、昼間は武田の実家が経営する堀之内のソープランドに行き、別に働いているわけでもないのに、従業員と一緒に出前をとってもらって昼飯を食べ、その後は、控え室でソープ嬢とトランプでお金を賭けてドボンをやり、夜になると武田と一緒に酒を飲みに行き、最後はキャバクラで遊ぶのです。遊ぶ金は、武田が全部出してくれました。彼の親父は堀之内で二店舗のソープランドを経営していて、武田はたいした仕事もしていないのに、そこの役員でした。暇をもてあましていたわたしは、彼のちょうどいい遊び相手でした。また武田は覚醒剤をやっていて、わたしは「あんまりやりすぎるなよ」などと言いながらも、ちょろちょろお裾分けをいただいていたこともある始末なのです。

このように生活が荒《すさ》んでしまったのは、ボクシングをやめてしまったのが原因でもありました。言い訳がましいのですが、打込むものがなくなり、心にポッカリ風穴が空いてしまったのです。武田は、わたしが選手のころから、半ばタニマチのような感じで応援してくれていたので、ボクシングをやめてからも甘え続けていました。

ボクシングは高校のころにはじめて、卒業後は多摩川沿いの石鹼工場で働きながらジムに通っていました。二十歳のときにプロテストに合格し、二十四歳でスーパーライト級の日本チャンピオンに挑戦することになったのですが、その試合は負けたうえに、右目を負傷しました。右目は手術をして、その後、三試合しましたが、結局ボクシングをやめることになります。

さらにボクシングをやめてからの不規則な生活がたたって、右目は、ふたたび悪くなり、今では、いつも膜が張ったみたいにかすんで、視力はほとんどあてになりません。このように、片目が見えなくなってしまうような酷い生活をしていたとき、父が亡くなりました。

叔父は、わたしに「わけのわかんねえ生活はやめろ、このままじゃただのチンピラになっちまうぞ。おまえは親父の仕事を継げ、まあ、このご時世に行商が古いのはわかっている。天祐子霊草麻王も然《しか》りで、インターネット販売が主流になりつつある。おまえの親父は顧客名簿を辿っての行商はこれが最後だと考えていた。この名簿をまわりきったら終わりにしようとも話していた。だから残っている顧客をまわるのは、おまえの使命でもある」。使命とまで言われてしまいました。叔父は、ボクシングをやっていたときには応援してくれていたので、よけいにわたしの自堕落な生活を見兼ねていたのでしょう。もちろん自分でも、今のままでは、まずいと思っていて、この街から、しばらく離れなくてはどうにもならないとも感じていました。

こうして四十九日が終わった翌日に、わたしは川崎の街から逃れるように顧客名簿をたずさえて、各地を歩きはじめました。そろそろ一年が経とうとしていますが、地元には、まだ一度も戻っていません。最初こそ戸惑うことも多かったのですが、名簿に載っている家をまわると、たいがい父のことを憶えていてくれ、優しく迎え入れてくれるので助かりました。

今回の行商は、志目掛村《しめかけむら》という村へ向かいます。

日本海に面した港町、酒井田を午前中に出て、三時間弱バスに揺られ、山奥にやってきてバスを降りました。地図を眺めると、志目掛村にはいくつかの集落が点在していて、思っていたよりも大きな村でした。

バス停から坂をのぼっていくと道は四つ辻になっていて、それぞれの集落へ向かう道があり、まずは大房トメさんという方が住んでいる集落に向かいました。顧客名簿を見ると、父は四回ほど志目掛村を訪れていました。

道は舗装されていないところも多く、木陰や橋の下には、初夏を迎えたというのに雪が残り、豪雪地帯であることが窺えます。あたりは田んぼと畑がひろがり、村全体は山に囲まれて、山は奥の方まで影のように折り重なっていました。

大房トメさんの家は、田んぼのどん詰まりにありました。木造の黒い大きな家は、裏に山が迫っていて、斜面の緑に浮かび上がっているように建っています。庭に面した縁側には、色褪せた赤いムームーのような服を着たお婆さんが座っていました。年齢からして彼女がトメさんのようです。

「こんにちは、こちらは大房トメさんのお宅でしょうか。以前、お灸の、天祐子霊草麻王を購入していただいたと思うのですが」

　彼女はうつろな目つきで庭の先を眺めています。庭には赤いツツジの花が咲いていて、犬小屋がありましたが、鎖が死んだ蛇のように転がっていて犬は不在でした。

「あの、天祐子霊草麻王を持ってきました」

　チラリとこちらを見た彼女でしたが、すぐに庭先に目線を戻します。どうしようかと迷っていると、あぜ道の方からエンジン音が聞こえてきました。振り返ると軽トラックがこちらに向かってきていて、家の前に停まると、肌の焼けた男と割烹着姿のおばさんが降りてきました。男の白いシャツやズボンは泥で汚れていて、二人とも麦わら帽子をかぶっていて農作業の帰りのようです。

　割烹着姿のおばさんはそそくさと家の中に入っていきましたが、男は庭の垣根越しにいるわたしを不審がり、「どちらさんですか？」と声をかけてきたので、天祐子霊草麻王の話をすると、「あれれ、するとあんた、天祐さんの息子さんかい？」と驚いた様子で言いました。

　男は大房敏郎さんといって、年齢は四〇代半ば、あけすけな明るい感じの人で、歯が白く、甲高い声で喋り、トメさんのことを「婆さん」と呼んでいますが、トメさんの息子さんでした。歳がいってからの子供だったので、物心ついたときには、もう婆さんだったと話します。

　敏郎さんは、父がこの村を何度か訪れ、トメさんに縁側でお灸を据えていたのを憶えていました。

「それにしてもよ天祐さんか、懐かしいな」

敏郎さんは、感慨深そうに目を細めます。

「恥ずかしい話だけどもな、おれは子供のころ寝小便たれでよ、天祐さんに治してもらったことがあんだな。毎晩、寝る前に、尻と金玉袋のあいだに据えられてよ、なんていったっけな、あそこ」

「ありのとわたりですか」

「ありのとわたりだな」

「もしかしたら、父に手紙をくれませんでした？」

「東京に修学旅行に行ったときに買った絵葉書でお礼状を書いたな」

「東京タワーの葉書ですね」

「婆さんに強制的に書かされたんだけどもな」

「その葉書、父は大事にとっていました」

「そうですか、でも、おれは寝小便が治ってからは、お灸はやってねえな」

「久しぶりに、わたしが据えましょうか」

「もう寝小便はだいじょうぶだぞ」

敏郎さんは大きな声で笑い、ありのとわたり以外ならどこにでも据えてくれと言います。

さっそくわたしは、リュックサックから道具を取り出しました。線香、マッチ、灰皿、タオル、それから水をもらって、タオルを湿らせ灰皿に水を張ります。

天祐子霊草麻王は知熱灸《ちねつきゆう》で、もぐさを手のひらでほぐしてから丸め、指でまわして円錐形に成形し、底の部分に水をつけて湿らせます。こうすればピタリと皮膚に張りつくようになり、これをツボに据え、線香に火をつけて、お灸に火を入れるのです。

敏郎さんは、農作業で腰が痛いというので、縁側に寝てもらい、腰のツボにお灸を据えました。

背中から煙を立ちのぼらせながら、敏郎さんは目を細め気持ちよさそうな顔をしています。燃えたお灸は、外してから灰皿に入れ、また違うツボにお灸を据えていきます。取りかえるタイミングが悪いと火傷《やけど》をしてしまうので、見極めが大切です。相手に「熱い」と言わせてはいけません。

「婆さん、今日はよく見えるなあ」

敏郎さんが首を横に向けた庭の先には大きな山が見えました。

「ほら、山の形なんだけどな、牛が臥せてるみたいだろ」

山の稜線は痩せた牛の背骨みたいになっていて、隆起した端っこの方が牛の肩、頭は雲の中に突っ込まれています。

牛月山《ぎゆうげつさん》という霊山で、この辺りには他にも、湯女根山《ゆめこやま》、魚尾山《うおびさん》という二つの霊山があり、修験道《しゆげんどう》の行者が三つの山をぐるぐるまわっていて、三つの山は信仰の対象となっているのだそうです。

そういえば村に来る途中、バスの中から白装束の修験者が国道を歩いているのを見ました。本来なら山の中を歩いているイメージがある修験者ですが、トラックや車の走る国道を歩いていたので、なんだか変な感じでした。

三つの霊山は、牛月山が過去、魚尾山が現在、湯女根山が未来を表し、過去は死、現在は今生、未来はこれから生まれてくるもの、という意味があるそうで、「三つのお山をお参りすると生まれ変わって、新たな人生を歩めるんだ」と敏郎さんが説明してくれました。

生れ変われるものならば、わたしは、三山を拝んでみたいものだと思いました。しかし、この村からだと、牛月山と魚尾山を拝める場所はあるけれど、湯女根山を望めるところはなく、山を越えていかなくてはならないのだそうです。

牛月山をしばらく眺めていると、ボヤけてしか見えなかった右目に映る山が、だんだん輪郭をくっきりさせてきました。

臥せた牛が立ち上がり、のっしのっしと歩きだします。牛は山が意味する「過去」へと向かっているのでしょうか、牛の歩く速度はとても穏やかで、自分の背負った過去、忘れたい過去が、ゆっくりと開帳されていくような感じがしました。

「あっちちち」、敏郎さんの声がしました。わたしがボサッとしている間に、お灸の火が背中の皮膚に達しようとしていたので急いで取りのぞきました。火傷寸前のところでした。

「すいません」とあやまり、右目をぱちくりやりながら庭の先を見ると、牛はもういなくなっていて、山の上に雲が流れていきました。

敏郎さんは、一袋、五百グラム、二千五百円の天祐子霊草麻王を購入してくれたので、父が作ったお灸を据えるツボが記してある用紙を渡しました。これには人体図が描いてあり、ツボに番号がふってあって、番号を追うと、どんな症状に効くか記してあります。また電話番号とメールアドレスもあるので、次回からは、ここに連絡してくれれば郵送で送ることができると伝えました。

「しかし便利になったもんだよな、婆さんがインターネットやってたら大変だったな。婆さん、行商の人が来ると、羽毛布団だとか、百科事典だとか、なんでも買っちゃってたから、あるときなんて、ぶらさがり健康器も買っちまってよ、もしインターネットやってたら、いまごろ家ん中、物だらけだったな」

居間には確かに、ぶらさがり健康器が置いてありました。しかしハンガーにかかった農作業用のジャンパーが吊るされていました。

トメさんは早くに旦那さんを亡くし、敏郎さんを女手ひとつで育て、二年前までは敏郎さんと一緒に農作業をやっていたそうで、トメさんの顔をのぞくと、皺の谷まで染み込んだように陽焼けをしています。

「こんな風に、ボーっとしだしたのは、用水路に流されてからだな」

敏郎さんは言います。

二年前、トメさんは農作業中に用水路に落ち、百メートル近く流されましたが、運良く土砂災害工事の作業員に助けられたそうです。ここら辺は、土砂災害が多く、集落がまるごとなくなってしまったこともあって、常にどこかしら工事をしているため、土木関係の人が常駐しているのでした。「工事の人がいなかったら、婆さん、お陀仏だったな」と敏郎さんは言います。そして、「頭に効くツボってあるんですかね」と訊いてきました。

「頭をスッキリさせるツボはあります。子供のころ、自分は試験勉強のときに、頭にお灸を据えてました。でもたいして頭は良くなりませんでしたけど」

「んだったら、婆さんに据えてもらおうかな」

「頭のてっぺんですけど」

「はい。やってみてくんねえかな」

トメさんの髪の毛は薄く、すぐに地肌が見えました。お灸を据えてもトメさんはほとんど動きません。頭から煙がたちのぼりはじめます。

とつぜんトメさんが叫び声を上げ、頭のお灸を手で払いながら、裸足《はだし》で庭に飛び出し、野生の猿のように木にしがみつきました。敏郎さんが焦ってトメさんのところに行き、背中をさすってなだめました。

トメさんは家の中に戻ってくると、なにごともなかったように、縁側に座って静かに山を眺めはじめました。

「婆さんにこんな体力が残っていたなんて、こりゃ天祐さん驚きだな」

敏郎さんは言いますが、いまのは天祐子霊草麻王の効能ではなくて、トメさんがちょっとした隙に頭を動かし、火の粉が肩に落ちたのです。わたしは敏郎さんに、トメさんの頭にお灸を据えるのは危険なので、やめてくださいと忠告しました。

帰り際、縁側で靴を履いていると、奥さんが「これ自家製ですから」と干し柿を持たせてくれました。

次に向かったのは村にあるお寺でした。一度、バス停の近くの四つ辻に戻って、そこからまた違う道を進みます。

なだらかな長い坂をのぼっていると、途中に食料品や雑貨を売っている古びた商店があり、店先の屋根には風化して字も読めないブリキの看板があって、店の前には錆びた自動販売機とベンチがあります。

道を挟んで反対側には、村の寄り合いに使うらしい平屋建ての公民館があって、玄関脇の花壇には黄色い花が咲いています。その隣の小学校からは子供たちの歌声が聞こえてきました。

しばらく歩くと、わたしが目指すお寺の看板が見えてきました。木造の藁葺き屋根の山門があって、あぜ道のような参道を進み石段をのぼります。山門の両脇には木造の立派な仁王さんの像がありました。ものすごい形相でこちらを睨んでいますが、のんびりと田んぼのひろがる風景の中で、このような恐ろしい顔をしている仁王さんは、暇を持て余しているように見えました。

ボクシングをやっていたころ、仁王スグルというリングネームのボクサーと戦ったことがありました。彼は名前通り、ものすごい形相で相手を睨むことで有名で、髪型はパンチパーマ、喧嘩で負ったものらしい深い傷痕が眉間にありました。

試合前、あまりにも睨んでくるので、わたし側のセコンドは笑い出してしまい、余計に彼の怒りをかいました。しかしゴングが鳴って、一ラウンド、わたしのストレートが上手い具合に顎にヒットして彼は倒れ、呆気《あっけ》なくテンカウントが数えられました。わたしは、白目で倒れている相手を見て、これは自分の実力で勝ったのではないと思いました。力んでいる人間は身体がかたくなり、パンチがヒットすると数倍のダメージを受けます。こんにゃくをパンチするのと、煎餅《せんべい》をパンチするのとの違いで、こんにゃくはふにゃっとするだけですが、煎餅は割れてしまうのです。

お寺の境内には大きな山桜があって、その下にベンチがありました。本堂は木造の建物で、境内に突っ立っていると、本堂の脇にある小屋のガラス窓が開いてお坊さんが顔を出しました。彼は箸を持ちながら、「見学ですね、そこで待っていてください」とベンチの方を指すので、「いいえ、お灸を」と言いかけたときには、もう窓は閉められていました。

わたしはベンチに座りました。ここは高台にあるので、木陰にいると涼しい風が吹いてきます。ベンチの横にはジュースの自動販売機が置いてあるのですが、お寺に自動販売機というのは、なんだか不釣り合いに思えました。しかしわたしは、缶コーヒーを買ってしまいました。無糖のものを購入したのですが、出てきたのは、ミルクの入った甘いものでした。甘いミルクコーヒーを飲みながら五分ほど待っていると、紺色の作務衣《さむえ》を着たお坊さんが本堂の前に出てきて、「どーぞ、こちらへ」と手招きするので、立ち上がり、空き缶をゴミ箱に捨てて、本堂の木造階段の前にある靴箱に靴を入れました。

「拝観料、五百円をお願いします」

四十代半ばくらいのお坊さんは、小太りで眉毛が太く、愛嬌のある顔なのですが、食事中に来たのが気に食わなかったのか、不機嫌そうな感じがします。

わたしは行商に来たことを告げようとしましたが、見学の後にすることにしました。入口脇にある小窓から、中にいる割烹着のおばさんにお金を払って本堂の中に入ると、お坊さんが「では、そこに座ってください。痺れるから、脚をくずしてもかまいません」と言うので、リュックを降ろして畳の上にあぐらをかきました。

目の前にはロウソクが何本も立てられている燭台があり、奥には立派な仏壇が見えましたが、観音開きの扉は閉まっていました。右の壁には畳一枚くらいの古い絵があります。まん中には、灰色の大きな岩があって、それをとり囲んだ人々が手を合わせています。岩の天辺《てっぺん》からは噴水のように水が吹き出していますが、それぞれのサイズや遠近がメチャクチャで、どれが本当の大きさかわかりません。

薄暗い本堂の中で、ロウソクのゆれる光を眺めていると、自分の身体も自然とゆれていて、いつのまにかお坊さんはいなくなっていました。あたりを見まわしても人影はなく、咳払いをすると、木造の壁に吸い込まれていきます。

右目に映るロウソクのぼやっとした光が、じょじょに輪郭をくっきりさせ、炎が、渦潮のようにぐるぐるまわりはじめて、真ん中は黒い点になりました。その奥には、深い静寂があり、音がまったく聞こえなくなりました。

わたしはノックアウトを喰らったような状態で、渦の黒い点に吸い込まれそうになり、頭を下げ、両手を床について耐えています。

突然、木魚の音が響き出したので頭をあげると、炎の向こうの仏壇の前で、作務衣から袈《け》裟《さ》に着替えたお坊さんが、木魚を叩いていました。

お坊さんは木魚のリズムに乗せてお経を唱えはじめます。その音を身体で受けていると、右目はいつものようにボヤけだし、炎の渦は消えていきました。血流がどくどくと、木魚のリズムに同調していきます。

木魚を叩きながらのお経が終わると、お坊さんは長い棒に白い紙束のついた大幣《おおぬさ》で、わたしの頭をシャカシャカやりはじめ、念仏を唱えだしました。わたしは頭を垂れて手を合わせました。

ここまですべて、このお坊さん一人でやっているので、慌ただしい曲芸のようでもありました。シャカシャカが終わると、お坊さんは仏壇の前から走り込んできて、わたしの前でストンと正座して、お寺に関する説明がはじまりました。

「わたくしどものお寺が信仰するのは、三つの霊山のうちのひとつ、未来を意味する湯女根山です。あちらの壁の絵にありますように、湯女根山には、山頂に大きな岩があり、そこから湯が湧き出しています。これが御神体で、湧き出る湯は、人間の誕生を意味し、女性自身をも表しています。お山はかつて女人禁制でした。そこで、女性はこのお寺から、湯女根山の方角に向かってお参りをしたのです。しかし女人禁制は、マッカーサーが日本にやってきたときに、婦人解放で解かれました。戦争に負けたくらいで習わしを勝手に変えられるのはおかしいと、反対もありましたが、そのように男女の分け隔てなく受け入れられたのは、やはりお山の寛容さがあったからこそなのではないかと思うのです」

一通りの説明が終わると、お坊さんは、「ロウソクに火をつけて、ここに掲げますと、願いごとが叶います」と目の前にある燭台を指しました。燭台の前の箱に入っているロウソクには、一本一本、「大願成就」「商売繁盛」「合格祈願」「家内安全」「無病息災」と文字があります。

「ひとくち五百円からになっております」

わたしは財布を取り出してお賽銭箱に五百円玉を入れ、「商売繁盛」のロウソクを手に取り、火をつけ燭台に掲げました。

お坊さんはそれを見届けると、「では上人さまを拝みにいきましょう」と、わたしを立たせ、仏壇の脇にある部屋に連れて行きました。

部屋は二十畳くらいあって、沢山の供物の奥に、金糸の織り込んだ着物を召した即身仏がガラスケースの中で鎮座していました。

「全国には二十体近くの即身仏があるといわれますが、わたくしどもの上人さまは、その中でも一番色が白いのです。他の即身仏は黒ずんでしまっているのですが、見てください、このように白いのは、この上人さまだけです。これは、上人さまがいかに高貴なお方だったかという証なのでございます。即身仏はミイラといわれることがありますが、ミイラではありません。ミイラは死体を処置して防腐をしたものですが、即身仏は生きながらにしてなるもので、これは大変な精神力を必要とします。まずは木喰行《もくじきぎょう》で、五穀を断ち、どんぐりなどの木の実しか口にせず身体から油分を抜きます。他には、漆を飲んだりもします。そうすると即身仏になってからも身体が腐らないのです。次は土中入定《どちゅうにゅうじょう》です。地面に穴を掘り、その中に入って蓋をします。そこには竹筒の空気穴があり、毎日お経を唱えて鈴を鳴らします。そして鈴の音が聞こえなくなると即身仏になったということなのです」

また鎮座している即身仏は四年に一回の衣替えがあり、そのときに着ていたものをハサミで端切《はぎ》れにして、お守り袋に入れるらしく、それが今わたしの目の前にある三宝の上に山積みになっていました。

「このお守りは、とてもご利益があります。病に冒された人が完治したり、弁護士になれましたとか、極道者になりかけていた息子がまともになりましたとか、さまざまな効力があり、感謝の手紙も方々から来ています」

ご利益を聞いていたら、お守りと天祐子霊草麻王がダブってきました。

「あなたも、なにか願い事があれば、千円で、このお守りが手に入ります」

さきほどロウソクで「商売繁盛」も願ったので、お守りはいりませんでしたが、お坊さんは、ジッとこっちを見つめて目線を外しません。しばらく見つめ合った状態で沈黙が続きました。このままだと永遠に見つめ合っていそうに感じられ、仕方なく即身仏の前に置いてあるお賽銭箱に千円札を入れると、お坊さんは三宝からお守りをひとつ取って、わたしに手渡してくれました。

「では、あとはご自由に見物してください」

お坊さんが立ち上がって部屋を出て行こうとしたので、お坊さんを呼び止めました。

「あの、わたくし実は、お灸を販売しながら各地をまわっている者でして、以前は、父が行商をしておりました。そして天祐子霊草麻王というお灸をこちらの住職さんに購入していただいたことがあるのですが」

「えっ、テンユウ？　なんですか？」

「天祐子霊草麻王です」

「なんですかそれ？」

「お灸です」

「ずいぶん大層な、お名前ですね」

「はい、このお灸も上人さまのお守りのように、ありがたいと喜んでくださる方がおりまして」

お坊さんは目を細めます。

「あのですね、テンユウだかなんだか知りませんが、上人さまと一緒にはしないでください」

わたしは謝りましたが、リュックサックから顧客名簿を出して、お坊さんに見せました。

「ここに、ケイキユウさんというご住職が購入してくれたとあります。お名前の読み方が正しいかわかりませんが、恵まれるに久しいで、ケイキユウさんとお読みしたらよろしいのでしょうか？」

「はい、ケイキユウですが」

「この方は水虫がひどかったそうで、それでお灸を使っていただいていたようです」

「そうですか。でも恵久和尚は五年前に亡くなりました。とにかくですね、ありがたいお灸だかなんだか知りませんが、あなたは恵久和尚のなにを知りたいのですか。なにを詮索しようとしているのですか」

　お坊さんはイライラした様子を隠しません。

「いや、べつに詮索をしているつもりはありませんが」

「じゃあ、もういいじゃないですか」

　なにか気に障ることでも言ってしまったのでしょうか。それにしても、このお坊さんは、体型からもわかるように、高血圧で癇癪《かんしやく》持ちなのでしょう、良いツボがあるのでお灸を据えてあげたくなりました。

「あなたは、身体の具合はいかがですか？　良いツボがあるので、もし、よろしければお灸を据えましょうか」

「だからお灸なんていらないですよ。だいたいなんなんですか、お参りに来たのかと思ったら、上人さまの前で商売をはじめるなんて、失礼ですよ」

　ずいぶんな大声を出すので、イラっとしてしまい、お坊さんを睨むと、彼の顔がニタリと笑っているような気がしました。

「あとは、勝手にどうぞ」お坊さんは部屋を出て行きます。

　このような場で、うるさくしてしまったので、即身仏に手を合わせると、屋根の方から鈴の音が聞こえてきました。

鈴の音は移動して、窓の外で、「どふっ」と重みのある音に変わり、そこには白と黒のまだら模様の猫がいました。目が合うと素っ気なく尻を向け、背骨は波打つように動き、白と黒の模様が混じり合い、首輪についた鈴の音が遠ざかっていきました。

わたしは立ち上がり、リュックサックを背負いました。拝観料の五百円、ロウソク代五百円、お守り千円、のべ二千円の出費になってしまいました。

お腹が空いたので、お寺を後にして、もう一度四つ辻に戻り、坂道の途中にあった商店でなにか食べ物を購入することにしました。

なだらかな坂を下り、小学校の前を通ると、ちょうど給食の時間らしく、クリームシチューのような匂いが漂ってきました。校庭の端っこにある雑草が風でゆれています。校舎の中をうかがってみましたが、子供たちの姿はよく見えません。

わたしは無性にクリームシチューが食べたくなりました。教室に紛れ込んで、子供たちに混じってクリームシチューをわけてもらいたい、しかし、そんなことをしたら、きっと不審者扱いされてしまいます。

公民館前にある花壇では、ホースで水を撒いているおばさんがいて、こちらに気づくと、首をちょこんと下げて会釈をしてきました。わたしは、給食のクリームシチューを食べる方法はないか、彼女に相談しようと思いましたが、これまた不審極まりないので、やめました。

とにかくクリームシチューはあきらめ、公民館前の商店へ向かっていると、店から修験者の格好をした男が出てきました。彼は先ほど、バスの中から見ていた国道を歩いていた男のようです。

店の中は薄暗く、埃っぽい棚には菓子パンなどの食料品や洗剤、タワシなどの雑貨が少し置いてあるだけで、商売をしている気配がありません。わたしは、なにかクリームシチューに近いものはないか探しました。クリームシチュー味のスナック菓子でもいいと思ったのですが見当たらず、ジャムパンと魚肉ソーセージ、冷蔵庫から紙パックの牛乳を出してレジへ向かいました。牛乳が一番クリームシチューに近いものでした。

「すみません」

声をかけると、ガラス扉が開いて女の人が出てきました。女はけだるそうにコンクリートの土間に降り、サンダルを突っかけて、レジの前までやってきました。少し腫れぼったい目の瞳は潤んでいて、暗い店内で光っているようにも見えます。筋の通った鼻は、小さな顔に不釣り合いに立派でしたが、愛嬌がありました。彼女は灰色の長袖Tシャツに、紺色のパイル地のホットパンツを穿いていて、白い太ももを露出させています。その佇まいが、夏の朝に寝ていた姿のままゴミ出しにきた、マンション住まいの若妻のようで、この村には似つかわしくありません。

レジの前に、ジャムパン、魚肉ソーセージ、牛乳を置きます。彼女がバサバサの髪の毛を手で後ろにまとめ、ゴムで縛ると、熟れた果物の甘ったるい匂いが漂ってきました。それは、この商店に存在する自分が危うくなるような、現実感を削《そ》がれる匂いで、わたしはクラクラしてきました。

彼女は、ゆったりした動作で、品物をひとつひとつ手にとってのぞき込み、レジの脇にある古い卓上計算機を叩き出しました。

「あれ？　三百二十円かな。えっと、ああ三百円で、三百円でいいです」

「いいんですか？」

「レジ壊れてるから」

レジが壊れているからという理由がよくわからないのですが、暗算してみると、ジャムパン百二十円、牛乳百二十円、魚肉ソーセージ百円で、合計三百四十円でした。

店の外にある古いベンチに座って食べることにしました。しかしこのベンチ、パイプの部分が錆びて腐っているのか、座り心地がふにゃふにゃします。

空はさっきよりも晴れてきて、陽射しが強くなってきました。わたしの座っているふにゃふにゃのベンチは日陰がなくて、牛乳を飲んでいるだけで、ジリジリと汗が出てきます。

道を挟んだ目の前には、公民館の屋根があり、その向こうに大きな山が見えました。山の頂上は、灰色の岩場で、真ん中がくぼみ、左右が尖った角みたいになっています。まわりに見えるなだらかな山とはあきらかに形も雰囲気も違うものでした。

「あれはね、ウオビサンですよ」

声がしました。ふりかえると店の女が自動販売機に寄りかかっていました。

「魚の尾っぽの山で、魚尾山です。店の二階からだと、もっとよく見えますよ」

「のぼったことあります？」

「子供のころです。頂上には小さな鳥居があるんだけど、絶壁にある十メートルくらいのハシゴをのぼらなくちゃいけないの。のぼりにいくんですか？」

「いや、のぼりません」

「そんな荷物を持ってるのに」

「山のぼりではありません」

「でもね、あの山は、ここからだと近そうに見えるけど、この村にはのぼり口がないですよ。湯女根山まで行って、そこからじゃないと、のぼれないです」

魚尾山は、こちらに向かって傾いているような形なので、近くに見えるのかもしれません。違う角度から山を見ようとして体勢を変えると、ベンチのパイプがグニャリと曲がって斜めになってしまいました。

「あららら」、女が言います。

「すいません」

「そのベンチもう壊れそうだったんです。お店の中で食べてもいいですよ。座れる椅子あるから」

女は店の中に招き入れてくれました。その後ろ姿、左右に揺れる尻が目に飛び込んできます。ホットパンツからのぞいた太もも、右のふくらはぎには、赤子の手のひらくらいの大きさの蜘蛛《くも》の刺青《いれずみ》がありました。蜘蛛は黒くて尻のあたりが赤くなっています。

彼女が店の奥から丸椅子を持ってきてくれたので、リュックサックをコンクリートの床に降ろして、丸椅子に座って、ジャムパンを食べました。

暗い店内は外よりも涼しくて、風も吹き込んできます。パンの中から赤いジャムがドロリと飛び出して膝に落ちました。つまんで口に入れると、甘ったるいだけの風味もないジャムが口中で溶けていきました。

彼女はレジ横に置いてある椅子に座り、片手で、台に頬杖をついて、天井を眺めています。彼女の目線の先、天井の隅には、大きな蜘蛛の巣がありました。そこには蛾がひっかかっていて、逃れようと動いていますが、蜘蛛は見当たらず、巣はゆれているばかりでした。

「昨日まで蜘蛛いたんですけどね。どっかに行っちゃったみたい。大きな蜘蛛だったんですよ」

「餌、あるのにね」

「もったいないですよね。引っ越ししたのかな」

彼女は煙草を一本取り出し、口に咥え、わたしの足下に置いてある大きなリュックサックを指しました。

「山のぼりじゃないとしたら、旅行ですか？」

「行商です」

「ギョウショウ？」

「お灸を売り歩いてます」

「お灸って煙モクモクのやつ？」

「そうです。やったことあります？」

「ないです。わたし、熱いの苦手だし」

「そんなに熱くはないですよ」

「でも火をつけるんですよね」

「はい」

「火もちょっと苦手です」

ふたたび蜘蛛の巣を眺めた彼女の手足は、身体とのバランスを考えるとずいぶん長いような感じがします。ちらちら彼女のことを見ていると、入口の方に向かって「今はお客さん来てるから、駄目よ！」と大きな声を出しました。

振り返って店先を見ても誰もいません。

「なんですか？」

「のぞきみたいなもんです」

「のぞき？」

「はい」

要領を得ませんけれど、彼女はそれ以上話したくなさそうなので、わたしも訊きませんでした。

彼女が足を組み替えました。そして、太ももが波打ち、こちらに空気がトロトロと流れてきたかと思うと、その足が不意に伸びてきました。サンダルがコンクリの床に擦れて音を立て、ズリズリとわたしに向かってきます。左右の足は不規則に伸びてきて、とつぜん、弓のように跳ね上がり、わたしの首を挟み込みました。彼女の高笑いが聞こえ、わたしの頭は足に巻き込まれ、太ももに顔が埋もれていきます。最初は柔らかくて気持ちが良かったのですが、だんだん固くなり、虫のような冷たい足になり、息が苦しくなってきて、意識が遠のき、店の中に差し込む光がぼんやりしてきました。

必死に目をこすって、顔を上げると、彼女は紫色の丸い果物を食べていました。テニスボールくらいの大きさで、中には赤い果肉がつまっていて、指でほじくりかえして食べています。ジロジロ見ていると、彼女は、「山ザブトンです」と言って、ネズミの糞みたいな黒い種を「ペッ」と床に吐き出しました。

「山ザブトン？」

「裏の雑木林でもぎ取ってきたの」

彼女の口元は赤い果肉の汁がしたたっていて指からも汁がたれています。わたしは、なんだか自分の頭が喰われているような気がして、めまいを覚えました。

お礼を言って店を出ても、彼女の足が後方から伸びてくる気がしました。本当のところ、わたしは、彼女に捕らえられ山ザブトンのように食べられてしまいたいのかもしれません。

村には、もう一つ、顧客名簿に載っている家がありました。千倉幸三さんという方で、地図を見ると、お寺の前を通り過ぎ、さらに奥に行ったところにある集落でした。

お寺を過ぎてから二十分ほど歩くと、千倉さんの住んでいる集落に着きましたが、とつぜんひらけたその空間は、地面がうねるようにでこぼこになっていて、数軒ある家は斜めになっていたり、壁が蛇腹のように波打って潰れていたり、真っ平らに倒れていたりしていて、まるで鬼が破壊していった跡みたいでした。

また地面には、直径三メートルくらいの緑色の大きなマンホールがあって、近づいてみると、足下から水が流れる音が響いてきます。それは鬼の世界へ通じているのではないかと恐怖を覚えるほどの轟音でした。

「おーい、なんか用かよ?」

後方から声が聞こえてきたので、ふりかえると集落の先に小高い場所があり、爺さんが立っていました。

「ここハシゴかけてあるから」

小高い場所の手前は土がえぐれて道が寸断されています。わたしはハシゴの下まで行き、「千倉幸三さんという方を探しているんですが」と言うと、爺さんは「それは、わしだ」と手招きをします。

ハシゴをのぼると、木造の茶色い家がありました。しかし家は、わたしが傾いているのではないかと思えるくらい斜めになっていて、側面の壁には丸太が数本突っかけてあり、倒れないように支えてありました。

千倉さんは、白い髭を生やし、頭頂部が禿げた爺さんでした。背丈が小さいわりに、筋肉質のしっかりした体軀で、半袖のシャツから肌ツヤの良い陽焼けした腕が見えます。わたしが天祐子霊草麻王の顧客名簿を辿って、ここまで来たことを話すと、父のことを覚えていて、「とにかくお茶でも飲んでいきな」とお誘いを受けました。

家の玄関は開けっ放しで、「もう閉まらなくなった」と千倉さんは言います。家の中の壁も、玄関から向かって左側に傾いていて、斜めの壁を見ながら廊下を歩いていると、足取りが覚束なくなってきました。

居間の畳も、ところどころ波打っていて、壁が斜めになっています。千倉さんは麦茶を持ってきてくれました。ぬるかったのですが、ありがたく頂戴しました。

この集落は一年前に地滑りの被害にあい、住んでいた人はみんな移住してしまったそうです。

「わしも早く移住しろって言われてんだけどな。まあ生き残りみてえなもんだから、こうなったら最後まで踏ん張ってやろうと思って、意地だよな、まあ、なんの役にも立たない意地なんだけども。でも淋しいぞ、人間がまったくいねえんだもん、蒲団に入って闇ん中で目を覚ますとよ、死んでるんじゃねえかって思うことがあるよ」

ここら辺は地下水が豊富で、山の雪解け水が大量に流れてくると、そのために地面がズレて地滑りをひき起こすらしいのです。対策としては、水の流れているところまで地面に穴を掘り、流れの向きを変えるそうで、先ほど見た緑のマンホールの下には地下水が流れているのだとわかりました。

対策工事のおかげで、いまのところ地滑りは治まっているそうですが、いつまた起こるかわからないと千倉さんは話し、「まあ、集落全体を考えたら、うちが一番被害も少なかったから」と笑います。

部屋の壁に掛かっている時計は、斜めの壁に抵抗するように垂直であろうとしていますが、空間が斜めだと、時計の針を見ても時空が歪んでいるように感じます。

わたしは千倉さんにお灸を据えることにしました。座布団を枕に、うつぶせになってもらい、まずは背中のツボにお灸を据え、線香で火を移していきます。もぐさの燃える香りが漂って、煙が天井にのぼっていきます。

世間話をしながら、いろいろなツボにお灸を据えていると、千倉さんの娘さんが酒井田の居酒屋で働いていることを知りました。この時期だと、港町の酒井田は、岩牡蠣《いわがき》が出まわりはじめ、とても美味《おい》しいから絶対食べろと千倉さんは勧めます。今回の行商は酒井田の町を拠点にしているので、戻ったら娘さんの居酒屋に行ってみることにしました。

肩、足の裏、膝、お腹、顔、腕、手、一時間くらい丹念に、いろいろなツボにお灸を据えていきました。千倉さんには、「あんたもよくツボをわかっているな」と褒められましたが、わたしは子供のころから、お灸に囲まれて育ち、風邪をひいたらあのツボだ、歯が痛くなったらこのツボだ、腹が痛くなったらこのツボだと、父や母に、お灸を据えられ続けてきたので、据えるツボは心得たものなのです。

千倉さんは、五百グラム、二千五百円を一袋買ってくれました。

お灸を据える道具を片付けていると、千倉さんはシャツを着ながら、イノシシの肉があるから食べていったらどうかと言います。

行商をしていると、このようなお誘いがよくありますが、なるべく断らないようにしています。叔父からも、とくに一人暮らしの老人は寂しいから、ちゃんと話し相手になってあげるよう助言されていました。

イノシシの肉は、知り合いの猟友会の人が持ってきてくれたものらしく、千倉さんは庭にあった七輪の炭をおこしはじめました。

「もうプロパンは持ってきてくれねえし、電気は止まっているからよ。でも、イノシシは炭で焼いた方が美味いんだな」

しかし肉はなかなか焼き上がりません。炭の火が弱いように思えるのですが、せっかく焼いてもらっているので、余計な口出しはできません。

「焼けるまで、ミツゾウでも飲むか」

「ミツゾー？」

「ミツゾウだよ、どぶろく」

開きっぱなしの押入れの中にある蒲団の間から、千倉さんは一升瓶を取り出しました。透明の瓶には白い液体が入っていて、蓋を開けると、スポンと音がして、湯呑茶碗に注いでくれました。

どぶろくは発泡していて、舌の上ではじけます。ヨーグルトのような味で、濃厚に、ドロリと喉の奥に落ちていき、胃の中が熱くなってきました。これは飲み過ぎると、ちょっとマズいことになりそうです。

ようやく肉が焼き上がりました。塩と胡椒で味つけしたイノシシの肉は、スジがあって硬く、臭みが強くて、あまり美味しくありませんでした。これは処理を失敗したか、不味《まず》い部位の肉なのでしょう。しかし、まったく食べないのも悪いので、どぶろくで流し込んでみました。すると肉の臭みが、どぶろくのヨーグルトみたいな濃厚な味と混ざり合い、なんともいえない風味を醸し出したのです。美味《うま》いとは言い切れませんが、不味くはありません。面白い味がすると言ったらいいのでしょうか。それから肉を何枚も、どぶろくで流し込みました。

わたしは酔っぱらってきました。それに斜めの家にいることも酔いを増しているようです。千倉さんと話していても、なにを喋っているのかわからなくなってきて、眠くもなってきました。さらに、かすんでいた右目の視界がひらけてきて、千倉さんの口から牙が生え、鼻が上を向き、目が黄色くなり、イノシシみたいになってきてしまいました。

わたしが目をぱちくりやっていると、千倉さんが顔をのぞき込んできて、「どうした、だいじょうぶか」と言葉を発するのですが、獣の唾が飛び散り、鼻が鳴って、黄色く光った目が、わたしの股間を凝視して、ニタニタ笑っています。気味が悪いので、叩いてやろうかと思いましたが、目の前にいるのは、イノシシではなくて千倉さんなのです。わたしは右目を閉じたり開けたり、自分の頭をこんこん叩いたりして、必死に、前方のイノシシを追い払おうとしていました。

「なにやってんだよ?」

「イノシシに睡眠術かけられたみたいで」

「はっ?」

「酔っぱらって、眠いような」

「具合悪そうだな。ちょっと横になるか?」

「すみません。イノシシがあれなんですが」

わたしは寝惚けたことを口走りながら、座布団を折って枕にしました。天井を眺めていると、右目はまたかすんできて、イノシシの残像も消えていきました。

他人の家であるのに一時間ほど熟睡してしまい、目を覚ますと、千倉さんは部屋にいませんでした。おいとましなくてはと思って立ち上がると、斜めの壁を前にして、ふたたびクラッとしました。

窓の外では太陽が沈みはじめ、赤い雲が流れています。夕陽をさえぎるものはなく、集落全体が赤く染まっていました。庭に千倉さんの姿があったので、そろそろ行くことを伝えました。

「泊まっていってもいいんだぞ、蛇捕まえたからよ、食ってくか?」

千倉さんの持っている布製の袋が、うねるように動いています。

「皮はいでよ、塩と胡椒かけて七輪で焼くと美味いぞ、塩は多めで、食ってくか?」

「そろそろバス停に行かないといけないので」

千倉さんは蛇を食べさせたかったのか残念そうな顔をしています。

ハシゴを下りると、千倉さんが上からのぞき込んで、「また来いな」と言います。「はい、また来ます。お世話になりました」と言っておきながら、もう二度とここに来ることはないと思いました。千倉さんの手にぶらさがった布袋がもぞもぞ動いていました。

腕時計を見るとバスの最終便までは、あと三〇分ほどでした。公民館のところまでやって来ると、わたしは小便をしたくてたまらなくなってきました。千倉さんの家を出たあたりから、尿意はあったのですが、我慢をしていたのです。

公民館の中から太鼓と笛の音が聞こえてきました。祭り囃子の練習をしているようです。便所を借りようと思ったのですが、もう我慢できそうもなく、人もいなかったので、電柱に向かって立ち小便をすることにしました。放尿がはじまると、身体の力が抜けていきます。電柱から立ちのぼる湯気は、どぶろくのニオイがしました。

公民館の屋根の向こうに、鬼の角みたいな頂上の魚尾山が黒い影になって浮かんで見え、さきほど立ち寄った商店は、シャッターが閉まっていました。

なんだか気配を感じ、花壇の方を見ると、うねるように動く人影がありました。ジッパーを上げ、影に近寄ると、それはトメさんでした。トメさんは中から聞こえる祭り囃子にあわせて踊っているのです。

「トメさん、トメさん」

声をかけましたが、トメさんは踊りつづけています。

「トメさん」

大きな声で言うと、踊るのをやめて、子供のような眼でこっちを見ました。

「敏郎さん中にいるんですか?」

トメさんは首を横にふります。

「いいんですか、こんなところで踊っていて？」

キョトンとした顔をして、首をかしげます。

「家に戻りましょう」

トメさんの手を取りましたが、歩こうとしてくれません。わたしは背負ったリュックサックを手前にして、しゃがんで自分の背中を叩き、「乗ってください」と言うと、素直に応じてくれました。わたしは立ち上がり、荷物の多いタヌキのような状態で歩きはじめました。

敏郎さんは居間で寝転がり、テレビを見ていました。

「こんばんは」

わたしがトメさんを背負っているのに気づいた敏郎さんは、「あれれ、婆さんどうしたんだよ」と驚いています。トメさんは部屋で寝ているものだと思っていたようです。

「公民館の前で、踊ってました」

「そうか、じゃあ魚尾山見に行ったんだ。来月は魚尾山のお祭りだからな。いやいやそれにしても天祐さんのおかげで元気になりすぎちまったな。さっき婆さんが、天祐さんの袋を持って、おれのところにやってきたから、据えて欲しいのかなぁと思ってよ。頭に据えてやったんだ。でも、あれだぞ、今回は、アルミホイルを頭に敷いて、真ん中に穴開けて、火の粉が飛び散らねえようにしてな」

敏郎さんは話しつづけますが、わたしは悠長に話を聴いている場合ではないのです。腕時計を見るとバスがやって来る三分前でした。

「すいません、自分、バスの時間がありますんで」

「あれれ、そうかい」

わたしは必死に走ってバス停に向かいました。四つ辻まで来ると、坂の下に見えるバス停から、すでにバスは発車していて、向こうで赤いテールランプが揺れていました。

どうしたらいいものか、何も考えが浮かばず、とぼとぼ歩いていると、バス停の前にある民家の庭で、ラクダシャツにももひきのおっさんが煙草を吸いながらこっちを見ています。その視線は嫌らしく、人を見定めているかのようでした。

「あんた行商の人だろ」

このおっさんに会うのは初めてですが、わたしのことを知っているようです。

「昼間お寺に行ったろ」

部外者を観察しているのでしょうか、村の噂は早いのです。

「父が以前、お寺に行商に行っていたんです。それで伺ったのですが、恵久和尚さんは亡くなってまして」

「まあ、あのお寺も跡継ぎだとかいろいろあってな、大変なんだよ」

おっさんはまだ話したそうですが、こんなところで待っていても、バスは明日の朝まで来ないので、このあたりに宿はないかと訊ねると、坂を一キロくらい下って橋を渡ると、国道沿いにあると教えてくれました。

集落の暗い道を歩いていくと、昼間、バスに乗っているときには気づかなかったけれど、滝が橋の欄干から見えました。

橋を渡って広い道に出ると、バス停の前に粉滝旅館という看板がありました。

入口のガラス戸を開けると、薄汚れた芝生みたいな緑のカーペットが敷かれていました。ロビーは薄暗く、青白い蛍光灯が光っているだけで、靴もない玄関の殺風景な感じからすると、他に泊まり客はいない様子です。誰もいないので、帳場にある銀色の置きベルを鳴らすと、頭にバスタオルを巻いた中年の女性が出てきました。

部屋は空いているかと訊ねると、もう夕食は用意できないけれど、それでよければと言われました。風呂は露天風呂もある温泉で、値段は朝食つきで五千円、普段は、素泊まり三千円以下の商人宿に泊まるので、結構な出費でした。本日の売り上げは宿代に消えてしまいます。

彼女は頭のバスタオルを指して、「従業員はみんな帰っちゃって、今夜はもうお客さん来ないと思っていたから、わたし、お風呂に入ったばかりで、こんな格好ですみません」と言いました。彼女は女主人のようです。

部屋に案内されている途中、廊下にあるソファーで、紺色の半纏《はんてん》を着た人が寝転がっていました。最初、子供かと思いましたが、それは、大人でした。

「ちょっと、まもるさん、こんなところで寝ないでください。お客さんですよ」

男はソファーから立ち上がりました。立ち上がると、彼の顔は、わたしの腰ぐらいまでしかなく、「すんませんね」と軽く会釈して、歩いていきました。

部屋は古びた八畳間で、真ん中にテーブルがあり、お盆の上に、赤いポットと湯呑み、茶筒と急須、大きなガラスの灰皿が載っています。窓の外には、先ほどの滝が見えました。

「蒲団敷いておきますから、お風呂にでも入ってきてください。温泉ですから」

彼女は押入れのカゴから浴衣を出して渡してくれました。

「お風呂場は、部屋を出て右に真っすぐ行ってください。とにかく真っすぐ行けば着きますから」

わたしは浴衣とタオルを手にして風呂場へ向かいました。「とにかく真っすぐ」というだけあって、風呂場まで行く廊下は薄暗くてやたら長く、もし「とにかく真っすぐ」を聞いていなければ、途中で不安になって引き返してしまっていたかもしれません。

ようやく廊下のどん詰まりにやってきて、階段を十段くらい下りると、暖簾《のれん》がありました。

風呂場は、それほど広くありませんでしたが、外に出ると石で組まれた露天風呂があって、部屋よりも滝を間近で見ることができました。露天風呂の端っこには、三十センチくらいのつるつるの石があって、真ん中にある一本の亀裂から、湯がちょろちょろ湧き出していました。石の横には、木の板が立っていて、ここから見える滝についての能書が書いてあります。『粉滝は、三つの霊山、牛月山、湯女根山、魚尾山から、流れついた水流が、ここで合流して一気に吹き出しています。滝のしぶきを浴びると、無病息災で過ごせるといわれ、一年に一回、滝の下でしぶきを浴びる精滝祭というお祭りがあります。しかし欲張って、一年に二回以上、しぶきを浴びようとすると、逆の効果が現れ、早死にしてしまうので、滝の下に行くのは、一年に一回と限られています。』

つるつるの石の亀裂から、ちょろちょろ湯が湧き出ているのを眺めていると、これは、女陰の形を模しているのだと気づきました。そしてなんとなく、いやなんとなくでもないのですが、わたしの指は石の亀裂の割れ目にのびていき、指で、その部分をいじくると、小石が詰まっていたので取りのぞきました。すると、それまでちょろちょろとしか出ていなかった湯が、とつぜんしぶきをあげて吹き出し、わたしの顔面に熱い湯がかかってきました。

それにしても、どうして小石が詰まっていたのか、男であれば、十中八九、割れ目に指を這わすでしょう。これを見越して誰かが意図的に石を詰めたとしか思えませんでした。

風呂を出て、ふたたび長い廊下を歩き、帳場の前を通り過ぎようとすると、女主人が顔を出し、「あの、朝ご飯は何時にいたしましょう」と訊いてきたので、バスの時間を訊ねると、「そこに時刻表があります」と帳場の横の壁を指しました。見ると、七時三十分のバスがあったので、それに乗ると伝えました。

「でしたら、朝食は七時でいいですかね。一階の食堂で用意しますから、時間になったらいらしてください」

部屋に戻って、お茶を淹れ、敏郎さんの奥さんからもらった干し柿を食べました。肉厚で、甘くて、美味しくいただきました。

寝る前に、腕と足の裏にお灸を据えました。身体がゆっくりと弛緩していきます。燃えたお灸のカスを灰皿に捨て、敷いてある蒲団に入りました。燃えたもぐさの匂いと畳の匂いが混じり合い、実家の居間を思い出しました。外からは、滝の落ちる音とともに、雨の音も聞こえてきました。わたしが実家に戻るのは、まだ半年くらい先になりそうです。

翌朝、目を覚まして枕元に置いてある腕時計を見ると六時半でした。朝食まではまだ時間があるので、朝風呂に入ることにしました。風呂場では、昨日ソファーで寝ていたまもるさんが虫網を手にして、じゃぶじゃぶと湯に浮かぶ虫や草を掬っていました。

「おはようございます」

愛嬌のある声でまもるさんが挨拶してくれました。

「虫、大変ですね」

「飛び込んできちゃうんですよね」

まもるさんが虫を掬い終わったので、わたしは露天風呂に入りました。まもるさんは、虫網を握りながら話しかけてきます。

「昨晩は雨が降ったでしょ。ほら滝を見てくださいよ、昨日より勢いよく吹き出してるでしょう。粉滝は雨の翌日は勢いを増しますよ。地面を湿らすと、あのように勢いよく吹き出すのです。湿ると吹くんですな。でも湿らせすぎたらいけません。湿ったらきちんと穴にナニを入れてふさいでやらんと。いっひっひ」

甲高い声で笑うまもるさんは、なにかヤラしいことに関連づけて喋っているようです。

「今日も、午後から雨が降るらしいですよ」

まもるさんは露天風呂から出て行きました。

つるつるの石を見ると、湯は亀裂からちょろちょろとしか出ていません。指を這わすと案の定、小石が挟まっていました。そして小石をどかすと昨日と同じように湯が吹き出し、顔面にかかってきて、また熱い思いをしました。

風呂を出て食堂に向かったのですが、食堂の時計を見ると、まだ六時四十五分でした。三十分くらい風呂に浸かったつもりでいましたが、勘違いしていたようです。

部屋に戻るのも面倒なので、帳場にあった新聞を手にして、昨日まもるさんが寝ていた廊下のソファーで読んで時間をつぶしました。頃合いを見計らって食堂に行くと、六時五十五分でした。少し早かったのですが、部屋番号が示してあるテーブルにいくと、すでに朝食が用意されていました。

鯵《あじ》の干物、山菜のおひたし、のり、かまぼこ、おしんこ、席につくと、ご飯と味噌汁を、手ぬぐいを頭に巻いた割烹着姿のお婆さんが持ってきてくれました。味噌汁の具は、なめこでした。納豆は白い陶器の茶碗に入っていて、刻んだネギと青のりがまぶされ、大量のカラシが添えてありました。箸で納豆を勢いよくかき混ぜていると、ニオイとともにカラシの成分が鼻腔をつき、くしゃみが出ました。顔をあげると、食堂の窓ガラスの向こうでバスが走っていくのが見えました。バスのエンジン音が響き、道に排気ガスの煙が漂っていました。わたしは、納豆をかき混ぜる手を止めました。帳場の脇の壁に貼ってあったバスの時刻表には、七時三十分に出発とあったけれど、食堂の柱に掛けてある時計は、ちょうど七時になったところで、「ボーン、ボーン」と鐘が鳴りはじめています。

柱時計の下には、割烹着を着たお婆さんが座っています。

「ボーン、ボーン、ボーン」、時計の鐘が七回鳴り、響いた音は、真下のお婆さんに吸い込まれていくように消えていきました。

「あのバス、七時半のバスですかね」

お婆さんに訊きました。

「バス?」

「いま走っていったバスです。あれ七時半のバスですかね?」

「ああ、朝のバスだ」

「でも、まだ七時ですよね」

柱時計を指すと、お婆さんは頭上を見上げました。

「この時計、三十分遅れてるよ」

さも当たり前のように言います。腕時計を部屋に置いてきた自分も悪いのですが、朝食を食べ終わって、次のバスを調べるために帳場へ行くと、女主人がいたので、食堂の時計が狂っていて、バスに乗り遅れたと、不満をもらすと、「あの時計、よく遅れるんですよ。でも、ここの時計は合ってますから」と帳場の上に掲げてある時計を指すので、見ると七時四十五分でした。

時刻表を確認すると、バスが粉滝の停留所へ、次にやって来るのは十二時十五分です。これから四時間半も待たなくてはなりません。女主人が、どこまで行きたいのか訊ねてきたので、片栗村だと答えると、それなら山道を行ったらどうですかと言います。片栗村まで行くのならば、バスに乗っても山の麓をぐるっとまわるので一時間かかるけれど、志目掛村のお堂の裏からはじまる山道を歩いたら二時間で行けるらしいのです。四時間半待って、バスに乗ってから一時間、合計五時間半。今から山道を歩けば二時間ちょっと、どう考えても歩いた方が妥当なのでした。

部屋に戻って支度をします。昨日のワイシャツは汗臭いのでビニール袋に入れて、新しいシャツに着替えてスラックスを穿き、腕時計をはめて、リュックサックを背負って部屋を出ます。

帳場で精算をしていると、「歩いていくなら」と女主人が言って、「これなんですけど、時計が遅れていたお詫びといっちゃなんですが、おにぎりを作りましたんで、途中で食べてください」と茶色い紙袋を差し出してくれました。このような気遣いをされると、時計が遅れていたことなど帳消しになってしまいます。

玄関の上がりかまちに座って靴のヒモをしっかり結び、山道を行くので、ズボンの裾を靴下の中にいれます。

玄関の外では、まもるさんが竹箒で掃き掃除をしていて、ニヤニヤしながら「時計遅れていたんですって」と言いました。なんだか時計を遅らせたのも、まもるさんの仕業のような気がしてきました。風呂場の小石も然りです。イタズラ好きの人なのでしょう。

「山道、結構きついですからね、気をつけてくださいよ。イノシシとか、熊が出ますから」

「えっ、熊、出るんですか?」

一気に不安になりました。わたしは父のこともあるので、熊には敏感です。

「鈴持ってるか?」

「鈴?」

「熊よけの鈴」

「持ってないです」

「持ってった方がいいよ。帳場の横のお土産屋で売ってるよ」

わたしは、そそくさと宿の中へ戻りました。

「あら、どうしたんですか？」

帳場にいた女主人が目を丸くします。

「熊が出るって聞きまして」

「はい出ますよ。でも、そんな心配することないですよ、あそこで熊を目撃する人は年に二人くらいですし、臆病だから人見たら逃げていきますよ」

自分が遭遇したわけでもないのに、彼女は無責任に言うのです。

「とにかく熊よけの鈴をください」

靴を脱ごうとすると、「わたしが持ってきますから」と彼女は熊よけの鈴を持ってきてくれました。

それは湯呑茶碗くらいの大きさの銅褐色の鈴で、表面に「粉滝」と記してありました。鈴を振ると、「カラン、コロン」と大きな音がします。値段は千五百円で、思っていたよりも高かったのですが、購入することにしました。

熊よけの鈴をつけて、リュックサックを背負いなおすと、「カランコロン」と背中で響きます。ふたたび宿を出発、玄関を出ると、まもるさんが鈴の音を聞いて、「それで安心」と笑います。

「本当に、こんなのでだいじょうぶですかね」

「そもそも熊なんてね、天狗と同じくらい目撃できませんから」

「天狗も出るんですか？」

「それはまあ、人それぞれだけど。あとね、山道がはじまるところにあるお堂には、あんまり近づかない方がいいです。いっひっひひ」

「天狗でも住んでるんですか？」

「いや別にたいしたことはないんですけどね、ひっひっひ」

まもるさんは会話を打ち切るように、竹箒で「サッサッサ」と大きな音を立てて地面を掃きだしました。

歩きはじめたわたしの背中では、熊よけの鈴が「カランコロン、カランコロン」鳴っています。国道に出て粉滝の見える橋を渡り、長い坂道をのぼって昨日のバス停まで戻ってきました。

時刻表を見ると、ここのバス停には十二時十分にバスが来るそうです。もしかしたら違うバスが来るかもしれないと思ったのですが、そんなことはありません。ここに来たバスがさきほどの粉滝停留所に行くのです。ずいぶんとあきらめが悪い自分が情けなくなりました。

結局、人生とは時間にふりまわされているだけなのです。時刻になればバスは出発してしまいます。だけどわたしには、腹から飛び出した内臓みたいな過去をズルズルひきずって、時間は止まったままなのです。時はなにも解決してくれません。

しかし、この村の信仰する三つの霊山をお参りすることは、生まれ変わりを意味すると聞きました。ですからここでは、時は時間を刻むものではなく、過去を断ち切り、地滑りの原因である地下水のように、流れて次へ次へと向かっていくのです。わたしも三山をお参りすれば、新しい自分になれるのでしょうか。

バス停から四つ辻に出て、田んぼの間を進んでいくと、丘の下にやってきました。そこから左右に木々の生い茂る道を進み、古びた丸太の階段をのぼっていくと、竹林があり、さらに切り開かれた細い道を抜けると、丸いひらけた空間に出て、そこには、お堂がありました。

ここは高台にあって、お堂の前方は急な斜面で、後方には山がそびえています。

お堂のまわりは四角く石で囲まれていて、三メートル四方くらいの木造の建物が、石段をあがったところにあります。手入れは長いことされていない様子で、屋根や壁は朽ちて、漆《しっ》喰《くい》の壁にはところどころ穴が空いています。

お堂を眺めていたら、中からなにやら物音が聞こえてきました。それは「グル、グルルルル」と鼻の鳴るような音でした。お堂には近づくなとまもるさんに言われましたが、気になります。歩くと、熊よけの鈴が「カランコロン」鳴るので、手で握って音を立てぬよう、お堂に近づき、漆喰の壁に空いた穴から中をのぞきました。

すると薄暗いお堂の中になにやら白いものが浮かんで見えました。目を凝らしてみると、それは人間の女の尻で、ふくらはぎには蜘蛛の刺青が見えます。鼻の鳴る音は女の鼾《いびき》でした。女は裸で一人、床に寝転がっています。

この、わけのわからない状況に動揺したわたしは、足早にその場を去り、そそくさとお堂の裏手にある山道に入っていきました。

いったいあれはなんだったのでしょう。お堂の中には女が一人でしたが、情事の後だったのかもしれません。お堂は、かつて逢引きに使われていたことがあると、喫茶店に置いてあった大衆週刊誌の性の特集で読んだことがあります。すると、この村ではいまだにそのような風習が残っているのでしょうか。

熊よけの鈴を響かせながら山道を歩いていきましたが、お堂の中で見た白い尻の残像が脳味噌にこびりついてはなれません。すると面倒なことに、曇っていた右目がくっきりしてきて、前方にある岩が、やわらかくうねりだし、さっき見た、女の尻に見えてきました。あれは岩だ、どうせ岩だ、と思いつつも、近づいて、おもむろに撫ではじめ、あげく頬まですりつけていました。

武田と遊んでいたころキャバクラで食べていたフルーツに変な薬を盛られていて、その後、女の娘《こ》とホテルに行き、三時間尻を撫で続けて、彼女の尻がまっ赤に腫れてしまったことを思いだしました。

しかしこれは女の娘の柔らかい尻ではありません。頬にあたる感触は、痛いだけの、ただのごつごつした岩でした。深呼吸をすると、ふたたび右目が曇りだし、尻は岩にもどりました。

立ち上がると、風がリュックサックと背中の間を吹き抜け、足下には、ひからびたトカゲの死骸が転がっていました。小石を蹴り飛ばすと、木の根に当たって跳ね返り、向こう脛に当たって、思わず声をあげてしまいました。

ふたたび歩きはじめます。鳥のさえずりが聞こえてきました。風が草木のあいだを流れて葉をゆらし、ひっついていた朝露がポツンと落ちて、湿気《しけ》った落葉を踏み込むたびに土のニオイが立ちのぼります。しばらくすると道が悪くなってきて、靴底が滑りました。昨日降った雨で、ぬかるんだところがたくさんあり、靴はすでに泥だらけです。身体は火照って汗まみれになっています。ワイシャツのボタンを胸まで外し、そでをまくりました。

それにしても、なかなか目的の村にたどり着くことができません。周辺の樹木は高くなってきて、光が遮られ、夕方のようです。野鳥が赤い木の実をついばんで飛び立ち、枝がゆれました。はたしてこの山道でいいのか心配になってきます。

水の流れる音が聞こえてから、十分くらい歩くと、ようやく沢に出たので休むことにしました。背中からリュックサックを降ろし、沢の水をすくって飲んで、靴を脱ぎ、靴下を脱いで水の中に素足を浸しました。雪解け水らしく、もの凄く冷たくて、三十秒も耐えられません。手ぬぐいを取り出し、水に浸して、首と汗ばんだ身体を拭き、石に座って宿でもらったおにぎりを食べました。中身は梅干しでした。

沢の向こうは急な斜面になっていて、土からピョンと飛び出した緑の葉が群生しています。その葉っぱに見覚えがありました。土から引っこ抜くと、白くて長細い根が出てくる、あれは行者にんにくです。

父は行商に出ると、お土産に行者にんにくを、よく持って帰ってきました。それは懇意にしている商人宿の主人から貰ってきたもので、母が天麩羅《てんぷら》にして食べさせてくれ、残ったものは醬油漬けにして、ふたたび行商に出るとき、荷物に入れて、「これを食べると普段の倍は歩けるようになるんだ」と父は話していました。行者にんにくを食べると血行が良くなるといわれ、その名前の通り、ニンニクの臭いがして、クセのある味ですが、滋味であります。

わたしは、裸足のまま沢の中に入り、五メートルほど先の斜面に向かいました。水は冷たくて、足の裏にあたる石はゴツゴツしていましたが、なんとか渡りきり、斜面によじのぼって、行者にんにくを八つばかり引っこ抜いて戻りました。

沢で洗って土を落とすと白い根があらわれ、ひとつ食べることにしました。つまんで口に入れようとした、そのときです。

「ちょっと待て」

とつぜん頭上から声がしたので、驚いて手にした行者にんにくを地面に落としてしまいました。振り返ると白装束の男が立っています。この男には、見覚えがありました。昨日、国道を歩いていて、その後、商店から出てきた修験道の男でした。

男は地面に落ちた行者にんにくを拾い上げました。腰にぶら下がった法螺《ほら》貝が揺れています。無精髭を生やした面長の顔は、上にも下にも尖っているようで、右の頬から目にかけて火傷の跡がありました。

男は手にした行者にんにくをしげしげと眺め、ニオイを嗅ぎ、「犬サフランだ」と言って沢に投げ捨てました。

水面に浮かんだ行者にんにくがあれよあれよという間に流れていきます。さらに、わたしの横に置いてあった七つの行者にんにくもまとめて取り上げ、沢に投げてしまったのです。

「全部、犬サフランだ」

「犬サフラン？」

「ああ」

「行者にんにくじゃないんですか」

「犬サフランだ。あんたみたいに、行者にんにくと間違える奴がいる。食ったら死ぬ」

「死ぬんですか」

「死ぬ」

「そうですか」

「感覚が無くなってきて、最後は呼吸困難だ」

もし口にしていたら、わたしは、ここで野垂れ死にしていたのかもしれません。親子揃って山の中で死んでいる姿を発見されたら、よほど山に祟られているとしか思えません。

「そもそもあんたは、こんなところでなにをやっているんだ」

「片栗村まで歩いてます」

「だったら、道を間違えてるぞ、この山道は、湯女根山に出て、魚尾山に続く山道だぞ」

どうりで二時間歩いても村に着かないわけです。片栗村に向かうのは、お堂の裏にある、もうひとつの山道だそうで、それはお堂の裏手の竹やぶのところからはじまるのだと男は教えてくれました。

お堂の中で女の尻を見て興奮し、確認もせずに山道を歩きだしたので間違えたのです。このまま進んで霊山に向かっても仕方がありません。わたしは道を引き返すことにしました。

しばらく歩くと、山の上の方から法螺貝の音が聞こえてきました。法螺貝の「ぷふぉー」という音が、道を間違えたわたしを馬鹿にしているようにも聞こえました。

早足で歩き、下りが多いこともあって、一時間でお堂の裏に戻ってきました。

どこで道を間違えたのか確認すると、わたしの歩いてきた山道の入口から十メートルくらい右の方に竹やぶがあり、ぽっかりと細長い空間があって、そこが片栗村に行く道のようです。

さて、わたしはどうするべきなのでしょう。片栗村へ向かう山道をふたたび歩くのか、それともバスに乗るのか。腕時計を見ると十一時十分でした。さきほど確認した時刻表だと、村の停留所にバスがやってくるのは十二時十分でした。とにかく山道を歩くのは疲れたので、バスに決定です。

ポツリポツリ、雨が降ってきたので、お堂の軒下に向かいました。この中は、さきほど女の白い尻があったところで、もしかしたらと思い、熊よけの鈴を握って、中をのぞきましたが、誰もいませんでした。

お堂の扉を開けると中はがらんどうで床にはゴザが二枚敷いてあります。靴を脱いで、手に持って上がり込むと、奥の壁には木のお札が三つ貼付けてあって、それぞれ『牛月山神社本宮廣前大麻』『魚尾山神社本宮廣前大麻』『湯女根山神社本宮廣前大麻』と文字があります。このお堂は霊山の分院なのでしょう。

わたしはゴザの上にあぐらをかいて座りました。お堂の中で雨宿りをするとは風流なものではないかとひとり悦に入っていると、床に長い髪の毛が一本落ちていました。摘み上げて指でピンッと張ると、果物が熟れた甘い匂いが微かにしました。

お堂の扉が風でバタンバタン開いたり閉じたりするので、内側にある取手に、丸めたゴザをかんぬき状に突っ込みました。外は雨足が強くなってきました。

バスの出発まではまだ時間があるので、少し休むことにしました。リュックサックを枕にして仰向けに寝転がると、天井には、正方形のカラフルな天井絵馬が、タイル状にびっしり並んでいます。馬、犬、閻魔大王、鬼、軍人、天女、猿、虎、大黒さん、恵比寿さん、桜、裸の河童、鳳凰、西瓜、宝船、狸、牡丹、蛇、貝、七五三の子供、松尾芭蕉みたいな人、などなどです。十二支の動物は全てあるようですが、絵を描いた人はそれぞれ違っているらしく、画風も異なり、さらに貝や軍人などもあるので、脈絡がなく、落ち着かない並びです。

お堂の外から物音が聞こえてきました。壁の穴から外をのぞくと、そこには知った顔の二人がいました。粉滝の宿のまもるさんと商店の女でした。女の持った赤い大きな傘にまもるさんが入って、こちらに向かってきます。わたしはあたふたしながら、リュックサックを背負い、かんぬき状にしたゴザを引っこ抜いて、靴を履いて表に出ました。

お堂からとつぜん人が出てきたので、まもるさんは驚いて身体をのけぞらせました。

まもるさんは気まずそうな顔をしていますが、女の方は動じた様子もなく笑っています。彼女は昨日と同じホットパンツを穿いていました。右と左の太ももの真ん中にできたすき間が、なにかを誘い込む空間のように見えます。

「こんにちは」、彼女はちょこんと頭を下げました。わたしも軽く頭を下げます。

「では自分、バスの時間がありますんで」

背中に視線を感じましたが、そそくさと、振り返らずに雑木林を抜けていきました。

お堂の中で、あの人たちは何をするのでしょうか。女の手足が蜘蛛のように、小さなまもるさんに絡み付き、体液を吸われ、しぼんでいくまもるさんを想像しました。

以前、ソープランドの控え室でトランプをしていたときに、ソープ嬢がしていた話を思い出しました。それは彼女が読んだ小説でした。

女の魔法で身体を小さくされてしまった男がいて、男は女の陰部に突っ込まれ、出し入れされて玩具にされているのですが、中が臭くて、気持悪くてたまらない男は、なんとか逃げ出そうとします。しかしなかなか逃げられず、身体はどんどん小さくされて、十五センチになってしまうというものでした。

「どう十五センチにされたい？」、ソープ嬢が訊いてきたので、どうであれ十五センチになって、穴の中に入ってみたいとは思いました。そこは自分が産まれてきた場所であり、ひき出されたときに、もしかしたら新しい自分になっているかもしれないと馬鹿な事を考えたのです。

早足で歩いていたら、バスが到着する時刻の十分前に村のバス停にやって来ました。わたしはリュックを降ろし、女の太ももを思い出して、そこに挟まれる自分を妄想していました。

それにしても、なかなかバスがやって来ません。時刻表の時間を、すでに五分、十分と過ぎています。

するとバス停前の民家から、昨日のおっさんが煙草を吸いながら出てきて、ちらちらわたしのことを見ています。この人は村の門番なのでしょうか、それとも、わたしに気があるのでしょうか。おっさんは煙草の煙をくゆらせながら、こっちにやって来ます。

「バス来ないよ」

「えっ？」

「国道で土砂崩れがあって通行止めだって」

困りました。こうなると、鶴亀岡の駅へ行き、電車に乗って、いったん酒井田の町に戻るのが賢明かもしれません。

「あんたどこまで行きたいの？」

「酒井田です。バスが無理なら、電車で行こうかと」

「それも駄目だ、鶴亀岡から酒井田に向かう電車は、今朝から止まってるよ。昨日の雨で線路に大きな岩が落ちたってよ」

おっさんはニタニタ笑っているように見えます。吐き出した煙草の煙がわたしの顔面にまとわりつき、疲れがドッと押し寄せてきました。

車のクラクションの音とともに「おい！」と声がして、わたしの横に軽トラックがとまり、窓から敏郎さんが顔を出しました。

バス停の前に住んでいるおっさんは、煙を吐き出しながら、背中を向け、何も言わず、自分の家の方へ歩いていきました。

「まだいるのか？」、敏郎さんが言うので、バスに二回乗り遅れ、山道を間違え、今度は土砂崩れでバスが来なくて、村から抜け出せない顚末を話しました。

「んだったら、とりあえず家に来たらどうだ」

助手席からは奥さんが、「お昼ご飯を作るから、食べていったらいいですよ」と言うので、お言葉に甘えさせていただくことにしました。

「すまねえけど、荷台に乗ってくれるかな、犬がいるけど気にしないでな」

敏郎さんが言うので荷台に乗り込むと、黒い犬が前足と後ろ足をピンッと張ったまま横たわっていました。犬は泥だらけの硬直した死体で、舗装の悪い道を進むと、車体が振動して犬は痙攣しているみたいに動きます。わたしは犬から離れて座っていましたが、坂道になるとズリズリ滑ってきて、靴の先に犬の毛が当たりました。

家に着くと敏郎さんは、荷台から犬を引きずり出し、担いで庭に運んでいきました。奥さんは「ご飯すぐ作りますからね」と家の中に入っていきました。

庭の地面に犬を置いた敏郎さんは、縁側に座っているトメさんに、「タロスケ見つかったぞ」と声をかけます。トメさんは相変わらず山の方を眺めていますが、雲が立ちこめ、山は見えていませんでした。

飼い犬が死んでいたというのに、敏郎さんは、ずいぶんあっけらかんとしていて、「昼飯食べたらさ、タロスケ庭に埋めるから」とトメさんに言います。

居間にあがると、奥さんがお茶を持ってきてくれました。しかし死んだ犬が転がっている庭を眺めながら飲むお茶は、どうにも落ち着きません。敏郎さんもやってきて、一緒にお茶を飲みます。

「夕方から、また雨が降るらしいからな、困っちまうな」

「国道の土砂崩れは、どれくらいで開通しますかね」

「二日はかかんな」

「鶴亀岡からの電車も止まっているんですよね」

「あれも二日はかかんな」

「それだったら、山道を歩いて片栗村に出て、そこからバスしかないですね」

「んだけども、今日はやめとけ、これからまた雨降るしよ、あの山道は雨だと危ねえから」

奥さんが昼飯を運んできてくれました。テーブルには、みょうが、納豆、生卵、ネギ、サバの水煮の缶詰が並びます。そして、アルマイトの大きな鍋に入ったうどんが真ん中に置かれました。湯気の立つ鍋の中には大量のうどんが入っていて、竹製のうどんすくいが突っ込んであります。これは、ひっぱりうどんと呼ばれていて、うどんを自分のどんぶりにすくって醤油をたらし、好きな具材を絡めて食べるのだと、奥さんが説明してくれました。トメさんはいつの間にか食卓についていて、うどんをすくって薬味を入れ、そそくさと食べはじめていました。

わたしも、納豆、ネギ、サバを絡めて食べました。うどんにサバは、どうかと思いましたが、風味が出て美味しいのです。次は、なにを入れて絡めようかと悩んでいると、ネギの盛られた皿の横に、同じように細かく刻まれた白いものがあり、なにかと訊ねると、奥さんが、行者にんにくだと教えてくれました。

わたしが、さきほど歩いてきた山道で、行者にんにくと犬サフランを間違えて食べそうになった話をすると、村でもそのような間違いで中毒を起こす人がいるらしく、「食べちまったらな、目がだんだん見えなくなって、呼吸できなくなって、恐いんだぞ、犬サフランてのは」と敏郎さんが言います。

「山ん中はよ、食ったら簡単に死んじまうものが、結構あるからな。キノコの中毒も恐いぞ、昔よ、間違えてテングタケを食べちまったことがあってな、大変だったんだわ、便所入って糞して、糞紙とろうとしたら、手がどんどん伸びていって。幻覚だな。気づいたら糞まみれで倒れててな。母ちゃんに助けてもらったんだよ。なあ」

「あたしはキノコ食べないから、あたしのおじさんは、キノコで死んでるんです」

奥さんはうどんをすすります。トメさんがすすります。納豆のネバリが、うどんをすする音を際立たせ、わたしも大きな音を立てながらうどんをすすりました。

「そのおじさんってのはさ、何度もキノコで中毒なってるんだな、それでも懲りずに食ってたんだから。今ごろキノコに生まれ変わって、そこら辺に生えてるぞ」

敏郎さんが言うと、奥さんが笑いました。人間からキノコに生まれ変わるのはどんな気分なのでしょう。わたしは生まれ変わるとしてもキノコは嫌でした。

「とにかくよ、犬サフランも恐いから、あんた、犬サフランなんかで人生終わらなくて良かったよ」

犬サフランを食べて死んだら、犬サフランに生まれ変わるのでしょうか、それとも犬でしょうか、でも、どちらも嫌なのでした。

「あのよ、あんた、修験道の人に犬サフラン教えてもらったっていってたけどよ、その修験者、顔に火傷の跡がなかったか？」

「ありました」

「そんでお堂の裏の山道で会ったんだよな。湯女根山に行く」

「そうです」

「それ、きっとタナベのタケルだ。あれは修験者じゃねえよ。泥棒だぞ」

「へ?」

「最近、村に戻ってきてるって話でよ。このまえ刑事が村に来てたって、まあ、タナベのタケルに会うなんて、天狗に遭遇するみてえなもんだからな」

それから敏郎さんはタナベのタケルのことを詳しく話してくれました。

タナベのタケルは、父、母、タケル、妹の家族で、この村の山奥に住んで椎茸《しいたけ》栽培をしていました。妹は途中からいなくなって、施設に入っているとか、どこかに売られたという噂が流れます。そのころタケルは子供でしたが、学校には通っていなかったので、たまに村で見かける程度だったそうです。

家族が椎茸栽培をしていた場所は、わたしが間違えて歩いた山道、お堂の裏から霊山に向かう山道の途中にあったそうです。しかし、地滑りの被害に遭って、すべてを無くしました。タナベのタケルの家族は、どこか違う土地からやって来て無断で山中に小屋を作り、椎茸を栽培していたので、村の人からは嫌われていて、誰も手を差し伸べませんでした。

一家は住む場所を失い、村を出てからは、泥棒をしながら放浪していたそうです。犯行は家族ぐるみでした。息子のタケルは、親が盗みに入った家に人が戻ってくると法螺貝を吹いて、合図を送っていました。

二十年前、酒井田の町で大きな火事がありました。その日は風が強くて火のまわりが速く、町の中心部のほとんどが燃えてしまう大火になり、たくさんの人が亡くなりました。野次馬も多く集まったのですが、その人たちや避難していた人の家から、金目のものがごっそりなくなっていたのです。町の人の証言では、火事の最中、消防車のサイレン音に混じって法螺貝の音が響いていたといいます。

そして大火から二週間後に捕まったのが、タナベのタケルの父親でした。そのとき母親とタケルはいませんでしたが、数日後に母親は駅のホームで走ってきた特急電車に投身します。

タケルは、ホームで呆然と立っているところを保護されました。顔には火事のときに負った火傷がありました。

捕まった父親は、火をつけたのは自分ではなく、火事は偶然だったと訴え続けました。けれども裁判では父親が火をつけたことになり、死刑の判決が下りました。タケルはそのころ十歳で、施設に入れられます。

「でも、もしかしたら火事は本当に偶然だったのかな」と敏郎さんは言います。

あのような災難では、誰かに責任を負わせ、悪人を作りたがるのが人間で、人間は残酷だから、真実なんてどうでもよく、火事場泥棒を働いたタナベは、生け贄みたいなものだったのかもしれないと。

しかしタケルはたびたび施設を逃げ出し、一人で村に戻ってきては、あのお堂に身を潜めていました。そして村人に見つかるたび施設に連れ戻されます。

その後、施設を出てからの動向は不明ですが、泥棒をしているとか人を殺して刑務所に入っていたとかで、最近、村でよく見る修験者が、タケルなのではないかとの噂があるそうです。

昼飯を食べ終わると、役場からショベルカーを借りるために、敏郎さんは家を出て行きました。ここら辺は雪が深いので、役場には村人が共同で購入したショベルカーやブルドーザーや除雪車があるのだと奥さんが教えてくれました。

しばらくするとエンジン音が聞こえてきて、小型のショベルカーが見えました。むき出しの運転席には敏郎さんが乗っていて、あぜ道を軽快に走ってきます。

ショベルカーが庭に入って来ると、エンジン音が大きく響きました。敏郎さんは庭に穴を掘りはじめます。トメさんはまったく気にしない様子で、あいかわらず山の方を眺めています。

穴が空くと敏郎さんは、「タロスケを中に入れてくれ」と言うので、わたしはタロスケを抱えて穴の中に転がしました。

今度は盛った土で穴を埋めていきます。敏郎さんのショベルカーさばきはたいしたもので、掘ってから埋めるまで、まったく無駄がありませんでした。

穴を埋め終わると、奥さんが線香を持ってきて、埋めた土の上に立てて火をつけ、手を合わせました。

奥さんは、「タロスケ、うちに来たとき、こーんな小さかったのにね、いろいろ、ありがとうね」とすすり泣きました。敏郎さんも目に涙を浮かべ、「ありがとな」と言っています。

さっきまで庭に放ったらかしていたというのに、二人がここで急に涙を見せるので、感情をスイッチみたいに切り替えられるのが不思議でした。過去はブツ切り状態で、それを抽斗《ひきだし》から出したりしまったりしている感じです。

そもそもどうしてタロスケが死んだのか、敏郎さんに訊いてみました。

五日前、タロスケを畑に連れていって遊ばせていたら、行方不明になって、今朝、国道の脇で、車にひかれて倒れていたのを、敏郎さんの知り合いが見つけて連絡してきたそうです。

「タロスケは、昔っからよ、一週間くらい旅に出ることがあってな、あいつも、お山にお参りしに行ってたのかもしんねえな」

タロスケの埋まった穴に向かってしばらく手を合わせると、「あっ、犬小屋も一緒に埋めちまえばよかった」敏郎さんが言いました。

奥さんは、もう泣いていませんでした。敏郎さんが、タロスケを埋めた穴の上に、犬小屋を移動させると、雲が村全体をつつんできて、ふたたび雨が降ってきました。

「そんで、あんた今晩はどうするんだ」敏郎さんが訊いてきます。

「粉滝旅館に泊まろうかと」

「昨日も泊まったんだろ、今晩はうちに泊まればいいんじゃないか」

昼飯まで食べさせてもらい、お世話になりっぱなしなので申し訳ないのですが、余計な出費をしたくないのも事実です。わたしが悩んでいると、「寝小便が心配だったら、天祐さんがあるだろ」と敏郎さんが笑います。

「寝小便は大丈夫です」

「寝小便はおれだな。まあ、今晩はとにかく泊まっていけ」

恐縮しながらも、お言葉に甘えさせていただくことにしました。

「じゃあ、イノシシの肉があるから、今晩は、すき焼きにしましょうかね」

奥さんは家の中に入っていきます。

「さあ、雨足が強くなる前に役場に返してくるな」

敏郎さんはショベルカーに乗って庭を出て行きました。

雲は、どんどん低くなってきています。向こうの四つ辻で赤い大きな傘がゆれていました。あれは、お堂の前で見た傘です。浮かぶように移動する赤い傘は、浮世から少しズレたところにあるようでした。

山の方に稲光が見え、雷が鳴った途端、トメさんが、こっちを見て目をぱちぱちして、ゆっくり口を動かし、かすれた声で喋りはじめました。

「てんゆうし、れいそう、ま、おう、さん」

トメさんは自分の肩をトントンと叩きます。これは、お灸を据えてくれということなのでしょうか。さらにトメさんは自ら縁側の床にうつ伏せになり、着ていた服をめくりあげて背中を丸出しにしました。

わたしはリュックサックから道具を出し、トメさんの背中にお灸を据えました。煙が立ち上っていきます。

「あら、お母さんお灸据えてもらってるの？」

奥さんが、居間にやってきました。

「トメさん、自分の肩を叩いて、据えて欲しいって」

「そうなんです。たまに、まともになることがあって、この前も、ぬか味噌をかきまわしてたら、そんなんじゃ駄目だって、お母さんが交代してくれて」

奥さんは、そう言いながらテーブルを拭いて、台所に戻っていきました。

十分くらいお灸を据えていると、トメさんは「ふーう」と大きな息を吐きだしました。まるで魂が抜けて行くようだったので、心地よすぎて死んでしまったか、と思ったら、いきなり立ち上がり、背中の、火のついたお灸を払いのけて居間に行き、座布団を枕にして横になってしまいました。

縁側には、トメさんが払って落ちたお灸が転がっていて、まだ燃えています。わたしは庭に蹴り出しました。もぐさの小さな煙はバラバラになって、垣根の方に流れていきました。雨が急に、強く降ってきました。お灸の火は雨で消されていきました。

奥さんがやってきて、「たいへんたいへん」と窓を閉めはじめます。そして居間で寝転がるトメさんに、「お母さん寝ちゃったんですか」と、押入れからタオルケットを出してかけました。

空は真っ黒になってきました。部屋も薄暗くなり、寒々しい蛍光灯が天井にへばりつくように光っています。

「テレビでも観ててください」

奥さんがテレビのスイッチを入れて、リモコンをテーブルに置きました。

敏郎さんが戻ってきたので、干し柿を食べながら、一緒にテレビのニュースを観ました。

わたしは、田舎の親戚の家に遊びにきているようなくつろいだ気分になっていました。

テレビを観ていると、だんだん眠くなってきました。わたしが、こくりこくりと舟を漕いでいると、敏郎さんが顔をのぞき込んできて、眠いのかと訊いてくるので、正直に眠いと答え、座布団を折って枕にして、タオルケットをかけ、トメさんのとなりで横になりました。

雨はさらに強くなってきたらしく、その音を聞きながら、わたしは眠りに落ちました。

敏郎さんに起こされると、夕食の時間でした。テーブルにはイノシシのすき焼きが用意されていました。ごぼう、こんにゃく、焼き豆腐、ネギ、大根、そして半解凍されたイノシシの肉が綺麗にお皿に盛られています。この肉も、やはり猟友会の人にわけてもらったもののようです。

まずは野菜から煮ていきます。トメさんはテーブルの前に座って、箸を持って待っています。鍋の中でグツグツ躍るイノシシの肉は、煮込むほど柔らかくなるそうで、食べてみると臭みもなく、千倉さんのところで食べたものとは違って、味わい深いものでした。さらに一緒に煮込んだ大根に、味が染み込んでとても美味しかったのです。

ご飯を食べ終わり、お茶を飲んでいると、テレビではボクシング中継が始まりました。

「田村朋人、ウェルター級、世界戦挑戦」とテロップが流れます。

チャンピオンはメキシコ人、ラモン・ゲレロ選手。防衛は八度目で、褐色の光る肌、緑のボクサーパンツに浮かび上がる腹筋、肩の筋肉は馬のようで、表情は笑みを浮かべ余裕がありそうです。わたしは、かつてテレビでゲレロ選手の試合を観たことがあります。下から突き上がってくる右ストレートが強烈で、相手は三ラウンドでノックアウトされてしまいました。

ウェルター級はとんでもなく層が厚い階級で、いまだに日本人の世界チャンピオンは一人もいません。ですから田村選手がこれに勝つことは快挙なのです。頑張って欲しいところです。

試合開始のゴングが鳴りました。田村選手は、最初、動きがかたくて、なかなかパンチが出ません。一方チャンピオンのゲレロ選手は、軽快なフットワークで前に出てきます。二ラウンドも田村選手の足はなかなか動きません。ゲレロ選手はジャブで追いつめ、ストレートが何度か顔面をとらえました。

鼾が聞こえてきたので、横を見ると、いつの間にか敏郎さんが眠っていました。

三ラウンドになると、田村選手の足が動き始めて良いパンチも出てきました。四ラウンドと五ラウンド、田村選手はチャンピオンのボディを執拗に打っていきます。六ラウンド、ボディが効きはじめチャンピオンの顔が歪んでいきます。そして七ラウンド、ゲレロ選手が右でボディを打ってきたところを、田村選手は左にまわりながらよけて、左フック、ボディ、

ボディ、左のジャブからの強烈なショートアッパーがゲレロ選手の顔面をとらえ、ゲレロ選手はダウンしました。

ワン、ツー、スリー……カウントが数えられていくと、かすんでいた右目がくっきりしてきて、テレビの中の、立ち上がったゲレロ選手が、突然白目をむいてニタニタ笑いはじめました。そしてゲレロ選手の顔は、かつてわたしが戦った松岡陣太という選手の顔になっていました。

松岡陣太は東洋太平洋のランキング三位になった強い選手でしたが、ときたま、まったくやる気を感じられない試合をすることがありました。

七ラウンド、松岡陣太は、わたしの左のショートアッパーが決まると、ダウンしました。しかしエイトカウントで立ち上がると、突然、ニタニタ笑い出したのです。最初は、ダメージを受けていないというアピールかと思いましたが、その笑い方が、なにか変だし、やはりダメージを受けているようで、なかなかパンチを出してきません。

わたしはそこを打ち込んでいきましたが、殴れば殴るほどにニタニタ笑いが激しくなり、まるでなにかに取り憑かれたような目になり、さらに、こっちを馬鹿にしているのか、パンチを自ら受けるように顔を前につき出してきたのです。

わたしは、殴りつづけました。最後に、右アッパーが決まって、松岡陣太が後方に倒れ、頭がマットに跳ね返りました。けれどもダウンした松岡はマウスピースを吐き出して、舌を出して笑っていました。顔は笑っていたけれど、身体はまったく動かなくなり、ついには担架で運ばれていったのです。そして次の日に病院で亡くなりました。これはリング禍であり、わたしが罪に問われることはありませんでした。

わたしは悩んだ末に、松岡選手の通夜に行きました。親族席には、奥さんと二歳くらいの娘さんが座っていて、娘さんはなにもわかっていない様子で、パンダのヌイグルミを手にしていました。それ以来、どうしてもグローブをはめることができなくなりました。

テレビの中ではゲレロ選手が、マットに倒れていました。テンカウントが数えられ、「日本初の、ウェルター級世界チャンピオン誕生です！」と興奮したアナウンサーの声が聞こえてきて、フラッシュがたかれ、画面が強烈に光ります。

わたしは、リモコンのボタンを押してテレビのチャンネルを替えました。町のパチンコ屋のコマーシャルが流れてきて、顔の大きな男が赤いツナギで、ゴーカートに乗りながら、「出るぞ、出るぞ、出すぎてこまるぞ」と叫んでいました。

テレビを消すと、薄暗い蛍光灯の下で、すき焼きの甘ったるいニオイが漂っていました。

その夜は、居間に蒲団を敷いてもらったのですが、なかなか寝付けませんでした。外の雨は激しくて、家の壁や屋根に当たる雨音が響いてきます。その音がパンチのように、自分を殴りつけてきます。吹きつける風は笑い声のようでした。

朝、敏郎さんが、大きな音を立てて階段を降りてきて目を覚ましました。わたしがそもそも起きだすと、仏壇に置いてあった車のキーを手にして、千倉さんの住んでいる集落で地滑りがあって、いまから様子を見に行くのだと言います。わたしも急いで着替え、一緒に家を出て、軽トラックに乗り込みました。

車を走らせて十分ほどで集落に着くと、すでに何人かの村人がやってきていました。千倉さんの家は小高いところにあったのですが、そこから地面が雪崩《なだ》れ落ちています。家は崩れペシャンコになり、柱が土の中に突き刺っていました。地滑り対策に作られた地下水の流れていた緑のマンホールからは、水が吹き出していました。

家の方に近づいていくと、崩れた家の裏から農業用の一輪台車を転がしながら、千倉さんがあらわれ、照れくさそうな顔をして、こっちに向かってきます。

「いやいや、まいったよ」

千倉さんは怪我などない様子で普通に歩いていて、崩れた家からは、必要なものを取り出していたようで、一輪台車には着替えとビニールに入れたイノシシの肉と七輪が載っていました。

わたしたちは、千倉さんを車に乗せて、公民館に向かいました。そこが、とりあえずの避難場所です。避難するのは千倉さんだけですが、ぞくぞくと村の人が、食べ物などを持って集まってきて、お祭りの準備でもしているかのようなにぎわいになりました。

千倉さんは寝ていたときに地鳴りを聞いて、家から逃げ出すと、数分後に地滑りが起きたそうです。

わたしと敏郎さんは、いったん家に戻ることにしました。家では奥さんが朝ご飯を用意してくれていました。のり、納豆、こしあぶらのおひたし、なめたけの味噌汁、サバのみりん干し、白米でした。最後に熱いお茶を一杯飲んで、わたしは出発する準備をしました。

敏郎さんがもう一度、公民館に行くというので、四つ辻まで車に乗せてもらうことにしました。奥さんが庭先まで見送ってくれます。トメさんは縁側でいつものように座って山を眺めていました。

わたしは、前の日と同じように、雑木林を抜け、お堂までやってきました。女の尻が脳裏に浮かび、壁の穴から中を確認しましたが、誰もいませんでした。

今度は間違えないように、お堂の右手の竹やぶからはじまる山道へ入ります。地面は昨日の雨でぬかるんでいて、大きな石が転がっている場所がありましたが、歩けないことはありません。背中では熊よけの鈴が「カランコロン」鳴っています。

山道を二十分くらい歩くと向こうのほうからも熊よけの鈴の音が聞こえてきました。やってきたのは三人の男たちでした。ヘルメットをかぶり、ハーネスを装着し、装備も万全の彼等は、山岳会の面々で、地元の警察よりも一足早く状況を窺うために、地滑りがあった志目掛村に行くところだと話しました。そして、ここから先は、道がごっそり無くなってるところがあって、一人で行くのは無理だと言われました。

「ロープとハーネスを使ってきたんですから」

眼鏡のリーダー格らしき男が言います。

「でも、まだ国道も開通しませんよね」

「今日の午後に、消防車や救急車などの緊急車両は通れるようになります。バスはまだ無理でしょうが」

わたしは、あいかわらず村から抜け出せません。なんだか、この村に来てから今生と過去をさまよっているような気になってきました。

しかし、わたしが困った顔をしていると、赤いヘルメットの男が、「おれ救助用の予備ハーネスを持ってますけど、帰り一緒に連れていってあげたらどうですか」と提案してくれました。

「あなた体力は自信ありますか」と眼鏡のリーダー格が訊いてきました。

「あります」

「でも、ヘルメットがね」

わたしは公民館の玄関口に防災用のヘルメットが引っ掛かっていたのを思い出しました。

「ヘルメットあります。村に戻ればあります」

そして、山岳会の人たちと村へ引き返しました。

公民館は村人であふれかえっていて、酒盛りがはじまっていました。山岳会の人たちはあきれた顔をして、眼鏡のリーダー格が、「午後には救急車が来ます。怪我人がいたら教えてください」と声を張りあげても、「いねえいねえ、大丈夫だ」と千倉さんは相手にせず、酒を紙コップに注いで、「ほら、あんたらも、飲んでいけ」と勧めています。

山岳会の人たちは、この場にいても仕方が無いと判断したのか、地滑りの状況を見に行くために公民館を後にし、わたしは彼等とお堂の前で十二時に待ち合わせをしました。

ヘルメットのことを千倉さんに話すと、組合長に話をつけてくれて、防災用ヘルメットと、さらに公民館の忘れ物で青い雪用長靴があると出してきてくれました。「返さんでいいよ」、組合長は言います。

千倉さんは酒を飲めとしきりに勧めるのですが、これから山道を歩くので断りました。さらに公民館の中で、イノシシの肉を七輪に載せて焼きはじめ部屋は煙だらけになっています。あまりにも煙たいので燻《いぶ》り出されるようにして外に出ました。

わたしは、お堂で山岳会の人たちを待つことにしました。リュックサックに履いていた靴を詰め込み、ヘルメットをくくりつけ、貰った雪用長靴で歩きはじめます。

公民館の前にある商店はシャッターが半分だけ開いていたので、腰をかがめて中をのぞいてみましたが、あの女はいませんでした。

この村に来て、お堂までの道を何度通えばいいのでしょうか。木々はせせら笑うように風になびき、前方でカラスが低く飛んでいきました。熊よけの鈴がヘルメットに当たり、「カランコロン」と響きます。

ふたたびお堂の前までやってきて、中に入り、ゴザの上に寝転がって、一昨日、敏郎さんの奥さんから貰った干し柿を食べました。

天井絵馬がわたしを見下ろしています。壁には三つのお札が掛けてありますが、現在、過去、未来のうち、未来の山の名前が書いてあるお札だけ傾いていました。村に来てから三山のうち、未来の山である湯女根山だけ見ていません。もしかしたら、村から出られない理由は、これのせいではないかと思えてきて、立ち上がり、壁のお札を真っすぐにしようとすると、お堂の扉が開く音がして、背後から光が差し込んできました。

そこには、女が一人立っていました。「こんにちは」声が聞こえます。商店の女でした。

「さっき、お店のぞいてたでしょ。わたし二階にいたんですよ」

中に入ってきた女は、ゴザの上に座りました。

のぞいた自分が、のぞかれていたというのは、どうにも恥ずかしいのですが、この村に来てから、ずっとなにかにのぞかれているようでもあります。

彼女はビニール袋の中から紙パックの牛乳を出しました。

「これお土産です」

「ありがとうございます」

わたしはゴザの上に座りました。

「賞味期限、三日くらい過ぎちゃってますけど、大丈夫ですよね」

「はい」

牛乳パックにストローを差し込みます。

「お店はいいんですか?」

「どうせ暇なんで」

ビニール袋から煙草とライターを取り出した彼女は、煙草をくわえて火をつけ、この前と同じホットパンツ姿で、あぐらをかいて座っています。わたしの視線は、どうしても彼女の足にいってしまいます。その視線を半ば肯定的に誤魔化すため、「蜘蛛の刺青ですね」とふくらはぎを指すと、彼女は刺青のある右の膝を立てて、ふくらはぎの裏を見せてくれました。

左の太ももが底辺になり、右の膝頭が頂点となった三角形の空間ができました。わたしは無性に、その三角地帯に頭を突っ込んでみたくなりました。

ボクシングをやめて、川崎で武田と遊んでいたころ、キャバクラに行って、酔っぱらうと、ホステスの太ももの間に顔を突っ込んでいたのを思い出しました。「そこ、いいトンネルあるじゃんよ」と、頭を突っ込んでいくのです。たいがい嫌がられましたが、なにも言わず、太ももに挟んでくれる女の娘もいました。

「いいトンネルですね」

「トンネル？」

「そこです」

わたしは三角地帯を指さしました。

「ああこれ。トンネルですね」

彼女は煙草の煙を、自分の臍《へそ》に向かって吹き出し、「ほら、煙が、トンネルを抜けてく」と笑いました。わたしも嘘っぽく笑いながら、さりげなさを装って、「くぐっていい？」と訊いてみました。

「え？」彼女は、キョトンとした顔をしました。

「トンネルを、くぐってもいいですか？」

すると「蜘蛛いるから、気をつけてね」と洒落《しゃれ》たことを言うのです。

わたしは、四つん這いになって、自尊心もへったくれもなく、前に進んでいきました。太ももトンネルの向こうにある壁の穴からは、光が差し込んでいて、もしかしたら、このトンネルは、未来に通じる出口なのかもしれません。

しかし頭を突っ込むと、彼女は、「捕獲」と言って足を降ろしてきて、これまた洒落たことをするのです。彼女の笑い声が聞こえ、首と頬に、柔らかい太ももが食い込んで、脳から下半身へしびれるような毒虫が走りました。

この調子なら、舌を出し、太ももを舐めても大丈夫かもしれないので、さりげなく口を開け、舌先を突き出そうとすると、彼女が、「ちょっと、なにのぞいてんの!」と怒鳴りました。自分が怒鳴られたのかと思ったけれど、彼女の目線は漆喰の壁の穴の方にあり、そこに向かって喋っています。

「駄目だよ、お金もらってないし」

「どうしたの?」

「のぞきですよ。ほら昨日、お堂の前で、あたしと一緒にいた人」

「まもるさん?」

「知り合いなの?」

まもるさんは、彼女が引っ越してきたころから、なにかと店にやってきて、家の中をのぞいていたそうです。ようするに出歯亀で、何度かのぞき行為を見つけた彼女は、一万円を払ったら、のぞいていいと約束しました。

「でもね、のぞきだけなんですよ。だから、お堂に来ても、中に入んないで、外からのぞいているんです。その方が、興奮するんですって、変ですよね」

昨日、二人がお堂に来ていたのは、その会が催されていたからで、「小遣い稼ぎです」と彼女は言います。

昨日の朝、自分もお堂をのぞいて興奮していたことは、さすがに言えませんでしたが、まもるさんの気持ちが少し、わかるような気がしました。

それにしても、わたしは、いまだ太ももに挟まれた状態で、トンネルを抜け出していません。けれども、このまま抜けられなくても、いいのではないかと思っていました。

煙草の灰が、くるくるまわりながら、ゆっくり、わたしの手の甲に落ちてきました。

「まあね、いろんな人がいますから、この村は」

ため息まじりに言う彼女は、村の人を馬鹿にしているようでもありました。

「あのお店は、どのくらい前からやっているんですか？」

「一年前です。五年くらい前に潰れたお店だったんですけど、それを買い取って」

「なんで、この村だったんですか？」

「知り合いが店を持たせてくれたんですよ。あんまり憶えてないんですけど、わたし子供のころ、この村に住んでたんです。その人もこの村に住んでて」

一昨日、修験道の男が、彼女の店から出てきたのを思い出しました。この女の言う、知り合いというのは、もしかしたらタナベのタケルかもしれません。

「あの、タナベのタケルさん知ってますか？」

彼女の吐き出した煙草の煙が、一瞬止まったように見えました。そして「知りませんけど」と言うと、おもむろに、太ももをキツく締めてきたので、わたしの目は、彼女の膝の裏で隠れてしまい、なにも見えなくなりました。

牛乳の入っていたビニール袋をあさる音がしました。「あの、すんません、ちょっと」と言っても無視されます。「カチカチ、カチ、カチカチ」と携帯電話でメールを打っている音がしました。

その音が止むと、挟んでいた足が緩みました。

「あなたお灸屋さんでしたよね」

「そうですけど」

太ももの間でわたしは答えます。

「お灸、やってくれます？」

「いいですけど、この前は、火が苦手とか言ってませんでしたっけ」

「そんなこと言いました？」

さっきまでは穏やかだった彼女の態度、顔つきが、まったく違っているような感じがします。

「では、身体のどこが辛いですか？」

「お尻です。お尻から、太ももの裏が張ります」

「わかりました」

「パンツは脱いだ方がいいですか？」

「ズラすだけでいいです」

彼女はうつ伏せになり、自分でホットパンツとパンティーをズラし、白いお尻が丸出しになりました。それはわたしの脳裏に鮮明に焼き付いていた、あのお尻でした。

もぐさを丸めて、お灸を成形し、水がないのでお灸の裏に唾をつけて滑らないようにして、お尻のツボにお灸を据えていきました。手がお尻に触れ、小さくゆれます。太ももの付根、右の尻、左の尻に据えて、線香に火をつけ、お灸に火をうつすと、お堂の中に、もぐさの煙が充満していきました。

煙の中、彼女の尻の穴から蜘蛛が一匹出てきたような気がしたのは、壁の穴から差し込む光のスジでした。

尻に顔を埋めたい気持を、グッと抑えていると、突然、お堂の扉が開いて、煙が外に流れていきました。

そこに立っていたのは、わたしに犬サフランを食べるなと教えてくれた、あの男でした。この前は白装束でしたが、上下灰色のジャージ姿で紙袋を持っています。

男が中に入ってくると、火のついたお灸が尻にあるのに女は不用意に立ち上がりました。

男は、品定めするように、わたしを見ています。女はズレたパンティを直しています。床では散らばったもぐさが、バラバラになって煙を立てていました。

「あれ？　あんた、昨日の、あれじゃねえか」

男は素っ頓狂な声を出します。

「犬サフラン」

「そうだよな」

「はい」

「つうか、あんた、この村で、なにやってんだ？　刑事か」

「刑事なんかじゃないですけど」

「じゃあ、なんでタナベのタケルを調べてんだ」

「べつに調べてないですよ。村で噂を聞いただけで」

「どんな噂だよ」

「天狗だとか」

「天狗？」

「天狗みたいな男だと」

男はニタリと笑います。つられてわたしもニタリと笑いました。やはりこの男がタナベのタケルなのでしょう。天狗のように、やたら自信のある面《つら》をしています。

「他には？　どんな噂だ」

「なんか事件でも起こして、村に戻って来てるって、それで刑事も村に聞き込みにきたとか」

「じゃあ、あんたは、この村になにを詮索しに来たんだよ？　刑事じゃなけりゃ、探偵か？」

「いや詮索なんてしてないし、探偵でもないです」

男はイラついている様子で、紙袋に手を突っ込みました。女は、まるで他人事のように、こっちを見ています。

「いったい何者なんだテメエ！」男は凄んできます。

「ただのお灸屋です」

「殺し屋か」

「殺し屋？」

「やっぱ殺し屋なのか」

「お灸屋です」

よくわからないのですが、男は、わたしを殺し屋と思い込み、勝手に暴走をはじめています。

「よくここまで嗅ぎつけてきたな」

「だから、わたしは殺し屋じゃないです。しかしあなたは殺し屋なんて物騒なのにも追われてるんですか？」

「なにとぼけたこと言ってんだよ。田中の組長に頼まれたんだろ、でもな金はもうないぞ、使っちまったよ」

「金なんかどうでもいいし、田中の組長なんて知りませんよ」

男が顎で指示をだすと、女はわたしのリュックサックを取り上げ中腰になり、中身を探っていきます。武器でもあると勘違いしているのでしょうか、しかし出てくるのは天祐子霊草麻王のもぐさばかりでした。

男が紙袋に突っ込んでいた手をゆっくり抜き出しました。手には包丁が握られています。このままでは殺し屋でもないのに、刺されてしまいます。男が近づいてきました。

右手に包丁を持っています。その手はだらんと下げたままなので、刺してくるとしたら、包丁はわたしのボディに突き出されるはずです。だとすると、わたしは左に動き、相手の右肩にまわり込むと同時に包丁を右手ではたき、左でフック、右でボディ、ボディ、左のジャブからの、最後は右ストレートです。

思った通りに、タケルがボディに包丁を突き出してきました。わたしは相手の右にまわり込み、思い描いた通りにパンチを繰り出していきます。最後はストレートが強烈に決まって、タケルは床にぶっ倒れ、手から包丁が転がりました。

タケルが倒れたとき、彼が持ってきていた紙袋が転がり、中からペットボトルが飛び出して中身がこぼれました。灯油の臭いがしました。彼はわたしを刺した後、燃やそうとしていたのかもしれません。

こぼれた灯油が床にひろがり、女の尻から飛びちって、小さく燃えていたもぐさが火種となり、炎が立ちはじめました。

突然、尻が燃えるように熱くなりました。振り返ると、女が中腰で包丁を握っていました。わたしが刺されたのに、女は自分が刺されたみたいな悲鳴をあげ、倒れたタケルを抱きかかえ、「お兄ちゃん、お兄ちゃん！」と叫びました。

ズボンの中に血があふれてきて、踵に流れてきました。包丁が床に転がっています。燃える床の炎が大きくなって、ペットボトルはグニャグニャになりながら燃えています。

尻を押さえながら、お堂の外に出ました。石段を降りるたびに、激痛が走りました。煙が背中から流れてきて、お堂から少し離れた場所に、わたしはへたり込みました。

振り返ると、タケルは女に肩を抱えられ、お堂の中から出てくるところでした。焼け死なれるようなことにならず良かったです。

しかし煙の中にあらわれたタケルの顔はニタニタ笑っていて、地面に座っているわたしのところまでやってくると、勢いをつけて顔面を蹴ってきました。

わたしは仰向けに倒れました。青空に煙がのぼっていました。突然、靴の裏が目線をさえぎり、顔面を踏みつぶしにきたので、両腕でガードをしました。しかし踏みつけられた衝撃は凄くて頭がクラッとしました。それでもなんとかタケルの足首を掴んで、引っぱり、転ばすことができました。

このままでは、本当に殺されてしまうと恐怖を覚え、痛いのを我慢して立ち上がり、転んだタケルにまたがって、顔面にパンチを繰り出しました。殴りつづけていると、タケルは鼻血を流し、目が腫れてきました。

それでもタケルは笑っているので、その顔がだんだん松岡陣太と重なっていきました。人を殺めてしまったことはありますが、わたしは殺し屋ではないのです。殴らなければ、殴られてしまう、抵抗しなければ、殺されてしまいます。しかし、どうしてこのような無駄な戦いをしなければならないのか、馬鹿らしくなってきました。わたしは尻を押さえて立ち上がりました。

お堂は、屋根からも炎が立ちのぼりはじめ、全体が激しく燃えさかっています。周辺も炎で熱くなってきて、煙が流れてきて目に染みてきました。早くこの場から立ち去らなくてはと思っていると、「お兄ちゃん」と大きな声がして、女がタケルに包丁を渡していました。

女はお堂から包丁を持ち出してきていました。二人の連携は、やたらと堂に入っているので、実際に共謀して一人や二人、人を殺しているのかもしれません。

包丁を受け取ったタケルは立ち上がり、その冷めた目は、奥が赤く異様に光り、ニタニタしながら、こちらに向かってきます。女もタケルにそっくりな目つきで、こっちを見ています。二人は獲物を捕らえようとする肉食獣のオスとメスであり、人間のわたしは、到底敵《かな》いそうになく、抵抗することすら無駄に思えてきました。

わたしは尻を押さえながら後ずさりします。尻からたれる血が指の隙間に流れ込み、拳を握りしめると生暖かく、ぬるぬるしました。さきほどのように、上手い具合にパンチを繰り出す自信は、もうありません。顔面は硬直して、とにかく殺されたくないという気持ちだけが渦巻いていました。

一歩、二歩、三歩、四歩、五歩、後ろに下がっていくと、踵が土の中に埋もれていくような感触があり、もう一歩後ろに下がったところには、なにもありませんでした。

「あっ」

瞬間、わたしは斜面を転げ落ちていきました。真っ白になった頭の中で、ヒュルヒュルと空洞を抜ける風の音がします。同時に、遠くの方からうねるような地響きが聞こえてきて、自分は地獄に落ちているのではないだろうかと思いました。

これまでの人生ほとんど反省なく、いろいろと誤魔化しながら生きてきました。嘘もつきました。人を騙したり、人を殴ったりもしてきました。女にうつつを抜かし、欲望を低俗に解消したこともあります。行商に出て、家々をまわりながら、身勝手な罪滅ぼしのつもりか、良い人ぶって人と接してきました。

いまわのきわであるかもしれない状況で、わたしが顧《かえり》みるのはこの程度のことで、薄っぺらい人生のクセに、生に対する執着は鬱陶しいくらいあって、地獄にだけは堕ちたくないなんて思っているのです。

転げ落ちながらも今生に踏みとどまる執念でもって、必死に周囲をまさぐりました。シャツの襟首が木の枝に引っかかり、ビリビリ破けていきます。それでも転落は止まらず、速度は増していくばかりでしたが、地面から飛び出した大きな石に背中を打ち、身体が跳ね上がった瞬間、両手で抱くようにして、その石を抱え込み、なんとか止まることができました。

安心する間もなく、どこからか地響きが迫ってきました。それは、どんどんこちらに近づいてきて、地中が盛り上がるような轟音が響くと、摑まっていた石がぐにゃぐにゃうねるように動きだし、上方でガラガラ崩れる音がすると、わたしの横十メートルくらいの斜面を燃えたお堂が火の粉を飛び散らしながら転がっていきました。同時に男と女の悲鳴も聞こえてきましたが、姿は見えず、お堂もろとも下方に吸い込まれるように消えていきました。

燃えた木片が飛んできたので、よけようとすると、すでに土砂が目前に迫っています。真横にある木がメリメリ音を立てながら倒れると、上方から大量の土砂が襲ってきました。わたしは土の中に飲み込まれていきました。


空に火の粉が散っていて、土煙が舞っていました。息苦しかったので、口を大きく開けると、中に土が詰まっていて、指で搔き出しながら地面に吐き出しました。わたしの下半身がありませんでした。パニックになって、下半身が転がっていないかあたりを探しましたが、どこにもありません。血の気が引いて気絶しそうになったとき、下半身が土の中に埋まっていることに気づきました。

山の斜面は、向こうの方までごっそりなくなっていました。えぐられた斜面には、山の緑はまったくなくなっていて、爆撃でも喰らったかのように、一面に黒い地肌がひろがっていました。

昨日わたしが間違えて歩いた山道の方向には、削られた斜面の奥に、ここに来て初めて見るような青空があって、大きな灰色の岩がぽっこり浮かんでいました。

あれは、湯女根山です。

未来を意味するこの山を見たことによって、ようやく村を抜け出すことができるのかもしれないと思いましたが、下半身は土に埋まったままなのです。口の中に残る土をペッペと吐き出していると、自然に笑い声が出てきました。

両手で踏ん張って身体を押し上げ、土の中から出ようとしましたが、ビクともしません。しかし踏ん張った結果、下半身に、なにやら温かいものが流れてきたようで、それが小便なのか血なのか、よくわからず、わたしはそのままの姿勢で、湯女根山を眺めていました。

どこからか、熊よけの鈴の音とともに「おーい」という声が聞こえてきました。それに応えるため、こちらも声を出そうとすると、口の中に残る土がノドの奥に流れてきて、ひどく噎《む》せ返りました。

落選ばかりしてみたけれど

芥川賞には五回候補になって、五回落選しているわたしは、落選しっぱなしで、結果、賞をいただいているわけではありません。それなのに、その有名な賞を本の題名に持ってきているのは、題名でひきつけ、手にとっていただき、読んでもらおうという魂胆です。すみません。

本書は、受賞作の対極の作品集となりますが、落選した悔しさ、悲しみ、憎しみ、情けなさ、恥ずかしさ、そういった気持ちが詰まっていて、それに伴う「悲哀」も見え隠れするものになっている、かといえば、実は「悲哀」なんてまったくないかもしれません。それよりも大変ユニークな作品集になっているので、ぜひとも手にとって読んでいただきたい。また今後、芥川賞を狙いたいという作家や作家志望の方々は、本書を読めば「いかにしたら芥川賞をもらえないのか」という参考になるかもしれません。そんな作品が五つもあるので、お得感も満載です。

なにはともあれ、わたしは芥川賞を受賞していませんが、候補にあがったときは、それなりに浮かれ気分になりました。さらに受賞していたら、それ以上浮かれるつもりでしたが、その機会は訪れませんでした。

一番初めに候補にあがったときは、塩を五百グラム量って袋に詰めるアルバイトとオートバイで物品を配送するアルバイトをしていました。ですから受賞したあかつきには、仕事を辞め、行く先々で「芥川賞作家」ともてはやされ、浮かれポンチになってヘラヘラ生きていきたいと考えていました。安易です。愚かです。馬鹿者です。本来なら受賞を機に、さらに文学を深めていかなくてはなりません。受賞が文学邁進の起爆剤となるからこその文学賞なのです。しかもわたしは、五回も、ヘラヘラ生きようと画策していたのだからタチが悪いのです。そして、いまでも「芥川賞欲しかったなあ」という気持ちが心の底にあります。もう、どうしようもない。

太宰治が芥川賞を欲しくてたまらず、選考委員の佐藤春夫に宛てた手紙を以前読んだことがあります。青森に行ったとき、一応、小説なんぞを書いている身なので、斜陽館に行き、その手紙の巻物も見ました。

切羽詰まった太宰の筆に冷や汗が出てきました。なぜなら、それを眺めていた他の見物客よりも、わたしが一番、その手紙を理解し、共感していたのは確かなのです。そこには、太宰お得意の道化心はなく、「私を見殺しにしないで下さい」という文がありました。芥川賞に対してのわたしの本心は「浮かれポンチにさせてください」ですが、その後の生活や人生、己の立場を考えたら、同じように、「私を見殺しにしないでください」という気持ちもあります。しかし、よくよく考えれば、太宰治と小説家の端くれである自分を同じ立場で比べているのが、すでにおこがましく、「くらべてすみません」なのですが、賞を欲しいという気持ちに変わりありません。

もし芥川賞を取っていれば、いまの、わたしの生活は劇的に違っていたと考えることがよくあります。昨今、いろいろと仕事が少なくなり、一昨年は、本当に生活が危機的状況になっていました。誇張ではなく、税金、電気代や水道代の支払いがヤバくなる月もありました。家族がいる立場なのに、逃げ出したくなるような情けなさでした。そんなとき、『芥川賞を受賞していれば』などと考えました。なぜなら芥川賞作家の肩書きで、もう少し、生活は楽になっていたかもしれないと安易に考えたのです。でも、それは浅はか極まりない考えなのかもしれません。ようは心持ちの問題でもあります。

そもそも芥川賞は「もらうもの」なのか「とるもの」なのか？　勘違いされている方も多くいるのですが、芥川賞は公募ではありません。そして新人賞です。一年の半分で、文芸誌に掲載されたものの中から、文学に精通した方々が選んで、数作品がノミネートされます。そこから選考委員の作家の方々が話し合い、賞が決定されます。そのときの選考委員のメンバー、時代背景などに影響されたりもします。ですから芥川賞は、自分からとりに行くという感じは薄い気がします。以前は、いろいろな人に「次こそ、芥川賞とっちゃいなよ」などと言われましたが、いつも「そう言われてもなあ」と思っていました。あげく時が経ち、わたしは新人でもなくなってしまったのです。

それにしても賞が欲しいとか、欲しかったとか、声を大にして言うのも、なんだか下品なのですが、この本は「落選集」なので、ここは、ひらき直らせていただきます。そして、さらに下卑た感じでひらき直れば、この落選集で、直木賞にノミネートされないかなと本気で考えたりもしています。「芥川賞、数撃ちゃ当たる直木賞」なんてことにはならないのでしょうか？　そうなれば、文学賞史上画期的なことになるのでは？　もちろん、他にも素晴らしい賞はたくさんあるので、賞をいただけるのなら大歓迎です。もう浮かれポンチになるつもりはありませんし、今後の人生を考えると、まだまだ小説を書き続けたいので、「どうか、私を見殺しにしないで下さい」と言わせていただきます。しかし、このようなことを、あまりしつこく書くと節操ないからやめておきます。なにはともあれ落選はしたけれどまとめて本になり、また誰かに読んでもらえるというのは大変嬉しいことです。

また、訂正というか名誉挽回というか事実というか、本書に収められているのは、実は落選したものばかりではなくて、川端康成文学賞を受賞している「すっぽん心中」が入っています。川端賞は、年に一回、最高の短編に与えられる賞で、いただいたときは、大変嬉しかったのを覚えています。ですから本書は「川端賞受賞作品を含む芥川賞落選集」といった題名が正しいのかもしれません。けれども、ややこしくなるので、とりあえず「落選集」にしておきます。

それでは、作品ごとに適度な解説をしていきたいと思います。

「まずいスープ」

記念すべき第一回候補作で落選作。この作品は、父の失踪がモチーフになっています。文芸誌「新潮」に、初めての小説「鮒のためいき」を掲載してもらってから、二作目になります。キテレツな家族の話ですが、他の作品にくらべて、一番、私小説的な要素が多い作品です。芥川賞の候補になったときは、誰かが読んでいてくれるのだという、創作の根源的な喜びがありました。落選はしたけれど、選評を読んだときも、こんなふうに評してくれるのかと嬉しく思いました。しかし、いま読み返すと、肩の力が入っていて、とにかく『認めてもらいたい』という気持ちが強くある感じがします。友達には、当時、「得意げに比喩を使っている箇所が多いですよ」と言われ、反省し、以降の作品はなるべく比喩を使わなくなりました。

「ぴんぞろ」

浅草に住んでいたとき、まわりで、見聞きしたことを織り交ぜて、創作をしました。実際に、自分の身に起きそうなことも多くて、想像力がかきたてられ、温泉場に入り込むシーンなどは、とても楽しんで、書いた気がします。選考の日、友達には「また落ちましたね」と笑われました。この回は確か、受賞作品なしで、その中でも評価が高かったものとして、再度掲載された気もします。そこまでするなら受賞させてくださいな、減るもんじゃないし、といった気持ちになりました。でも、ここで受賞していていたら、その後の三作品は書いていなかったでしょう。

「ひっ」

気合入れまくって、本気で小説を書くぞと考えました。それ以前も本気だったけれど、籠って書くぞ、つまり作家気取りになって缶詰になりたいと、お世話になっている編集者Tさんにお願いし、三浦半島にある出版社保養所を用意してもらいました。わたし、もう完全、作家気取りです。

そして、三浦半島缶詰作戦の一週間後、編集者の方が来てくださったのですが、原稿は真っ白、わたしは真っ黒に日焼けしていました。編集者の方も「その日焼け！」と驚いたくらい、焼けていました。実は、わたし、三浦半島を歩きまわっていたのです。ビーチサンダルの鼻緒が切れるくらい歩き、脱水症状激しく、二回ほど熱中症で倒れそうになりました。このとき、海岸の洞窟の中で暮らす裸の男を発見したり、夜はスナックに繰り出したりして、それがモチーフになりました。缶詰作業ではなく、たんなる取材滞在となっていたのです。

「すっぽん心中」

友達がすっぽん鍋を食べに連れて行ってくれました。場所は浅草でした。観音裏の渋い店で、大変、美味しく、生き血を飲んだり、雑炊食べたりして、コラーゲンたっぷり、顔面がつるつるのべとべとになりました。そのとき、店の人が「この前、霞ヶ浦ですっぽん捕ってきたから買ってくれというカップルが店に来たんですよ」と話していました。もちろん店側は、買わなかったそうですが、その話を聞いた瞬間『どどーん』っと、いろいろな情景が頭に浮かんできて、物語ができそうだと感じました。

それからしばらくして、短編アンソロジーの依頼があり、そのことを題材に書こうと思い、霞ヶ浦に行ったりして、書きました。

芥川賞候補の電話が来たとき、いつもより短い話だったので、「短いけど、いいんですか」と訊いたのを覚えています。しかし相変わらずの落選。霞ヶ浦に行ったとき、仔犬がわたしのあとをつけてきて、ずっと離れず、最後は逃げるように帰ってきたのですが、あの仔犬を連れて帰らなかったから、賞をもらえなかったのかもしれないと、神頼み的なことを考えたりするようになっていました。

「どろにやいと」

落選ばかりなので、こうなったら芥川賞を意識しまくってみよう、過去の受賞作品にあえて影響を受けまくって、書いてみようと考えました。そこで手に取ったのが、森敦の「月山」でした。今にして思うと、「月山」を手に取ったのが、そもそも作戦として間違っていたのかもしれません。現代性とかまったくありませんし、よくわからない話でもあります。しかし大変面白かったので、舞台になった山形の村まで行き、森敦が住んでいた寺を見学しました。そこは魅力的な場所で、その後も何回か行き、出羽三山をまわったりしたのです。しかし自分には森敦的な小説や「月山」は書けないと思い、影響を受けまくりながらも、阿呆くさいホラ話を書いてみたいと思えてきました。あえてテーマをあげれば、とにもかくにもホラ話なのです。しかし、これも見事落選、友達に「やっぱり落ちました」と笑われました。なんだか五回も落選したので、壮大なギャンブルに負けた気分になり、選考会の翌日、小田原競輪場に行き、車券を買ったら大勝ちするかもしれないと思い、勝負に挑みましたが、負けました。

そもそもわたしが小説を書きはじめたのは、数人の方々に、小説を書いたらどうかと言われたのがキッカケでした。もちろん、自分でも書いてみたいという気持ちはあったけれど、いろいろな方が背中を押してくれたというのがあります。

一作目を書きあげ、文芸誌に掲載されたとき、賞の候補にはなりませんでしたが、新聞に月評が出て大変嬉しかったのを覚えています。その次に、文芸誌に掲載された作品が賞の候補になり、その後落選したときは、柴田元幸さんが「とにかく、がんばりました」と、お酒を飲めるうどん屋さんに連れて行ってくれました。このとき、柴田さんと話しながら、もっと小説を書いてみたいと熱烈に思ったのです。

さらに、自分が小説を書きはじめる前に、小説を読むのは好きだったけど、芥川賞というキーワードはほぼスルーしていたのですが、実は、芥川賞というものを意識して「この人に芥川賞を！」と熱烈に思ったことがあります。その方が町田康さんです。当時のわたしは、町田さんの音楽ライブに、頻繁に通っていました。そして、あるとき町田さんが「小説を書いた」と話されていて、初めて文芸誌を手にして読んだのです。その作品、「くっすん大黒」が芥川賞の候補になったときは、えらく興奮しました。そして落選したときは、「選考はどうなってんだ！」と怒りすら感じていました。自分が落選したときは、怒りという感情はでてこないけれど、町田さんの落選には怒っていました。その後、「きれぎれ」で町田さんが受賞されたとき、わたしは大喜びで、ひとり近所の焼鳥屋に祝杯をあげにいきました。

でも、そのときは、まさか自分が小説を書くとか、芥川賞の候補になるなんてまったく考えてもいなかったのだから不思議なものです、さらにこの度、町田さんに解説を書いていただけることになるとは、とんでもなく嬉しく、光栄です。

なにはともあれ、芥川賞を受賞していたら、このような本ができることはなかったわけで、めぐりめぐって大変喜ばしいことだと感じています。そして「なにか賞を下さい」とまでは言わないけれど、誰かに読んでいただくというのは、物書きの根元的喜びであって、今後も小説を書き続けていければ幸いです。落選しまくっている過去のわたしには、「落選、おめでとう」とでも言っておいてやりたいものです。

二〇二四年十一月

戌井昭人

解説

町田康

大体の小説には人間が登場する。その人間は普通の人間である場合と特別な人間である場合がある。特別な人間である場合、作者は楽である。なぜならその人間の特殊性によって周囲と摩擦が起こり、なにかと波風が立って、それをそのまま書けば物語になりやすいからである。

だけど普通の人間である場合は小説にしにくい。なぜならやること為すこと、当たり前すぎて書いてもなにもおもしろくないからである。

そこでその人間を小説的人間にする。小説的人間と言うとなにか特別なことのように思われるかも知れないが、そんなに特別なことではなく、現実に生きている私たちが実際にやっていること、或《ある》いは、やろうと心がけていることを、或いは、やろうと心がけながらできないことを、やる人間である。

それは何かと言うと、行動の一貫性、それと、思考と行動の一貫性である。具体的に言うと、「金がない↓家賃が払えない↓日払いのバイトに行く」みたいなこと。或いは、「利他的で慈悲深い人間でありたい↓困っている人の力になりたい↓一万円を寄附をする」「困っている人の力になりたい↓全財産を寄附する」といったことである。

と言うと、それのどこが小説的なのか？　と思う人も多いのかもしれない。マア、最後の「困っている人の力になりたい↓全財産を寄附する」なんていうのは普通できることではなく、普通の人間がその特別な心境を描くことにどうしてもなってしまい、その過程は多分に小説的だが、前の二つに関しては、「当たり前やんけ」と思うだろう。

しかしこの、当たり前と思う、と思う点がミソで、私たちは本当はそのように首尾一貫していない。右の例で言うと、「金がない↓家賃が払えない↓日払いのバイトに行く」という人もそらなかには居るだろうが、「金がない↓家賃が払えない↓図書館に行って日中戦争に関する本を読み耽る」という人も少なくないし、「困っている人の力になりたい↓川崎のソープランドに行く」という人もかなり居るのである。

又、その中間に位置する人、乃《すなわ》ち、「金がない↓家賃が払えない↓金融屋に行く」「困っている人の力になりたい↓府中競馬に行く」といった人は相当多く、少なく見積もっても全体の三割を占めるのではないかと思われる。

つまりなにが言いたいかと言うと、小説に出てくる人間は現実の人間とかけ離れた小説用に整備された人間で、そしてそれがなぜリアルに感じられるかというと、私ら読者が、実はできていないにもかかわらず、ある程度はできていると思い込んでいる、そうありたい人間像であるからである。

それはなにも特別な人間ではない、普通の人間である。だけど、ちょっとだけ、カッコよかったり、ちょっとだけ、意識が高かったりする。虚構の作り手はこの、ちょっとだけ、の部分を巧みに調節することにより読者の熱い共感を得ているのである。

これをマージンを多めに取りがちな分野は映像の分野で、昭和の昔、立川談志は落語の枕で平等主義に異を唱え、人間に順序があり女の顔にも美貌の順序がある事を示した上で、「口惜しかったら女優ぜんぶブスでやれ、誰も見なくなっちゃうから、そんなもの」と語ったが、やはり今でも映画やドラマ、芝居などの主役は、なんだかんだ言って美男美女が起用される。

小説がそれほどでもないのは、それを文字で表すから視覚以外の感覚が文字に起こされ全的に読者の頭蓋に作用するからで、しかしそれでも、と言うか、それだからこそ、少しずつの、ちょっとだけ、が調節され、もう一つの現実を描くからこそ現実的であるべき部分の現実が、現実とかけ離れるという現象が起きがちである。

その、ちょっとだけ、の部分は願望であると同時に趣味であり、趣向であり、美意識であり、美学であるとも言える。それは読者と作者が共有する、ささやかな幻想で、「この作者の描く世界が好き」などという場合、その部分を指す。

そして読者も作者もこれに気がつかないまま、調節された現実を現実と思い込む。また出版社の多くは東京という虚構と現実が入り交じる都市にあり、その総人口に比例して作者も多く棲むことから、参照する生の現実も日本語使用圏全体の九割の現実とはかけ離れている、という現象もまた、起きている。

だからなんなんだよ。それがどうしたんだよ、と問われれば別にどうもしない。どうもしないけれども、人間にはケツメドというものがあり、それがこそばゆいというか、いやさ全身がむず痒いような、抗体反応のようなものが起こるのだけれども、あまり本を読まない人は、そもそもそんなものは読まないし、文壇に棲息する文筆の輩は、脳の中に抗体ができているので、変に思うこともなく読み進むことができる。

俺が長いこと戌井昭人の小説に惹かれ続けるのは、その調節をまったくやらず、生の現実をそのまま表す、という並の作者には絶対にできないことをやっているという点である。

なぜそれができないかというと、心に感じたことは知らず、眼で見たそれを文章にする以上、そこにはどう逆立ちしても、ちょっとだけのなにか、が加わってしまうからで、どういう事かというと、翻訳の不可能性ということを考えてみればわかる。

つまり眼で見たものを文章にするという事は言ってみれば現実を言葉に翻訳するという事である。翻訳するという事はつまり言い換えるということで、言い換えてしまえばそれは当たり前の話だがもとのものとは違う。

英語で書かれた文章を日本語に翻訳すればそれは日本語であって英語ではない。だからその時、問題になってくるのが翻訳者の日本語の能力で、それはさっき言った、ちょっとだけ、の部分に通じてくる。そう、どうしたって作者の趣向が入ってくるのである。

しかるに戌井昭人の場合、その調節がまったくなく、これまで小説が書かなかった、俺らの現実、そしてそこから揮発する人間の真実がそのまま、無加工に書かれてある。これは離れ業といってよい。

戌井昭人の作品を読むと、いかに俺らが、しゃらくさい美意識、の持ち主であるかがわかる。本を買うと「カバーかけますか」と言われる。俺はいつもそれを断るが、俺らのしゃらくささは、そのカバーの親切に似ている、カバーをかけないで電車の中などで本を読むと、「ははん、あんなの読んでやがらあ」と心の奥底を見透かされ、侮られる気になる。又、カバー掛けないと本が汚れてしまう。でも表紙にかかる紙のことを実はカバーと言う。俺らはカバーをカバーする。そうしないと真実が汚れ、人に侮られるから。

だが現実は汚れている。そらそうだ、人間が生きていくとゴミが出る。竣工時、光り輝いていたビルも時が経てば薄汚れる。人は老い朽ちて、死んで塵芥《じんかい》となる。それがそのままここには、これらの小説には書いてある。

と言うと、なにか絶望的な読み物であるような気がする。しかし、これらの物語を既に読んだ人は判ると思うが、戌井昭人においては、そうした、人の、景色の、感情のひとつびとつが、いじらしく、可愛く、そして時に美しく感じられる。本筋に関係のない細部に惹きつけられ、その光景が頭にこびりついて離れない。

小説の登場人物は結末に向けて進んでいく。それがどんな迂回路であっても、目的地が定まっていることを窺わせる。だがイズムに冒されていない戌井昭人の作品の登場人物は小説の結末に向けて進まない。無垢な人間の幼く稚《わか》い真っ直ぐな感情のままに、或いは人に隠したいはずの欲望に任せて、どこに行くかわからない道を迷いながら進んで行く。そして道に迷い、たいへんな目に遭うこともある。時に愛おしく、時に残酷な生の実相と物の実質がひとつびとつ輝く文章の技、大らかで優しい筆致に酔う。

俺らはこうやって生きているのだ。

そんな思いが募り、切ないような、苦しいような気持ちになる。自分にもこんな日々が確かにあった。そんな気持ちになる。自分の中にある、ええかっこ、うわべのキラキラ感、が解毒され、無心で犬猫の毛皮を撫でている時のような気持ちになる。わめき散らしたいような気持ちにもなる。たまらん戌井昭人の小説、たまらん。

（まちだ・こう　作家）

・本書はちくま文庫のオリジナル作品集です。
・各作品の初出および底本は左記になります。

まずいスープ　初出：「新潮」2009年3月号　底本：『まずいスープ』新潮文庫、二〇一二年
ひっ　初出：「新潮」2012年6月号　底本：『ひっ』新潮社、二〇一二年
ぴんぞろ　初出：「群像」2011年6月号　底本：『ぴんぞろ』講談社文庫、二〇一七年
すっぽん心中　初出：「新潮」2013年1月号　底本：『すっぽん心中』新潮社、二〇一三年
どろにやいと　初出：「群像」2014年1月号　底本：『どろにやいと』講談社、二〇一四年

ねにもつタイプ　岸本佐知子

何となく気になることにこだわる、ねにもつ。思索、奇想、妄想はばたく脳内ワールドをリズミカルな名短文でつづる。第23回講談社エッセイ賞受賞。

TOKYO STYLE　都築響一

小さい部屋が、わが宇宙。ごちゃごちゃと、しかし快適に暮らす、僕らの本当のトウキョウ・スタイルはこんなものだ！　話題の写真集文庫化！

自分の仕事をつくる　西村佳哲

仕事をすることは会社に勤めること、ではない。仕事を「自分の仕事」にできた人たちに学ぶ、働き方のデザインの仕方とは。（稲本喜則）

世界がわかる宗教社会学入門　橋爪大三郎

宗教なんてうさんくさい!?　でも宗教は文化や価値観の骨格であり、それゆえ紛争のタネにもなる。世界宗教のエッセンスがわかる充実の入門書。

ハーメルンの笛吹き男　阿部謹也

「笛吹き男」伝説の裏に隠された謎はなにか？　十三世紀ヨーロッパの小さな村で起きた事件を手がかりに中世における「差別」を解明。（石牟礼道子）

増補　日本語が亡びるとき　水村美苗

明治以来豊かな近代文学を生み出してきた日本語が、いま、大きな岐路に立っている。我々にとって言語とは何なのか。第8回小林秀雄賞受賞作に大幅増補。

子は親を救うために「心の病」になる　高橋和巳

子は親が好きだからこそ「心の病」になり、親を救おうとしている。精神科医である著者が説く、親子という「生きづらさ」の原点とその解決法。

クマにあったらどうするか　姉崎等／片山龍峯

「クマは師匠」と語り遺した狩人が、アイヌ民族の知恵と自身の経験から導き出した超実践クマ対処法。クマと人間の共存する形が見えてくる。（遠藤ケイ）

脳はなぜ「心」を作ったのか　前野隆司

「意識」とは何か。どこまでが「私」なのか。死んだら「心」はどうなるのか。――「意識」と「心」の謎に挑んだ話題の本の文庫化。（夢枕獏）

しかもフタが無い　ヨシタケシンスケ

「絵本の種」となるアイデアスケッチがそのまま本に。くすっと笑えて、なぜかほっとするイラスト集です。ヨシタケさんの「頭の中」に読者をご招待！

三島由紀夫レター教室　三島由紀夫

五人の登場人物が巻き起こす様々な出来事を手紙で綴る。恋の告白・借金の申し込み・見舞状等、一風変ったユニークな文例集。（群ようこ）

コーヒーと恋愛　獅子文六

恋愛は甘くてほろ苦い。とある男女が巻き起こす恋模様をコミカルに描く昭和の傑作が、現代の「東京」によみがえる。（曽我部恵一）

七時間半　獅子文六

東京—大阪間が七時間半かかっていた昭和30年代、特急「ちどり」を舞台に乗務員とお客たちのドタバタ劇を描く隠れた名作が遂に甦る。（千野帽子）

青空娘　源氏鶏太

主人公の少女、有子が不遇な境遇から幾多の困難にぶつかりながらも健気にそれを乗り越え希望を手にする日本版シンデレラ・ストーリー。（山内マリコ）

御身　源氏鶏太

矢沢章子は突然の借金返済のため自らの体を売ることを決意する。しかし愛人契約の相手・長谷川との出会いが彼女の人生を動かしてゆく。（寺尾紗穂）

カレーライスの唄　阿川弘之

会社が倒産した！　どうしよう。美味しいカレーライスの店を始めよう。若い男女の恋と失業と起業の奮闘記。昭和娯楽小説の傑作。（平松洋子）

愛についてのデッサン　野呂邦暢　岡崎武志編

夭折の芥川賞作家が古書店を舞台に人間模様を描く「古本青春小説」。古書店の経営や流通など編者ならではの視点による解題を加え初文庫化。

おれたちと大砲　井上ひさし

家代々の尿筒掛、草履取、駕籠持、髪結、馬方、いまだ修業中の彼らは幕末の将軍様を救うべく、奮闘努力、東奔西走。爆笑、必笑の幕末青春グラフティ。

真鍋博のプラネタリウム　真鍋博　星新一

名コンビ真鍋博と星新一。二人の最初の作品『おーいでてこーい』他、星作品に描かれた挿絵と小説冒頭をまとめた幻の作品集。（真鍋真）

方丈記私記　堀田善衞

中世の酷薄な世相を覚めた眼で見続けた鴨長明。その人間像を自己の戦争体験に照らして語りつつ現代日本文化の深層をつく。巻末対談＝五木寛之

ちくま文庫

戌井《いぬい》昭人《あきと》　芥川《あくたがわ》賞《しょう》落選《らくせん》小説《しょうせつ》集《しゅう》

二〇二五年一月十日　第一刷発行

著　者　戌井昭人（いぬい・あきと）

発行者　増田健史

発行所　株式会社　筑摩書房
東京都台東区蔵前二―五―三　〒一一一―八七五五
電話番号　〇三―五六八七―二六〇一（代表）

装幀者　安野光雅

印刷所　三松堂印刷株式会社

製本所　三松堂印刷株式会社

ISBN978-4-480-44000-6　C0193